吃了再爱，
还是爱了再吃？

# 吃了再爱，
# 还是爱了再吃？

匡靖 ◎ 著

北京燕山出版社
BEIJING YANSHAN PRESS

被咬了大半的苹果，
从楼梯滚下去的篮球，
就像这城市的每个人，
多少都受过些伤。

就算眼下是繁芜的乱世、虚假的人面、快餐的情感，我也曾沉下心来用力爱过你，我尽力了。

匡靖在女性作者中，性格难得的洒脱，像个藏身在女人躯体里的公子哥，游戏人间，历尽沧澜，写遍了天下的王八蛋，让你又恨又爱，文风幽深处有一抹情色，情色中还有大片的坦然。

——朱炫（编剧、作家）

我很喜欢读匡靖的文字，她思维另类，文风犀利又柔情，文章结尾总是给人惊喜。看过她很多故事，都如同结局意外的电影段落，让人心情起伏。更让人欣喜的是，她的字里行间，往往都是对套路和权威的围剿，毫不留情。

——袁清波（影评人，公号"电影通缉令"）

这本书告诉你，要让美妙的事物保持它最原始的状态，由着自己的心，做一些纯粹任性的事情。如果刚好，你也爱这样原生态的我，就让我们一起放肆，一丝不挂，和散落满床的食物，吃出，高潮。

——卢翼（一个人 Alone 创始人）

我和匡靖认识在一个燥热的夏日，与她聊天时却总能莫名体会到不少清凉，本书给我的感觉正如那个傍晚。时而似火，转眼又是大杯凉茶加冰，着实是消暑、下酒、吹牛、解心愁以及学习如何成为有文化的女流氓之利器。

——朱博文（如戏 CEO）

生活在都市的喧嚣中，你大概会品尝千百种食物，识得万般面孔。匡靖在一本书里让这些味道和关系发生了生化反应，用私人的精确视角，把诸多情爱纠葛展现出了别样风情，甚至让人口可生津，心可悸动。

——肖潇（文创投资人）

# 关于吃和爱

总而言之，这是一本食物、情感、欲望交织的书。

写食物是临时起意。起初写书的时候，我有些迷茫。中间停笔了一段时间，创作思路纷至沓来，却又捉摸不定。为此，我痛苦了很久。某天，偶然灵感闪回，我写了篇关于粤菜的故事，出版人岳阳在一个聚会上告诉我说，你这一篇很好（我怀疑他当时喝大了）。从那时起，阴错阳差地，我决定开启这个系列。

食物啊，每个人都喜欢，我则是爱到不行，并且活到现在这把年纪，口味也发生了一些奇怪的变化。一些从来不吃的东西，现在偶有尝试；还有一些东西，到现在也不愿意再碰一口。其中有些食物，原本没那么热衷，但经历过一些人和事后，就会选个平淡的周日下午，特意吃起这些食物，让复杂的情绪再次浮现。

比如，你会因为一份大酱汤而很难忘记一个人，因为你曾和对方一起吃过无数次，后来你们走散了，再吃起这份汤时，就算对面坐的是拼桌的陌生人，等你喝完汤抹了嘴走出店，被深夜的灯箱晃到睁不开眼，却很难假装自己没想起什么。

比如我老家那边习惯拿宽粉作早点，我从小吃到大，来北京以后，常常到处找米粉吃。如今过年回家，看到我妈亲手端一碗粉给还在被窝中的我，感慨良多。母亲看上去老了不少。再回到北京嗦粉，你不会对谁提起这些事，你只会觉得一碗热气腾腾的粉，让你变得柔软。

这就是食物留给人的印记，在任何一段情感中，它比其他信物都要深刻，色香味以外，食物还掺杂世相人情。

所以我写食物和爱，有亲情、爱情、友情……很多种情。一些是基于现实的：人生的某个阶段，和这个人在一起，总离不开某些食物的相伴，对方爱吃的、不吃的，在和那个人交缠的日子里，你不奇怪自己为何记得那么清楚，那是出于爱啊。还有一些是不那么美好的，有些讽刺、黑色的意味——我总是尝试通过食物、人物、故事，折射出人性里不那么光彩的部分，这是我们人性的弱点，我想要正视一些。另外还有些故事甚至可能是怪诞的、荒缪的。

虽然提到食物，总是能给人慰藉感，但不得不承认，生活中不会总是一路向阳的，尽管人们希望如此。在我的世界观里，人生的主题绝不是美好，反而是鼻涕、眼泪、抽噎，就像欧·亨利说的那样。你总觉得人生荒诞不经，且没有朝着你预想的方向前行，这才是生活的真谛。因此有一些奇葩的故事，你可能不喜欢，但这的确是我所认为的真实的人生。

你对人生有多热爱，就有多少勇气去直面它的阴暗面，而不是一味地去喝鸡汤，告诉自己说，明天要能量满满哦。

总之，不要低估任何一种食物的力量，它将伴随你很多年，带给你非常多的情绪和感触，有食物的地方，也就有着说不清的悲欢离合。

就像我，总会在热恋时，想把我会的、不会的、好看的、好吃的，统统做给对方；而再单身时，也还是会做这些，像一个孤独美食家，慢慢消化一万吨的爱恨情仇。

庆幸还能吃，而到底是吃了再爱，还是爱了再吃，根本不重要。

选择一个人时也会跟朋友讲说，我的口味如何。爱和吃果然是不分家的。

最后还是要说一点鸡汤——

当你发现吃解决不了问题的时候，你需要爱一个人。

当你发现爱解决不了问题的时候，多吃几顿就好了。

匡靖

2016 年 7 月　北京

# 目 录 Contents

# 魔鬼镇冻生鱼片

和我的空姐女友分手后，我开了家日料馆，店面不大，位于一条小巷深处，就在外交公寓附近。尽管我花重金请了个日本名手，但由于地理位置的原因，一开始生意极差。后来我上网学会了营销那一套，给自己的店包装了一个神乎其神的爱情故事，然后请美食杂志前来采访，生意果然好转。每当有人前来试探性地问服务员，店主是否就是那个和空姐恋爱却差点被其黑道未婚夫砍死，从此将情场失意化为美食动力的人时，我会把帽檐压得畈低，一边在前台拨拉收银器格子上的夹板，一边心里暗自发笑：怎么会有人相信这么烂俗的爱情桥段？

通过这件事情，我逐渐意识到了一件事：人的八卦心是一台永不停歇的发电机。维持这个世界运转的虽然有很多种原则和方法，但人们对八卦新闻的渴望就好比是一台备用发电机，世界就像是很多个商店，一旦某处出现技术性断电，这台备用发电机将立刻启动发电，让世界重新恢复明亮。

所以我感性地做了一个决定：在我与前空姐女友的爱情谎言之后，我开始尝试让顾客讲述他们自己的爱情故事，只要足够动人，就能享受半价甚至全价优惠，前提是——这个故事将被登记在牛皮册上，或者以文字的形式，在店内大厅的彩色电子屏幕上循环播放。

这个想法很快得到了顾客的拥护，每日下班后，人们光怪陆离的都市爱情故事，汩汩涌动在沸腾的寿喜烧里。我也很庆幸我能想到这么一个文艺的办法，让我的日料店在三个月内声名鹊起，而且，如果没有这个想法，恐怕我很可能无法在接下来的一个冬日晚上，听到这么离奇的事情。

在一个快要闭店的深夜，一个拖着行李箱的女人，呵着气径直走了进来。20岁的女服务生正在码凳子，女人走进来时，服务生不知所措地看了我一眼，等我示意她前去告知本店已结束营业。女人身着空姐制服，黑色丝袜包裹着颀长的小腿，油亮的发丝一丝不乱，一眼望去，像上过油的船用缆绳。我不由自主地示意女服务生先走，亲自上前服务。日本名手来了以后，我跟着学了一些，自信手艺不会相差太多。我这么主动还有一个原因：这个女人也是空姐。自从我和前女友分手后，虽然我不再想她，但对于空姐，还是不自觉地抱有好感。

空姐翻开菜单的黑色烫金封面，指着扉页上的旗鱼说要两盘，芥末和日本醋都不要。待我切好上齐，她并没有征询我可否允许她自带食物，立即拿出自备的西班牙火腿和黑鱼子酱，就着旗鱼大快朵颐起来。我丝毫不在意地拿出一瓶温好的烧酒，坐在她隔壁的木制长凳上，很不礼貌地看她吃完，然后我向她举了举手中印有小鱼的蓝色陶瓷酒杯，意思是很荣幸。

"我的故事，绝对比你这里搜集的任何一个故事都有意思。"空姐露出笑脸，自称李清。她用下巴指了指前台公共区的方向，那边只有一个桌台，桌台上只有一本厚厚的牛皮册。

"何以见得？我这里有毕业后突然得了白血病的男友；在北京分手十年后于巴黎重遇再恋的情侣；全厅只有两个人，还坐在一起同看小众恐怖片的相识；女方长年误收男方邮件后来终成眷属……"我搜刮了一下我的大脑储存车，尝试用我自认为很有意思的故事去驳斥她。

李清粗暴地打断了我，并建议我最好别在店内抽烟。因为此刻我停了空调，打开了门店大门，冬天的冷风朝我们这边使劲窜来，如果我继续抽烟，喉咙里将充满冷空气。北京的冷空气虽然不至于毁掉一个人的喉咙，但是她试过在零下 50 摄氏度的冷空气中抽烟，导致她的喉咙被冻坏，对此她深有感触。

"哪儿有零下 50 摄氏度的冷空气？你去了北极？"

"其实我此刻不应该坐在这儿的，如果未婚夫没有死的话。

"三年前，北京开通了去俄罗斯雅库茨克的航线，我由于职务之便第一时间就知道了，便和未婚夫飞到雅库茨克，然后前往奥伊米亚康旅游，一个离北极圈只有 350 公里的地方，后来他死了。"

"听起来好像没有什么特别的，死了另一半的爱情故事我这里也有很多。"我放下酒杯。其实我对他们能胆大包天地跑去那里旅游饶有兴趣，但却装作一副无所谓的样子。我之前对奥伊米亚康略有耳闻，那是个俄罗斯边陲小镇，在沙皇俄国和苏联时期，曾是犯人的流放劳改之地。但它的特殊不在于此，而在于此处是双重监狱，犯人就算能逃出监牢，也绝无生还可能，因为此地温度极寒，最低温度曾达到零下 70 摄氏度。通往此镇的科雷马公路被一片白雪覆盖，天地一色，寂静如永远，却是由犯人的尸骨堆积而成。直到现在，此路也凶险至极，官方还因此贴出告示，说此地土匪盛行，途经此路尤需注意。

　　"奥伊米亚康被说成是世界上最寒冷的永久定居点，可是在我心里，它就是魔鬼城。"李清给自己满上一杯清酒，毫不客气地说。她虽然在未婚夫死后在那里待了一年，但从此以后，她决定忘记这个地方，从此再也不去。

　　"我曾听说那边气候环境很恶劣，儿童死亡率居高不下就是一个证明，太阳始终高挂，分不清白天黑夜，终日白茫茫一片，如果长年待在室外看雪，眼睛是要瞎的。"

　　"不不，不止如此，待在那种鬼地方，除了手机无法使用，汽车随时熄火无法启动，眼镜片会随时冻碎，电池电量掉得很快，脸暴露在冷空气里容易冻伤以外，最可怕的是冰冻的生鱼片。"李清捻起一根筷子，戳在已经空空如也的旗鱼盘里，仿佛若有所思。

　　"和我做给你的生旗鱼片有什么不同？对了，你为什么不要醋和芥末？我第一次见有人吃生鱼片，要混着黑鱼子酱及西班牙火腿。"

　　李清没有回答我的问题，当她接着描述在未婚夫死后，只要她吃一盘当地的由宽鼻白鲑、鲟鱼、秋白鲑作原料的生鱼片，就能实现穿越时，她的表情和她描述此事时的语气保持了同步的轻描淡写。李清告诉我，未婚夫和她一同捕鱼时，她正在同他为婚后该不该与婆婆同住而激烈地争吵，以至于未婚夫义无反顾地跳上车扬长而去，那是本地居民专用的乌里扬诺夫斯克吉普，半日不见踪影，再寻到时发现他已被冻死在科雷马公路上。

　　据李清所说，后来她选择把尸体在当地下葬。在奥伊米亚康下葬需要将墓地的泥土一点点解冻，完全解冻完得三天三夜。那几日她只要一哭，不出 10 秒，她的睫毛就会被冻住，然后纷纷掉落。她借住的居民家里养的奶牛的三只乳房也被冻坏，空气干燥得每当她脱衣服时，总会如篝火燃烧时发出噼里啪啪的声音。她没法哭，只好不食不语直到未婚夫下葬。麻雀飞过整个村庄，被冻僵后掉落在地上，那声音如在寂静岭回荡。

后来居民看她不吃不喝，好心地拿来生的冻鱼片，李清说她当时胡乱吞食了几口便昏睡过去，第二日醒来便发现了神奇的秘密。

"原来生冻鱼片可以让我穿越回到吵架当天，未婚夫仍在，我和未婚夫所经历的一切都和当时一样，唯一的不同，是我可以选择发挥我的主观意识，影响他的行为发展，比如我选择不去捕鱼，不和未婚夫争论婆婆是否该入住我家的问题。但无论我如何选择，未婚夫最终都还是会跳上那辆车，然后被冻死在公路上。"

"即使你不和他吵架，把汽车轮胎扎破，他照样会上那辆车？"

"是的，他总有别的理由，比如我尝试过和他甜言蜜语了一天，可一到点，他就会说要开车出去兜风，或者去接应马路上正在送货的物流人员，以各种千奇百怪的理由开车出去。我温柔劝阻，他会找借口开脱，我愤怒威胁，他会和我吵架借此离开；哪怕我流着泪以死相逼也不行，他会认为我是无理取闹而愤然离去。轮胎扎破就更别提了，结果不是他换了胎就是轮胎被村民修好。"

李清一饮而尽壶里的清酒，确定地告诉我，通过她反复验证，这样的穿越的确是因为生冻鱼片，虽然她不知道为何会这样，但她还记得第一次用木镰枪钓到鲟鱼时，鲟鱼从全部封冻的河里被捞起后会在 20 秒内速冻住，全身包裹了一层白霜，她第一次见到这样的光景，感觉心跳加速，觉得这情景和这里炫目的阳光一样令人震撼。

"每次穿越后只有待他下葬，我慌不迭地找来人，重食生冻鱼片，睡上一觉，才能在第二天再回到那一天。每一次我都在祈祷：这都是我的问题，如果我不激怒他他就不会因此死掉，我一定要找到办法让他复活。那段时日我形容枯槁，每天都活在对自己的怨念和对他的想念当中。"

"然后呢？是什么让你打消了从此再也不去试验，再也不去奥伊米亚康的念头？"我往前倾了倾身子，期待李清能给我一个解释。

"你知道为什么我要这么吃旗鱼吗？因为我对当地的生冻鱼片产生了依赖，即使我放弃了再去那个地方的念头，我还是忍不住会想念那种味道。生鱼急冻后，像石头一样硬，一个如你一样有胡茬的当地通古斯男人虔诚地握住它，像削面皮一样，使其变成一片片薄脆，蘸着盐食用。后来我经过多次尝试，发现只有用旗鱼搭配黑鱼子酱，与西班牙火腿同食，才能还原出那种绝望的味道。"

"绝望的味道？"

"后来一次祭河，一个好心的妇女提醒我，说有让我未婚夫复活的办法，那就是我代替他死去。你刚才说那里儿童死亡率很高，但你知不知道，那边的单亲家庭占到了一半？原因是有些父母自知孩子存活率会很低，所以经过协商其中一方愿意代替孩子死去，另外一方则会带着孩子长大。这是个严峻的考验，所以也有父母会眼睁睁看着孩子死去，因为他们不愿意代替孩子去死。祭河是他们官方的说法，祭的其实是出产生冻鱼片的河鱼。"

看见我痴醉的神情，李清点点头，脸上的苦笑已解释了她为什么再也不去那里。李清上半身前倾，白如玉脂的双手搭在台面上，左手用筷戳着空盘，右手搭在我手背上。我的耳朵有些酥麻，她娇艳欲滴的双唇一字一顿："人的本性口绝无行善或作恶的所谓坚定不移的决心，除非在断头台上，目前看来，纳撒尼尔·霍桑也是错的。"

李清抬起头，眸子直勾勾地盯着我的眼睛。她的洞悉或者说坦诚，像是一把木镰枪迅速地凿开了冰层，底下的活水冒着蒸汽。这画面让我热血沸腾，一股气流下沉，太阳忽然崛起。我猛然把她挟到了厨房备菜台上，褪下她的裙子，像一把木镰枪，狠命地击中了她。我捏住她清冽泛霜的脖颈，好似渔民捏住一条鲟鱼。冬夜的气温让她的身体逐渐发冷、僵硬，我把李清当作鲜美的生冻鱼，有节奏地一片片剥落干净。

# 美凤的椰汁糕

　　若不是心怀不轨的学长歪解了摄影大师安德烈·科特兹的经典语录，恐怕立志当广告模特的美凤不会沦落到被学校开除的地步。

　　"光观察还不够，你要去感觉你所拍摄的对象。"

　　学摄影的学长放下闪光灯，对尚是处女且对当模特有着执念的美凤解释说，这句话中的"感觉"是指一项非常伟大的活动，自盘古开天辟地以来全人类都在暗地里从事的一项劳作活动。男女之事是感知世界且对世界表达敬意的伟大方式，此事连接精血，精血产生万物，当我们具备了感觉万物的能力，才拥有了解彼此心意的能力。就好像云层和云层摩擦，响起雷声，落下雨点，我们才能知道云的情绪。因此我观察你是不够的，要拍出好的你，还要感觉你。

　　仅仅因为心怀万物而和学长"感觉"了一次的美凤是开心的。她长得本来就好看，长胳膊长腿像修长的芦苇，脸白如芦花，胸又大得十分招摇，就连正常的走动，胸前都有如晚风拂过的芦苇荡。在学长约她第二次拍片以后，浑身每个毛孔都在散发着自信的美凤更加动人了。她开心地去她妈妈经营的一间小小的、生意却很火爆的粤式餐馆帮忙，连她端给客人的花旗参竹丝鸡汤的色泽，都像她开心时的眼眸，透着清亮。

她美凤是能成为一代名模的，只要有人乐于发现，就像科学家孜孜不倦地在外太空探索新的星体并且命名。她希望自己是一颗朝气蓬勃的新星，能上所有新闻的焦点图，并成为人们社交活动谈论的话题人物。

但如今，美凤在失学后足足花了半年的时间才重塑自信，通过让自己在妈妈的餐馆里忙碌起来，才逐步忘却半年前发生在自己身上的悲哀故事——有人点醒她学长那么做是在钓鱼，单纯的美凤感觉受到极大的侮辱，找学长理论时，学长却推卸责任，陷害说美凤在校内进行性服务，此事后来闹到媒体上，校方只好将美凤和学长双双开除。

美凤一日帮工时看炖盅看得入了迷，忽然领悟到，即使换了一种汤，底料哪怕也换了一种，汤还是汤，客人舀起一勺放入口里也依然能追忆起他那可人的爱下厨的前女友，或者打麻将牌品不好却煲得一手好汤的老母亲。重新调剂汤料不会影响它是不是好汤，只要足够喜爱。她自以为就是这样，思路如泛底，也需要重新调剂，哪里有什么真正的对与错呢？感觉无非也只是感觉，和人睡觉也不过是一种感觉，而模特这条路本身才是真理，虽然有的人路子不太对，但终究还是坚定地走上了 T 台，走得万众瞩目，走得足下生风。

所以美凤把汤勺丢进水池，拍拍屁股走进炙黄如虫草汤的大堂，她扭过颀长的劲项对她妈讲，她要继续拍片，因为要成为一个名模，如同煲好一锅汤。

美凤的妈妈是个老实人，此刻她正用铁钩提起宰净的白鸡，使其脱离微沸的沸水锅。听到这话时她油腻的手划拉了两下大围裙，回头看了一眼美凤的长胳膊长腿大白颈，都远比手中这只鸡的翅膀、大腿、长颈要美观，要优雅。她听不懂模特和汤的关联性在哪里，又不想打击女儿的积极性，于是半硬不软地哼了一句：那么好，出去挨宰了回来煲汤就是。

如果你看过《爆裂鼓手》，那么你一定明白美凤此时的心情。

为了成为顶级爵士乐鼓手，安德鲁近乎疯魔地练习打鼓，甚至割舍了和师傅弗莱彻的感情与他对抗。美凤则抛弃了自己的成见，和许多摄影师切磋技艺，如果他们在拍摄前或者拍摄后给出性暗示，美凤均毫不犹豫地予以迎合，但有一个要求：他要发现并且教给她好的模特儿应有的上镜技巧，从体型、外貌、气质，到姿势、气场、幻想氛围下需要的自我角色定位，以及眼睛里的东西。那些摄影师们都成了师傅弗莱彻。

有的摄影师甚至毫不忌惮地向她发出性邀请，美凤都欣然答应。事到如今，她认为和摄影师发生这样的事情也很稀松平常，就好像演员不是演员，是件艺术品，只有导演才能决定这件艺术品最终完成后的样子，所以导演和演员在一起叫天作之合，摄影师和模特儿睡觉天经地义。

后来美凤找到了条野路子，通过摄影师认识了一些品牌广告主，并结识了她的男朋友阿坤，阿坤也是个摄影师，在他的帮助下，美凤逐渐可以接到一些零零散散的活。到现在，说白了，美凤也就算是个野生模特，但这种套路的好处是不用挂靠在哪个经纪公司底下，保证了财务的绝对自由。

阿坤一向打扮干净，钟爱的搭配是格子衬衫和羊毛背心，很少使用香水，指甲始终修剪成方方正正的形状，看起来是一个极为正经以及无比正直的男人。在一次给 Kitty 主题蛋糕店的拍摄工作结束后，他极力盛赞美凤粉红色的比基尼套装十分迷人，旋即提出性要求，但那是在邀约她拍个人写真之前，询问她可否做其女朋友之后。其实横下心来的美凤不是很在意性、写真、女友这三件事的先后顺序，甚至她很诧异居然会有摄影师向她发出要确定双方关系的信号。阿坤除了爱用绳子捆绑住她芦苇一样的身子，用红色花烛遮挡住她的下身拍照以外，绝对属于摄影师里的清流，美凤对此深信不疑。

倘若事情真的向这个方向发展下去，美凤真是要喜极而泣的。阿坤对她很好，事业正在一点一点地上升，像极了美凤妈妈亲手发明的将港式奶茶升级后的魔鬼鸳鸯奶茶——只要将鸳鸯奶茶倒入骷髅头形状的容器，放进盛满冰块的铁桶里，就会有烟雾一点一点地盘旋着上升。阿坤又很精明，每当店内有慕名前来的大明星到访，他都会到场帮美凤妈妈和明星合影。

是不是魔鬼啊！美凤和阿坤分手后，总是在店里就着她妈做的很受欢迎的椰汁糕，配上魔鬼鸳鸯奶茶，盯着骷髅头追忆一些事情，有关阿坤，有关摄影。

分手只是因为一件事。出于欣赏，阿坤介绍了他的好朋友给美凤拍私房照，美凤到了现场换好衣服，不料却发现那位摄影师下半身没穿裤子，在邀约美凤上床遭拒后，摄影师笑说是阿坤安排的，并直接对着美凤手淫。

回到厨房帮工并不是因为美凤因此事受了打击，正是台风季，美凤妈妈腰椎间盘突出严重，美凤非要回去。蓝火跳跃的灶台旁，果木木炭烤制的烧鹅慢慢变硬，美凤认为这些和汤料哲学一样坚固。模特这条路她还是要走的，她要学会和店里熬制的出前一丁同样有弹性，往后对付那些摄影师的性要求还是要像这家粤式餐厅的服务态度，对顾客的一切需求毫不客气地照单全收。

于是，每当有摄影师慕名前来尝试美凤妈妈的手艺，却无意中看到帮工的美凤，便提出帮她拍写真的邀请并说可以介绍工作机会时，美凤立马说好。

摄影师阿南有自己的工作室，他既不像以前那些摄影师会直白地给美凤一张情趣酒店或者租赁公寓的名片，告知这是接下来拍片的地点，也不像那些摄影师那样轻率，阿南将美凤约在了自己正规的工作室，有若干助理和正经衣服，在美凤眼里，阿南比较沉稳，也许他留了一手。

拍摄大概持续了12个小时，休息的间隙美凤又渴又饿，抱住一个椰子咬着吸管吸溜。大概是少女的喉咙上下抖动，以及脖颈间汗液滑落营造出性感的氛围，阿南递过来一张纸巾，问美凤要不要尝试下一次写真，没有助理，并且更大胆。

"有什么问题呢？"美凤这么反问阿南的同时心里也在质问自己。

大不了还是那些事情，只是这么邀请比较好听。但是不能再像上次那么傻地确定关系了，只要能学到东西，拿到资源，他懂怎么激活我、发现我就好，乐意和真心喜欢都是可遇不可求的，但名模之路是不容更改的。当美凤第二次走进阿南的工作室，全部脱光衣服时如此提醒自己。

她走向阿南，抱住他说，现在就要吧？

阿南大力挣脱出美凤的环抱，结结巴巴地说，我不喜欢女人的，我只是很尊重你母亲的手艺，你只用跪在那里就好，待会儿我会用椰汁淋在你的身上，我想拍一个以你为主题的各种各样的粤式料理的照片。

　　轻伏在地上，美凫侧脸贴地，轻吁了一口气。她痛苦地将自己的身体缩小，又缩得更小，仿佛是一道妈妈最拿手的料理。

　　与其说那是一块蘸满了浓香椰汁的椰汁糕，不如说那更像一只煲汤前挨宰的白鸡。

# 恋恋风尘

看看斑马线上每天来来去去的人，这样的人你一定见过很多，卷发、红唇、松糕鞋和露出脚踝的七分裤，有清洁员、学生、遛弯的老头和讲电话停不下来就快要爆粗的管理层。从中单拉一个人出来，让他讲述自己的爱情故事，当他整理好衣衫开始对镜自述，"好了，闭嘴！"浩然肯定会这么粗暴地打断受访人，一把抢过话筒，"你不够特殊。"

是的，浩然和芸芸众生里的大多数人不一样，他太特殊。

浩然爱情故事的特殊性体现在他花了很长一段时间去红灯区求爱。对，不是求欢。他完事后的第一时间不是走人，而是赤裸着躺在床上，下体耷拉着，然后对有兴趣的妓女提出希望能够交往请对方认真考虑的请求，虽然得到的多半是嘲讽，但据浩然所说，这是他对爱情的独特追求。

其实浩然性无能，对大部分女人，除了妓女。

他认为自己并没有病，有朋友曾经好心地劝他去医院看看，他告诉他的朋友，恋爱的路径有很多种，大部分人选择了平常的路，他则选择了一条小众的道路，但这并不能说明这条路就不能通往正确。

毕竟，还有电影讲述说有些人的性癖方式是恋哭，照样会被满足。

他恋上妓女并渴望在心中获得真爱，和别人不一样，但也不该被千刀万剐。

浩然早年时谈过一些寻常的恋爱，对方也都是正经人，每当恋情发展得如火如荼时，浩然往往会迟迟按兵不动。曾经有好些女生被他送至家门口，暗示他上门甚至主动褪衣指引他将她们狠狠按压在沙发和地毯上，只要激吻超过三分钟，女生总会惊叫呼出那一句："你怎么是软的？"不得不承认，这的确很煞风景。

尴尬的地方还在于，浩然对她们也有感情，但就是没有生理反应，浩然曾看了无数欧美、日系的爱情动作片，但就是不行。后来他去广州做交换生，街面上有一些见不得光的小影院，一个KTV包厢那么大，一票眼袋发黑的男生做贼一样进去，出来时容光焕发，浩然明白里面大概放的是类似三级片那种露肉比较多的电影。他曾被死党揪住要求陪同，两个人都各怀鬼胎，死党想要看大波妹，让自己的下体火热起来，浩然则不想被死党发现大波妹不能让自己的下体火热烫手。

终究还是看了，老板放的是色彩浓烈的日本电影《花魁》，浩然恨死自己没早点去，出影院下台阶那刻，死党振臂疾呼老板放的什么狗屁，明明是讲妓女的电影却露得比班上女生还少……浩然迈开步子朝街上横冲直撞瞎跑，他喘气声粗如种马，紫红的下体撞得咚咚疼，额头濡湿着头发，漫无目的地跑在光怪陆离的城市里，这是他第一次见识到春天。

这个发现被实验了很多次，不管是《魂断蓝桥》里的费雯·丽、《香港有个好莱坞》里的周迅、《风月俏佳人》里的茱莉亚·罗伯茨，以及《胭脂扣》里的梅艳芳等，浩然再和女生上床并无障碍，只要事前打开电脑，播放下载好了的——有妓女的电影。

　　如果有女生能理解并认为这种性行为也属于浩瀚汪洋中的一股独流，浩然就不会去找妓女。在外界看来，浩然爱得死心塌地的女人，对浩然也死心塌地的上一个女友已经足够温柔，在最后一次性爱前浩然打开了他的助兴大片——《霸王别姬》，对此女友的表现是选择失联，没有将"你是个变态"说出口。

　　妓女青玉明明也温柔得能让春风化雨，她却说了这句话，在浩然鼓起勇气向她示爱之后。

　　青玉是妓女，是浩然在酒吧里撞见的，像一些常见的钓鱼术一样，青玉勾引浩然并邀请买酒，喝到三杯时两人下了舞池开扭，直到青玉以开襟吊带汗湿了为借口要走，问浩然要不要一起，便宜。

　　"好啊。"浩然说。

　　五个小时后青玉赤裸着从快捷酒店的床上爬起，拿了钱，说留个电话号码。浩然生生吞回了好啊的后半句——反正我以后只能找妓女。

　　下定决心今后要找妓女做女友的时刻是不是此时并不好论证，不知是青玉在床上的风韵刺激了浩然，抑或是浩然像正常人恋爱时太过受挫，浩然只能认为自己天赋异禀，在造物理论里，总是有些极个别的东西从生下来就不一样。人间是充满异数的，而在浩然的世界观里，发生基因突变的都是天才，正因为此，世界才能被极少数的异数掌控。

　　但想找妓女做女友的仅仅只是浩然这样的少数分子，有这样特殊的需求，他觉得早该去爱这一类人群，他爱慕妓女就像神父敬畏《圣经》，猴子痴迷香蕉，并没有更多什么要救赎她们的哲学意味。

　　所以爱上青玉也成了一件顺水推舟之事，青玉的温存不仅体现在她舌尖印在他颈脖之时，她还会在上门服务前多打包一份咖喱鱼丸，青玉会主动提起《榴莲飘飘》，并说自己虽然不会像秦海璐唱京剧但唱歌可是很好听，青玉还愿意在下雨天找 Cos 社团租来《花魁》里的和服，点绛红唇，摇摇扇面，学伶人唱那"这人间苦什么，怕不能遇见你"。

三个月后，浩然满怀信心地开口说求交往，青玉却说："你是个变态吧。"

幸好浩然拥有坚挺的世界观，这一次的挫败算得了什么呢，他很快打起精神走进烟花巷处，穿梭于形形色色的妓女中，一定会有同他一样的女人，和他并肩站在一个所有人看不到的高处，但是这个高处有点偏僻，浩然问过很多人，并没有人愿意来这看风景。

孤独不会终老的，其实还有一个备选方案，浩然觉得实在不行就花钱买呀，找一个愿意骗他说"我愿意和你在一起"的妓女。

他只用准备好红色的票子，赤裸着躺在床上，下体耷拉着，眼角温热，心里响起一句"黄粱一梦二十年，依旧是不懂爱也不懂情"。

# 梦中人

晏齐说："第四次梦到他，醒来后，我觉得自己完了。"

晏齐是我的闺密，大学时期相处得很好，直到现在，我们仍无话不谈。

晏齐是那种女人，像水草，男人靠近她就像踏进湿地。她的嘴唇和胸脯像湿地一样绵软，男人很快就能陷进去，水草招摇几下，便是死一般的静默。也像黑洞，男人征服她的过程就像开着飞船挺进黑洞，一阵流星火雨，黑洞里的男人被螺旋状撕裂，最后只剩下质量、电荷、角动量。

当她这么给我发微信的时候，我一开始是不相信的。

有一些女人天生就会发光，先照亮了好男人的心房，他们看到她，心里躁动而渴望；又像佛光普度坏男人的肉身，他们经过她，心里不再躁动不安。但他们都不明白一点，这光辉太过炙热，最后总会伤人。晏齐就是这样的一个女人。

我明白晏齐只是偏执，对于她不喜欢的男人，她很冷漠，可一旦爱上，最后往往被灼伤的都是自己。

这么多年过去了，自从被与她长跑七年的男友劈腿后，再没听她说起她爱上了谁。

后来我见到了晏齐口中的"他"，张申，是个微博段子手，主要发些情感小文和搞笑段子。那一次吃饭，张申带了他的兄弟石头过去，石头却看上了晏齐。那一晚张申没有主动提出要送晏齐回家，自己搭车先走了，倒是石头坚持要送晏齐，晏齐拒绝的时候，我看到她的脸色像北京的雾霾天。

晏齐偷偷发微信给我："去我家里坐坐吧。"

我说好。

到家后，晏齐告诉我，我现在正坐着的休闲布艺沙发，正是张申曾经借宿睡过的地方，现在他马上要搬进来了。

我惊得弹起来，问"这么快？你们是在一起了吗？"

晏齐递给我一杯她调制的莫吉托，一屁股窝进沙发里："只是合租，他的租处房子漏水，房东追责把他赶出来了，他在这里借宿了一段时间。这期间我翻看了他的全部微博内容，从段子到鸡汤文，我痴迷得不行，就让他考虑搬进来过渡一下，之后我就开始频繁梦到他。"

第一次梦到他的时候，有些恍恍惚惚，身体就像一条章鱼正吸附着游轮前行。梦中他的脸是深海航灯，明了，又灭下去。

到现在已经梦到大概七次了吧，中间有几次记不太清了，总之他很冷漠，像一个没有心的男人。

我问她："他喜欢你吗？"

晏齐笑了："现在他准备搬进来了，机会很大呀。"

后来，晏齐没有再说梦的事情，估计是忙了起来。晏齐是一名插

吃了再爱，还是爱了再吃？

画师，看她的朋友圈状态，好像正在忙一个大型项目——在武汉做室内插画设计。晏齐身着职业工装吃着热干面的自拍，笑起来异常甜美，我突然想到上一次吃饭时，张申好像说他是武汉人。不知道他俩是否正在一起。

看见晏齐很多条朋友圈都在分享这个城市的点点滴滴，我觉得她对武汉发自心底的热爱，可能有更深层次的关系，也许是因为张申。

又过了一段时间，晏齐开始和我汇报，说张申回家探亲，顺便带她回了家并住在客房里；张申带她去了黄鹤楼看落日；张申又带她去江滩放孔明灯；张申还带她去了他叔叔开的五金店铺里做客。这一切，看起来仿佛都很水到渠成。

"今晚我要见他的兄弟啦。"晏齐有一天晚上给我发了这么一条语音。

"好好把握啊，他的哥们喜欢你的话，你胜算就会很大。"我说。

晏齐没有回我。第二天中午的时候，我看见她发了一条朋友圈：这是我目前走过的最艰难的路。配了一张绿荫小道的照片。

直到她回北京，我再在她家里聚会时，她才幽幽地说明，那晚和张申的兄弟们喝得很嗨，石头也在，可是到了后来她喝大了，石头和另一个兄弟说要给晏齐开个房休息，张申说好啊，抬抬手就走了。护送她去酒店的路上，石头有些毛手毛脚。

"如果他不喜欢我，为什么要带我回家？如果他喜欢我，又为什么会把我拱手送给兄弟？第二天我醒过来，发现我的包被他带回了家，我身无分文，妆是花的，脸上有泪痕，我应该是哭过了，你知道吗？我从酒店走回他家，足足用了一个小时。"晏齐说这些时，泪水一直在眼眶打转。

"你问过他这是为什么吗？"

"我没有问他喜欢不喜欢我，我开不了口，我以为他懂的。他只是说，带我回家主是招待朋友罢了。"

晏齐返身走回客厅的茶几，收了收上面的插画。我无意中瞟了一眼，有一页纸的最上面写着"Dream 12"。

再听闻晏齐去武汉，是因为张申的妈妈病了，正逢晏齐休假，她便自告奋勇前去照顾，张申也没拒绝。晏齐托我每周去他们的合租房里请阿姨打扫房间，我答应了。

我坐在客厅的沙发上，看着阿姨忙进忙出，环顾一下四周，两人一人一间房，衣服也是各晒各的，客厅有张申的游戏机，也有晏齐的投影仪和画板，我开始将晏齐给我描绘过的合租生活和现实对上了号。

张申一般都在自己的屋里写东西，偶尔会出去见客户发微博广告，而晏齐则会拿着零食和故好的精致食物有意无意走过他的房门，询问他要不要一起。

晏齐会主动帮张申洗净他用过的锅碗，也会主动收拣他的脏衣服丢进洗衣机，以及帮他倒卓塞满了烟头的烟灰缸。晏齐曾说，有时两人会小酌一杯，再各自回房睡去。

听起来两人的关系极为和谐，可是晏齐私下和我坦白说，只要两人不在一起时，张申就会比较冷漠，微信微博极少互动，再热情似火地和他说什么事，比如看电影、好玩的段子、新开的餐馆，他都是极为淡然的样子。

"可他越是这样，我越痴迷，也越纠结，梦里常常都是他，一副没心没肺的样子，我喜欢他，真的好像喜欢得不行，我以为只要对他好一点，再好一点，他真的能懂。"我歪在沙发上，又想起晏齐和我之间曾经有过的一段对话。

"可是他就在你的隔壁房间，你也能常常梦见他。"

"所以可笑吧？"

阿姨将清扫出来的垃圾堆在门口，她打开了大门，准备出去倒垃圾时，过堂风带着狠劲吹过来，堆起的垃圾袋看起来要倒了。

我走过去帮她，拾起因风而吹落在脚边的一张废纸，上面写了一段话：

"2015 年 6 月 13 日，急性肠胃炎，上吐下泻。张申出门办事，临走前过来看了我一眼，说晚一点回来给我煮稀饭。我吃了消炎药躺了一天，下午仍然起不来身，便去社区医院挂水，中途没有任何他的一条信息。我再回家时，他正在房里打游戏，头也没转地问我需不需要煮稀饭，我说不用的时候心好疼，一走过厨房，我就哭了，晚上我居然又梦到一遍，他打着游戏，我卧床发烧。"

这是一张晏齐日记本里的纸，我认得纸张的印花，大学时期我就知道晏齐有一本厚厚的日记本，没想到她一直用到现在，想必时间太久，装订都散了，纸张掉落出来，阿姨竟然错手把它当成了垃圾。

回北京后，晏齐又开始钻研各种食谱，我知道她是要做给他。我问晏齐，你有认真表白过吗？晏齐说有的，一开始他不说话，后来喝了几次酒，他醉了，坦白说他的心思不在谈恋爱上，也不是她不够好，只是这么多年，他从未在女人身上停留，不少女孩子哭哭啼啼地问过他，他也时常觉得自己在那方面好像没有心。

"无论女人做什么，他都无动于衷，他就那么看着女人的执着，看她燃烧，情爱对他来讲挺没劲的，他还是会和她们亲吻、做爱，但想不出一定要在一起的理由，他自己说的。"晏齐说。

"张申经常劝我，你还是赶紧谈恋爱吧。"晏齐有些难过。

"可是你知道吗，这一次回武汉，张申居然说他妈妈喜欢我！"晏齐还是笑了。

入秋了，秋意浓得好像颜料堆在天上抹不开。

张申和晏齐叫上我和我们的几个朋友在他们家里聚餐，我朋友带了他的朋友小鱼过来，吃着火锅，喝着温过的烧酒，大家均有了几分醉意。

谈完理想、世界经济格局、股票、八卦后，张申信口开河地说起了他的泡妞往事。他曾拿下闺密团，也曾拿下他的大学辅导员，更有风尘女子为了他打算从良。他的讲述中有一些细节刻画入微，我觉得他不是在吹牛。

张申是这样的浪子我以为晏齐会知晓的，所以她不应该碰，不应该赴汤蹈火，可是她佯装没事人一样，劝在场的每一个人要喝尽兴。

张申的朋友在晏齐耳边私语，大致是让她放弃。晏齐转过身去，假装和他的朋友讲着笑话，泪流满面地说：放弃你妈。

此时略有醉意的张申张罗起大家玩真心话大冒险，他输了，需要选择在场的一位姑娘舌吻。没有任何犹豫，张申抱起小鱼的头，亲得梨花带雨。晏齐擦了擦脸上的泪，给了张申一个巴掌。

晏齐挤出一丝笑："我刚和你朋友聊得太高兴了，他打赌说我不敢给你一个巴掌。"

没等我反应过来，张申拿起桌上的水壶摔在地上，晏齐则抄起一瓶酒一口气喝完。

那是个明媚如春光的秋夜，我记得晏齐的眸子在灌完酒后跟窗户外面的星星一样亮晶晶。

朋友们后来将晏齐和张申分开各自劝说，我记得晏齐告诉我，就在最近，她又梦见张申和她并行穿过一条逼仄的城市小路，张申没有任何表情地说：好了，我要走了，你好自为之。

说完这话，晏齐揪住因喝酒上脸而脸红如猴子腚的张申的衣领："有件事，我早想跟你说了，不过一直觉得不好意思……"

没等到话说完，晏齐扑通一声，倒在沙发上睡去。

晏齐曾问过我，你能重复梦到一个人多少次，我说最多不超过三次，我从来没有做过那么偏执的梦，能梦到一个人这么多遍，何况这个人还在你身边。

她说，世界上最遥远的距离根本不是我站在你面前你却不知道我爱你，而是我他妈就在你隔壁，然而梦中你出现的次数都多到快能写成一部连续剧了。

晏齐握住方向盘，此时已接近凌晨，长安街上畅通无阻。晏齐说，合租快一年了，我也不知道到底喜欢他什么，就是喜欢，他越不接受我，我越想要他接受，哪怕他对我这样，哪怕梦里他也对我这样，可我就是喜欢。

"一开始我以为他之所以选择不和我一起，是因为他喜欢的不是我这种样子，于是我改变了许多，变得风情万种，渐渐变得不像自己。我琢磨他的段子、他的鸡汤，试图寻找他喜欢的女生的痕迹，可是到头来，我根本没意识到，他压根就没有心。

"世上原来有这样一和男人，他角逐自由比角逐女人更有劲，他就是铁血战士，无论选择什么样的人生，对他来讲，感情都不是第一，因为他不想被定型。

"所有的方法我都试过了，对他无止境地好，娇嗔，霸气，野蛮，乖巧，可是你知不知道，我还是会梦见他，在每一个我抗拒独睡的夜里，他打着游戏，一副懒得和我有交集的样子，可我在隔壁的房里夜夜和他对戏。"

就在合租快满一三的时候，晏齐办了个画展，地址在北京 Moma 的后山区域。晏齐说张申提出要搬走，恰好我画的这些东西，全都因他而起。

一幅幅冷漠的插画，充斥了整个 Moma 后山的每堵围墙。

Dream 1：男人并排和女人走着，不愿多说一句话。

Dream 2：男人和希脂神话中的女神洛列莱裸露上身，在海岸线流泪高歌，男人捂住耳朵。

Dream 3：男人钻进黑暗的隧道中，女人行注目礼。

Dream 4：男人手持宝剑，下方是一条虎视眈眈的龙和死去的女妖。

Dream 5：许多女人跪在男人脚边，其中有一位流着泪，男人戴着防毒面具伫立在世界中。

Dream 6：女人说能不能陪我走过这个森林。男人转身说，你可以不走。徒留一个背影。

Dream 7：男人女人交媾完一瞬间，男人起身要走的身影。

Dream 8：女人在世界末日的荒原下拉住男人的手，下一秒他却消失不见。

Dream 9：女人流着泪仰望，男人远远地在云端下着游戏补丁。

Dream 10：女人到处寻找男人的焦急的表情特写。

Dream 11：男人如水纹般变形变宽的脸，女人说没关系我还是爱你。

Dream 12：男人消失在城市拐角处，女人慌忙走过去，一脸惊慌。

Dream 13：女人的孩子扬起稚嫩的脸问爸爸去哪儿了。

Dream 14：男人受着酷刑，女人说我愿意承担。

Dream 15：男人和美艳女子在床上，女人笑着问我能参与吗。

Dream 16：男人的心脏是空心的，女人的心是实心的，却灌满了铅。

Dream 17：男人戴着帽子走在大街上，对女人说我们来玩捉迷藏吧。

Dream 18：男人抬起女人下巴，面无表情地说再见。

Dream 19：男人打着游戏，女人卧床发烧。

Dream 20：女人梦见猴子，猴子最后变成了周星驰，又变成男人的脸。

Dream 21：男人走在颐和园中，女人深陷冰窟，他却视而不见。

Dream 22：男人身着黑色礼服，参加女人的葬礼。

Dream 23：男人喝了酒，女人说不要。

Dream 24：女人轻功盖世，男人却有隐身技能。

Dream 25：女人走寻到沙漠尽头，才知道真爱叫什么名字，可那个人非常讨厌她。

Dream 26：张申？嗯？我喜欢你。哦。

Dream 27：女人坐在男人床头思考的模样，等了四个小时男人没有归家。

Dream 28：晏齐，你不要等我了，我不值得。男人说。

爱情不会让你成长，
爱情失败才会让你成长。

深海的下面，
无情人看到虚无，
有情人看到生命。

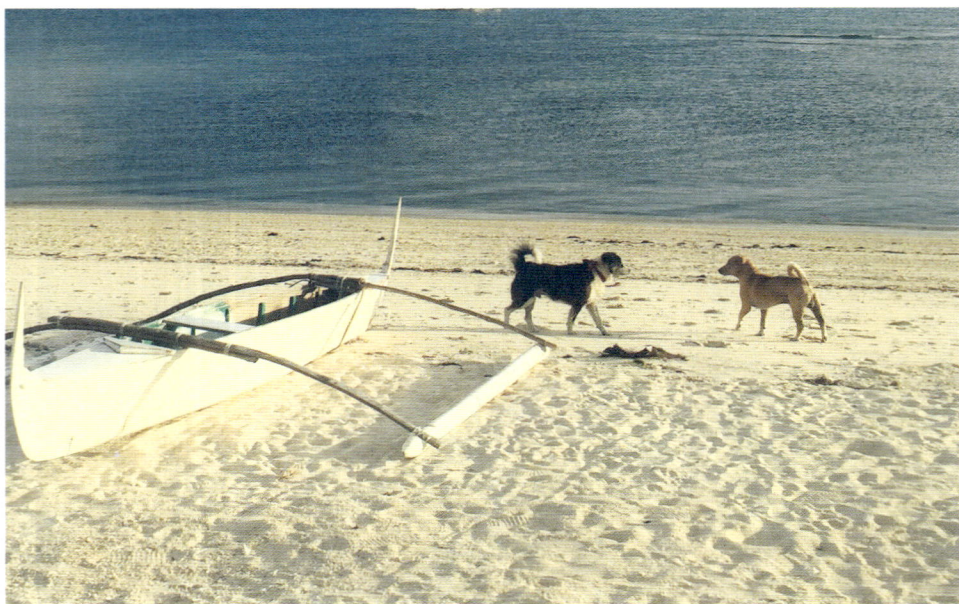

其实我记得有那么一瞬你我都没说话，

你看着我，我有点躲避，

后来我决定讲个笑话，让这一瞬就这么过去，

我不太敢看你的眼睛，我怕看下去，我忍不住问你，

万一我听到你说，不行。

Dream 29：神灯说　你的春袋和女人只能二选一。男人说，春袋吧。

Dream 30：巴黎的街头灯火通明，我们看了一会儿摩天轮，你突然说没意思。

Dream 31：再见了，女人，在硝烟四起的战场上，我们都是身不由己的战士。

Dream 32：感情是泡沫，女人和男人浮在上面，女人有点摇摇欲坠的样子。

Dream 33：葡萄酒起开，男人没有帮女人挡酒。

Dream 34：男人死在旦夕，女人跪求死神说，我可以。

Dream 35：男人发段子遭到法律追问，女人花重金请了更好的律师。

Dream 36：男人天上飘，女人水中游，问飞鸟与鱼，还是不能相爱。

晏齐将梦到过张申的场景用画笔一一记录了下来。我想起先前在她家里看到的写着 Dream 12 的纸，原来那时就开始筹备了。我望向晏齐，她正在门口站着，怅然若失的样子。我知道这天正是张申搬家的日子，张申不会来了。

我扭过头，画展东北角的拐角处，有一盏 Logo 灯打在墙上，有一排字不停地变幻，像春天的河水从山上流下来，止不住地流淌，那是晏齐为画展设定的主题："想象一个男人，他生来就少了一颗心，他善良、正直、彬彬有礼，但就是没有那颗心。"

这句话出自意大利畅销书作家芬妮摩尔笔下，她爱慕亨利·詹姆斯无果后选择自杀，芬妮摩尔形容他说，她喜爱孤独多于爱情。

吃了再爱，还是爱了再吃？

　　日夜出现在梦中的那个人，他根本就没有心。

　　现实压根不像电影，在电影中梁朝伟对陈慧琳说了下面那番话，于是两人决定在一起：

　　"有件事，我早想跟你说了。不过一直觉得不好意思。我整天梦见你这件事，是真的。"

　　梦是心的回音，有时多想看见你能回应。

# 假脸 vs 原味

范伟从小就被妈妈教育说，他不可以吃菌类食品，否则就会过敏。幸好范伟对菌类食品不是很感冒，每次放学，和妈妈去超级菜市场，他都站在生鲜肉禽区。刚开始范伟只看肉贩，偷看杀鸡，摸盆里的大青鱼，时间一长，范伟等得无聊，就开始拿水笔画画，画完送一些给小商小贩。老师夸他画得有模有样，但同学们挤眉弄眼，捏着鼻子取笑他：怕菇鬼，你永远玩不了超级玛丽。

高中时，他发育飞快，只爱闷在画室里涂涂抹抹，手指粘满铅粉，纸上零星挂了些黑手印。他爱上了画写实人像，并偷偷画下自己的局部裸体：喉咙鼓包如猴头菇，生殖器官也好像一些菌类。对他来讲，平菇、香菇、秀针菇、金针菇、茶树菇、蘑菇、滑菇、白菇……菌类大概有十万种，范伟虽然认识它们，却并不晓得它们各自的味道，但那也没有什么好可惜的。

范伟唯一一次吃菌类，是为了和大学老师赌气。

那时他经常不去上课，窝在寝室打游戏，要么就画肖像和人体。某学期最后一节课，范伟被学习代表劝去了教室，整颗头埋在书桌上，双手放于抽屉和膝盖之间，打开一本日本漫画家小林拓己的 R-18 漫画，表情很冷漠。谢顶的老师一个箭步过去抢过了漫画书，把书当众从七楼窗户丢下去，又把教科书卷成一卷，大力敲他的头顶，说：画画能有什么出息？下学期交 3000 字检讨，在全班朗诵才行。

再次开课前，范伟在校外餐馆，点了蘑菇炖小鸡，只吃蘑菇，不吃鸡，然后飞速跑去上课。当老师严厉问责他时，同学们惊异地看到，范伟倒在地上，面目全非，老师惊慌失措，抱起一米七八的他往医务室跑，而范伟的面部和喉咙此时像充了气，发出"嗒嗒嗒嗒"像笑一样的声音。

此事奠定了范伟今后的人生轨迹：成为一名业余画手。原来开课以前，范伟暗中以学校名义报名参加了"马良"杯全国大学生书画大赛，一举夺魁，学校拉了红横幅，挂在范伟所住的男寝楼，自那时起，便有很多姑娘上门，自愿当他的人像模特。

墨绿色画夹，牛仔裤的破洞从大腿破到膝盖，窥出骨骼清瘦，金属发箍箍着微卷长发，发下一双吊梢桃花眼，若隐若现。那个时期，范伟永远这样打扮。他只愿意画自己心爱的姑娘。一天午后，他低头急急走过图书馆大门，听得咚的一声，抬头见一女生倒在玻璃窗那头，半坐在地，一声不吭，向他伸出一只手。他的同寝好友们提醒范伟，那是表演系的雅茹，别看她明星般的外表，其实很有心机。范伟吞一口唾沫，喉头像猴头菇一样，上下动一个回合，决定开门拉起她。雅茹拍拍格子裙，往右偏头友好地睥睨他一眼，嘴角一翘，两个小梨涡，外加两颗小虎牙。

范伟和雅茹很快住到了一起，他给她画了很多人像，角度各异，也画了很多特写，五官分明。不论雅茹踮脚提裙、蹲地回眸、咬嘴发呆，还是坐在石膏球上，每张都凸显了少女面部的柔和、仪态的自然。当范伟在租处画完整 100 张时，雅茹扑到他的身上，露出小虎牙，喉咙呼噜呼噜，突然咬上一口。她的长发将他俩全身包裹，只看到两个胴体，一头乌发，胴体像岩石，头发像海水，一波一波地撞击。

范伟再看到雅茹时，是在大马路的灯箱广告牌上——雅茹用范伟给她画的人像去投稿参选模特，后被星探发掘。雅茹立马退学，联系方式统统换掉，当范伟点开用于两人联系的社交主页，竟然发现她已把自己除名了。

于是范伟买来一台电脑，配有高级手绘板，封上租处的窗户，决定什么也不想，一心埋在电脑绘画里。电脑桌上只有可乐罐、烟灰缸、吃完的外卖盒，里面都是浸满的黄色烟头。某一天再有漂亮女孩前来，他便不再高冷，他粗鲁地剥去她们的衣裳，同她们做爱，给她们画像，并建立加密文档，以她们的名字各自独立命名，里面有女生大胆的裸体画像，色彩鲜明，气氛浓烈。

毕业后，范伟成立了"马良"艺术工作室，他接广告设计，也做肖像定制。当年同寝的好友们也还在联系，他们打趣说范伟你做这一行，是不是可以捡到更多美女？

范伟的文件夹的数量一直在增长，里面有客户、同事、网友、模特，也有熟人。一次他接了一个给汽车拍摄平面广告的活，广告模特很晚才来，顶着埃及艳后妆，甲方大骂，让她回梳妆室重化。模特偏头走前，耳环反光闪了范伟的眼，不知怎的，范伟立即什么都看不清，只知狂流眼泪，于是只得停工歇息一日。

从那以后，范伟再也认不清女孩的脸，他整理文件夹时，也发现越到后面，里面的女人越长得如出一辙。她们千篇一律有着赵薇的眼、杨幂的鼻子、范冰冰的嘴、Angelababy的下巴，有一段时间，范伟用

Photoshop 将这些当红女明星的五官重新分割，组合，每排列组合一次，都能从后来的文件夹里找到类似模样的女孩。

范伟做了那个梦后，才知道到底发生了什么事。

他从应酬酒局捡回一个姑娘。那年经济形势不好，很多客户未付余款，范伟为收回欠款，请其中一个大客户喝酒，不料不胜酒力，干了三瓶茅台以后，范伟跑去男厕狂吐，头磕在马桶上好几次，如同和尚撞钟。此时酒店大堂经理严璐恰好路过，带范伟重回包房，并一口气连饮五杯红葡萄酒。严璐放下酒杯，宛若明星的脸颊殷红绽开，趁人不注意她吸吮一口范伟的耳垂，一只手伸到酒桌桌布下面，抓住范伟的裆部，画了三个圈，又摸索拾得范伟的手，放在自己的大腿根部。黑色丝袜很滑，她也湿湿滑滑地在范伟耳边说：是我呀，我跟你回去好吗？

先是湿润，再少许温热，杏鲍菇经过雨林，就生长了起来。严璐奔放的身躯像一片厚厚的雨林，穿过她，即坠入了梦乡。在梦中范伟和严璐一起走进一个很大的丛林，小溪奔流，树林茂密，还有像蘑菇一样的菌类布满此地。有一株硕大的蘑菇，两层楼那么高，通体色彩斑斓，长在一棵合欢树下，伞面上下颤动，继而喷出一股白色气流，天空中慢慢出现一朵蘑菇云。然而这巨大的喷发吹得严璐跌倒在地，范伟回过身看去，严璐的下巴歪到了左脸颊，鼻子的假体掉出，她正趴在地上，见范伟转身，忙抬起她鬼一样的脸：快帮我找找假体！

范伟惊醒，他摇醒严璐，把梦境讲述给她听。严璐听完，起身大笑，先是吃吃地笑，后来使劲摇晃范伟，拍拍他的脸：你还记得大学的 Emma 吗？我整容了，哈哈哈哈，那是我呀！

范伟自此阳痿。街上、工作室、旅行中，透过范伟的眼睛，整个世界的女人只有两种：一种丑的，一种经过整容后一模一样的。至于后者，也许不是完全一样，只是范伟认不清。他折了画笔，把手绘板的笔头插进墙里，关了工作室，转云做网游代练，日夜沉浸在电脑游戏里。

恰逢范伟生日，当年同寝的好友们再聚，去了一家云南菜馆。在餐厅中，有一位好友的老婆不知范伟对菌类过敏，点了一盘酥油松茸。黑陶土锅滋滋煎着，酥油化开，松茸卷起，散发出矿物质的香气。范伟不可思议地看到，隔壁桌坐了一个女孩，神情身段极像了雅茹，天然，没有化妆，面部有着柔和简单的力量。

他呆呆望住女孩。有人介绍说这种松茸是菌类中的最高级食材，只需用最为朴素的烹饪方式。

天然，不加工。范伟接着如是说，然后于众人惊愕的眼光中，一个人吃了 28 盘。

# 火车爱人

致富是我的同乡，我和他亲妹，还有他都是在同一个地方长大的。致富本不叫致富，他和他妹曾是我们这个小地方名副其实的富二代，我们十几岁的时候，那才 20 世纪 90 年代末，他俩的双亲在市政府那抵押了 80 万，在市区中心开了一个电影院，他爸亲自上阵，在幕后做电影放映员，他妈则做起影院的公关，招揽些外来流动团体的表演活动，所以小时候我能在他们家的电影院里看到《大话西游》《官人我要》，还有脱衣舞女的喷血表演。虽然如此，看着那些舞女夸张地对台下做着撩拨的动作，致富仍在后台对我和他妹说，他最爱的还是看电影。

致富生得眉目周正，身体也很结实，很会唱歌，在我们那里，人家都说他像张智霖，致富后来真的走上了演艺这条道路，只不过是在他们家破产以后。致富家风光了大概五年后，影院由于经营不善和设施老化，前来光顾的人渐渐越来越少，致富的双亲企图拿回抵押在政府那的 80 万，却遭到拒绝。从那以后，致富给自己取了个外号，让我们这帮朋友都叫他致富，然后，他就来到了北京。

有一句话，致富常常挂在嘴边，他说他来北京拼闯，多半是为了他的家。电影院倒闭后，致富一家从 1000 平方米的大宅院搬到了水泥平房，妹妹也吵闹着不肯再读书，要外出打工补贴家里。致富拿着家里的津贴，勉强去读了一年的中国戏曲学院，第二年就出来了，他和我们说，读书不能致富，早点打工才行！

致富不知道怎么搭上了剧组里的关系，从学校出来后，不肯再向家里要钱。他很穷，但身上常备两包烟，一包是红塔山，另一包是玉溪，平常他抽红塔山，见演员、副导演的时候才拿出玉溪毕恭毕敬地点上，笑得很谄媚："刘导，我的资料你收到了吧，刘导，你吃饭了吗，咱一起呗，方便吗？"

虽然没钱，但致富乊偶尔请客，北京读艺校的几个朋友，手上多多少少有些老师和影视行业的关系，致富需要他们帮忙。致富会组局让大家去 KTV，一般他都让大家唱。其实致富最爱唱张国荣的歌，学得也很像，简直就是翻版。有一次致富喝大了，他说，小时候看了太多他的电影，张国荣才是他的发展方向，影歌双栖啊，等他致富了，他要给家里一沓钱，让他们看看，你儿子来北京没错的。说完致富很愤恨地朝地板狠狠吐了一口口水，骂道：靠！我们明白他家里被坑破产对他来说是个心结，于是都说，致富同学，你可以的，但要真的致富了，可不要忘了我们啊，哈哈。

再往后，致富去了广州，刘导的剧组给他派了个跑龙套的角色，致富屁颠屁颠地去了，再回京的时候，却带了个姑娘回来。

照旧是 KTV 局，致富左手拿着麦克风，右手拿着瓶酒，和在场的每一个人介绍说姑娘叫盈盈，两人是在致富拍戏的时候认识的，盈盈当时就是路过拍摄之地，多看了两眼，致富说："当时正值广州最热的时候，我演的门童，裹着很厚实的礼服，帽子盖在脑门上都不透气儿，偏偏那条演了好多遍都没过。休息的时候我汗水直流，盈盈递给我一张纸巾，我那时就觉得，就是她了。"说毕，致富深情地看了盈盈一眼，然后在一片掌声中将手中的那瓶酒豪饮而尽。

当时的致富怎么会想到，他和这个姑娘之间的故事，会像电影里的夸张剧情那样真实上演。

盈盈本是教舞蹈的，为了致富硬是不顾家里反对，把工作辞了来到北京，两人窝在一个不到 3C 平方米的房间里。致富那时接不到活，盈盈没多说什么，默默准备好简历，奔波在北京的大街小巷。后来致富好不容易接到电话，要去外地驻组，盈盈为他收拾行李送他去火车站。不出半个月，致富又悻悻而归。盈盈问他，怎么了？致富沉默了一会儿，才道出这半个月的境遇。"当了半个月的司机、场工，什么事都干，就为了一个他妈的角色，最后一天导演松口了，让我晚上去他的房间里，晚上我到了，看导演煮着火锅，开了牛二，我一看这架势是要长聊，还以为有戏。可是这个变态，刚吃不到一半，就把手放在我大腿上，问我晚上愿不愿意留下。"

说到这儿致富拎起行李包死命往地板一摔："我他妈就是再想演戏，也不会沦落到被一个老 Gay 睡了就上戏的地步，王八蛋！"

盈盈震惊之余脸上挂起了微笑，给了致富一个甜甜的吻，说没关系，这不还有我呢，我支持你的演艺梦啊，小傻瓜。

致富在家等活的日子里，盈盈找到了工作，挂在一个舞蹈艺术团下面，团里有演出的时候，她便过去跳舞。因为艺术团里同事的介绍，盈盈也私下去电视台的节目上跳舞，大多是为一些还算大牌的综艺节目做开场舞表演，或录制节目中途的暖场表演，盈盈只是众多舞者中的一个。

每一次去外地演出，盈盈都会给致富打一个长长的电话，告诉他，她找编导要了播出时间，"到那时我们一起在电视里找我的镜头啊。"盈盈在电话里面笑得很开心。

这一段岁月，是致富比较难忘的日子，他曾对我和他妹妹说过，这段时间他一直没钱，都是盈盈在养家，两个人天天吃沙县小吃和煎饼果子，餐馆都不敢下，购物广场多半只是看看，两人逛得最多的也就是超市了。盈盈居然很满足，和致富开玩笑说觉得逛超市最幸福了，感觉什么东西都买得起。致富说，我这么一个穷小子，盈盈还愿意跟着我，等我真的致富了，我他妈一定得买个大戒指，把她给娶了。

过了一阵，致富接到朋友飞哥派来的两个散活，一个是在北京的酒吧里出演小混混的手下，只有一场戏，一天。另一个是古装片，得去北方的山沟沟里，演配角，俩月。

飞哥告诉他："都没词，前者得画上哥特妆，你去吗？"

致富沉思了一会儿，讨好似的问："谢谢飞哥，飞哥，那个……有执行导演的活吗，我以前也干过，执行导演和男二以上的演员我都行。"致富觉得执行导演的钱拿得比较多，对于演员，他自认为自己的外形和台词功底各方面还可以，他太急于求成，不愿意接一些无关痛痒的角色。

飞哥只是说，这活你不做，多的是人做，我不强迫你，我给别人了。致富讪讪地笑了，慌不迭地说："接，哥，瞧您说的，我接。"

拍完北京的戏，致富又往山沟沟里赶，这次是他们分别时间最长的一次。北京火车南站站台上，盈盈带着哭腔拉扯致富的领口，扇了他一个巴掌，哭着喊："浑蛋！为什么骗我说在西站上车？你到底是不是拍戏去啊？你说啊。"致富一把抱住盈盈的腰肢，像要把她揉进自己身体里面似的，致富在她耳边低语：你是不是偷看了我的火车票？南站离我们家这么近，万一你坚持要送呢，我舍不得啊，我说在西站，就是有个理由告诉你，你看，这么远，你就不用送我了啊，傻瓜。

两个月后，致富拿着两万块钱回来，第一件事就是给家里打了一万，第二件事，致富神气活现地拽着盈盈走进珠宝店，给她挑选黄金戒指，致富的意思是，说好了要娶你，你现在先将就一下，等到我们结婚了，咱再买大钻戒啊。

再接到活的时候，时间又过去了三个月。实际上买完戒指后，余款才支撑了一个月不到，两人的生活依旧捉襟见肘，致富变得有些焦虑，所以一听说有活，登时就问有没有可能争取男二以上的角色。致富总和我们说，他算是明白了，跑龙套一辈子也跑不出个名堂，他不想成为其他人的附属品，被很多人呼来唤去，他相信自己，以他的条件，一定会有贵人相助。在这期间盈盈尝试着和他交流，说还是一步步来比较好，争吵中气急败坏的致富一拳打在墙上，说她懂个屁。

盈盈憋红了脸，那样的情况下，有些话她没法说出口——自己银行账户里的钱，因补贴两人的小家和生活，已所剩无几了。

盈盈只好问他，接下来你打算怎么办？致富坐在床边抽了一整晚的烟，没有和盈盈说过一句话。

第二天，致富神采飞扬地说要去哈尔滨勘景，他让盈盈放心，这一次铁定赚得盆满钵满地回来，飞哥给他拉了一条非常靠谱的线，这么长时间待在家里也是一直在等消息，现在终于定了，班底已经码齐，他此次过去是担任执行导演一职，还将出演片中第二重要的男主角。说到这些的时候，致富壮志满满。

致富一去又是一个月，中间发来他做功课时被别人偷拍的照片，以及捋剧本时做下的很多笔记的照片。致富这个活是飞哥的朋友，一对北京的制片人父子攒的局，大的叫老金，儿子叫小金，老金听说哈尔滨地税局的局长夫人有个愿望，希望有人能够把她爷爷的英雄事迹拍出来。她爷爷是老红军，曾在抗日战争中参加过哈尔滨保卫战。局长夫人又借着老公的人脉关系，撬动了当地政府和文化局，政府愿意出面协调多方资源支持电影的拍摄工作，同时愿意出钱补贴这部红色题材的电影。老金其实是冲着这笔钱来的，心思压根不在电影上，叫致富过去也是希望他能帮他做一些场面上的事情。

盈盈去哈尔滨看望致富，不出三天便看懂了这些关系，试探着问致富拍摄进展，致富只是抱怨说，他不仅一分钱没有拿到，老金前两天还拿出一份合同，上面白纸黑字写明了三个月才一万块钱的酬劳。盈盈说，回家吧，这里面的关系我都看明白了。老金他就是一骗子，你再耗下去还是一样拿不到钱。致富暴跳如雷，当着全剧组所有人的面吼道：你个臭娘们，不许你这么说老金，你懂个屁！

盈盈心灰意冷地回了北京，不出两天，致富也回来了。盈盈问他，钱拿到了吗？致富瘫软在床上，喃喃地说，老金翻了脸，说局长夫人也没有给到他钱，他也没法给我，整个剧组只好作鸟兽散。致富使劲揉搓自己的头发，说我爸自从破产，没事就酗酒，现在越来越蛮横了，我去哈尔滨的日子里，他在家里喝醉酒打人，把人打坏了，家里人瞒了我半个月才告诉我，现在需要一笔钱。

拿出银行卡，盈盈以特别坚定的语气说，虽然里面没多少钱，你全部拿去救急吧，密码是你的生日，不过你得答应我一件事，你的影视梦我还是支持的，我们俩也会越来越好的，只是往后你在家里等飞哥消息的时候，可否出去打些零工。你的嗓子那么好，北海公园那边有很多驻唱歌手，我在想……

操，那是我能干的事吗？那种人被客人灌酒的样子你见过吗？致富恼羞成怒之下，给了盈盈一个巴掌：你要是嫌我穷，就趁早滚蛋！

盈盈走了，致富找我们这帮朋友喝酒，没人能想到，就在我们喝得兴起的时候，盈盈找了过来。她自作主张跑去找老金讨债，没找着老金，反被老金的儿子小金调戏了一番，欲对盈盈下手，盈盈强力反抗才侥幸逃脱。盈盈对我们哭得满脸都是头发，那一晚，致富搂过她，任她在肩头哭成狗，红着眼一言不发。

致富发了狂似的找寻老金和小金，可哪知道两人均换了手机号，再也联系不上了，打电话问局长夫人，局长夫人在电话那头哭作一团，说自己眼瞎，这对父子转移了大部分的投资钱，现在没法对爷爷交代，对政府交代了。

那一段日子，秋风起，吹过人脊梁，阵阵发凉。

发生这件事后，意志消沉的致富每日躲在家里大门不出，飞哥再打电话来也不接。无论我们怎么劝，致富自此都只在家里打打游戏，和盈盈的生活更是满目疮痍。致富的脾气也变得越来越大，仇视身边接了活的朋友，甚至看不惯盈盈。盈盈有次去菜场买了排骨，致富反而骂她败家。盈盈知道他心中的苦闷，还一直安慰他，劝说他，致富始终反唇相讥。

那时候，盈盈因为跳舞跳得不错，结识了不少朋友和台里的领导，其中有一个电视台的男编导听说了她和致富的情况，有些同情她，想要

帮助她。他联系了一个做广告公司的朋友，恰好那儿缺广告演员，编导
对盈盈说，让致富去试式吧。

那一天盈盈开心比收完工，和致富走进家门口的沙县小吃，一人点
了一份拌面，盈盈激动地说，致富，明天去吧，编导说了，只是走个形
式，你肯定会过的啦。

致富问盈盈，编导是男的女的？

盈盈说，这有什么关系吗。

致富冷冷地说，你们睡了？

临街的小房子外是车水马龙和人声鼎沸，当晚，致富在这个小房间
里冷嘲热讽了盈盈一顿，说她是个烂人，不止编导，也许和小金也睡过
了，肯定没好意思承认。盈盈默默拿起行李就要出门，盈盈说，致富，
我们分手吧。

这一晚，当盈盈说完这句话，致富冲向门口，将盈盈从门口拖到床
上，又从床上摔到地上，任凭她泪如雨下，拳头和脚像暴雨一般砸在她
身上。

盈盈第二天搬走了，临走前，致富流着泪，坐在床边求她。

没有人再听过盈盈的消息，盈盈为了彻底远离这段感情，和我们都
不再联系，我们也受致富拜托，尝试着问过她最近的情况，盈盈不肯回
应。再往后，盈盈也换了手机号码。

时隔一年，致富迫于生计渐渐转做幕后，不再提及他的演员梦，和
我们聚会再聊起近况，致富苦涩一笑，呷了一口啤酒，说他现在什么组
都去，只要有钱拿。世界那么大，能有几个张国荣啊？倒是盈盈那样的
女孩，世界再大，可能就那么一个了。

致富挂着满脸的泪水，感觉他想起了一年前，盈盈临走前的那一个白天。

盈盈坐在床边泪流不止，说，不行的，我要走了，保重。

他站在窗口捂住了嘴，依旧挡不住喉咙迸发出的压抑哭声，他看着盈盈坐上小三轮，车夫发动了车子，一点一点颠出他的视野。这像极了他们在北京南站的那次分别，致富从临窗的座位清清楚楚地看到，这个姑娘，定在站台边，捂住了嘴，目送火车缓缓发动，轰隆轰隆声起，呼啸着驶出她的视野。

我们会遇见一些人，在一无所有的时光里，他们让我们爱得一败涂地，深爱过的人啊，总是更像一列火车，和青春一起呼啸而过，哪怕我们曾经选择过停留在那里。

# 鱼汤爱情

　　念念从没放弃过一个想法：此生要找到一生所爱，即使经历过无数次失败的恋爱。念念认为爱情是一场城市的大火，火光冲天，烧得人浑身炙热难耐，消防员一次又一次地冲进大火，冒着危险，抱着信念，有时空手而归，有时背上有人，全场为之掉泪。如果她不冲，不去寻人，就没法感受火热的泪水和鼻息。

　　念念就像消防员，每一次战败后，还是要穿起战服，冲进火海。

　　一生所爱大概应该是一个永不分手的爱人，她终会找到一个她很喜欢的男人，用尽全身力气。不管两人怎么吵架、争执，从三观到经济意识，再到道德水准，以及阻碍重重的环境，一切均不能影响他们之间的感情。念念渴望寻到一个人，能够在一个冷清的夜里，从后面环住她，柔柔地说，退役吧，就是我了，别冲啦。他呼出的一口口白汽，全部喷在她耳朵里，于是念念就说，好的呀。

　　念念来北京后，经历过一次失败的恋爱，她的朋友们都知道，不用多久念念又会崛起，就像一把大火烧尽了冬日的草根，来年春天新芽又会长齐。念念消沉了大半年，突然有一天神采奕奕，念念说，这个外号叫扯淡的男人我看不错。

铁打的爱情流水的人。念念说虽然这事总在我身上发生，但是我还是不信。

细如流水应当如爱情，打死也不走方能为爱人。

"我信这个，这才是我的命。"

扯淡是做互联网金融的，比念念小，戴个金丝眼镜。念念第一次见扯淡，是在念念公司的天台上。扯淡有点微胖，高高大大，点起一支烟，老气横秋得像长她十岁。念念记得那日原本两人谈合作，突然东拉西扯，扯到家常，扯淡说自己业余还写剧本，卖了一些，笑得像维尼熊一样憨实。那天的太阳出奇地好，一片霞光飞来，映在扯淡的脸上、镜片上、结实的胸膛上，扯淡手上淡淡的绒毛，随着扯淡头上的一撮卷毛，细细碎碎地在金黄中翻滚。

曾那样翻滚的，还有念念的心和一锅鱼汤。

不知道你有没有做过一种鱼汤，很适合大雪纷飞的日子吃，白白的雪，青青的炉火，上面有一锅鱼汤，里面有切成块的土豆、番茄、洋葱和黑鱼，它们搅在一起沸腾，来势汹汹，猝不及防，那种扑哧扑哧的翻滚一直很汹涌，一直很耿直，它说我还能滚得更厉害！把盖子揭开，看到白白的水汽了吗？这是一种春情，我见到我喜欢的人，我就化为一锅翻滚的鱼汤，锅盖下看似平静，可我的里面，生滚、热烫，翻卷得春意盎然。

女人喜欢一个男人的时候，她就让自己滚烫。这种滚烫还有一种描述，好像火山下面的岩浆，红红的、灼热的、流动的，石块、晶屑和熔浆团摩擦作响。你看她外表平静，内心里能把自己没头没脑地烧死，烧成一颗舍利子，晶莹剔透，颗颗浑圆，她就是要烧，烧给她爱的人看。

念念问，哎哟，你们写字的人，都很花心吧，除了写字，你是不是还喝酒啊？

扯淡贫嘴说，姑娘和酒，是文字最好的老师。

念念佯装没事的样子，她的心扑通扑通地跳，却一脸平静地说，那你捡着便宜了，我教你呀，这两样我都行啊。

有风的冬夜，扯淡和念念吃完火锅，扯淡说不尽兴，要买酒，然后在念念家门口喝。

扯淡歪扯理，说如果你没有和一个大老爷们在家里的楼下喝过酒，你就没有青春过。你没有过吧？你有过也不用告诉我，你就骗骗我说没有，来，你告诉我，就说你没有过。

念念举起一瓶燕京，瓶身冰冷，像一把瑞士钢刀，直直刺入手掌心；空气冰冷，像侠士飞出的银针暗器，直直刺入脸颊。念念嘴犟说，你少美了，我还真有过，如果你没有在女生面前尿尿，你才没青春过，旁边就是河，来，你爷们，你尿一个。

黑暗的楼下，地上有六七个空啤酒瓶，高悬的路灯晕成鹅黄色，像一盏正在煨汤的炉火。念念家在一条深巷里，门口有一条无声流淌的河，河边有落尽花瓣的枯树枝，草丛已经枯黄。这样的夜晚空气中只有风，没有一丝水分，像地下煤窑那样寒冷。扯淡往巷子口走了100米，巷子口是一只野兽的大嘴，你看不到，但能闻到血糊糊的喉。

一声嘶吼，扯淡大喊，好啊，我他妈为你尿一个。

扯淡说，你看不到我吧，没事，我尿大声点，你就知道我在这里，我哪儿也不去，你别忙啊，这儿有棵桃花树，我正对着它滋尿呢，来年春天它开了花，你会想起曾经有一个玉树临风的少年，在这里尿过，这样的夜晚血气方刚，我们的未来大气磅礴。

就是这样的男人，高大、粗野，不见得特别帅，在小寒的夜晚在室外挨冻，像公熊般喘息，有他在身旁，再不用害怕裹紧了大衣的路人和巷子深处无尽的黑暗。他有一些可以让女人崇拜的才华，又愿意显露自己的孩子气，哪怕再蠢，也能害女人的心发起浪，一层层地荡。

所以念念觉得感动，感动的两个人迷醉地分享啤酒、过去、梦想。城市那么大啊，人们匆匆走啊，突然有一个能够坐下来听你说话的人，扯一些已如流沙逝去的东西，然后爱情从此时降临。

爱情开始的时候，往事和旧人，哪一次不是被一股脑地掀开、翻扯、说给新人听。

念念和他，暖气和冬夜，日光灯和电话。

扯淡一次打来一通很长很长的电话，她欣喜若狂地拿起手机。

扯淡在那头淡淡地问："你干吗呢？"

"什么也没干呀。"

"你丫扯淡。"扯淡说完这句，念念和他一起在电话里大笑。

中间他们聊到爱情。扯淡说，我和你说，我爱过一些女人，她们总爱问我会不会记住她们，我说会的，但我真正不会忘记的，是那个从来没有问过我的女人。

"贱兮兮的，你们文艺男。"念念故意从鼻子里"哼"了一声。

"其实是电影台词，我刚看完，你知道吗，我觉得很好，说得特别对。"

挂了电话，又关了灯，念念躺在床上，房间里大部分被黑色吞没，仅有些许白晃晃的光，照得念念身体发亮。她觉得自己是一只兔子，于一个夜深人静的夜晚，从湿漉漉的沼泽走到原始森林里，在月光下躺平，小兔子的心跳得扑通扑通响，眼睛却扑棱棱地晶晶闪着光。兔子再也不怕森林里的野狼、灰熊、果子狸，兔子怕森林记不住她，兔子想，我即使再喜欢森林，也不能问它，你喜欢我吗？你喜欢我什么？你会记住我吗？没有我你会死吗？

就像扯淡说的那样，太傻了。

一定会有一个时刻，终究会燃起大火，扯淡将主动告诉她——他和她吃火锅，一起喝酒，为她尿在桃花树下，打来电话，还有犯蠢，就是因为喜欢她。念念想起冬夜里的鱼汤，待到那时，她想象自己正如那一大锅翻滚的汤，灼浪一股一股袭来，升腾一些白汽，扑往扯淡的眼睛。

扯淡，你知道吗？

扯淡说两个人吃火锅不过瘾，冬天得三个人围一个铜锅，抢着吃才有劲儿，一盘猪脑就那么一点，手快有，手慢无，自古有云什么来着？争来的饽饽吃得香。

一口铜锅端上来，大葱、番茄片、蘑菇泡在白汤表面，白汽突突往上蹿，穿过霭霭的水雾，念念见到了若非。若非是扯淡的同事兼好友，长一张娃娃脸，身上一股淡淡的硫磺肥皂香，脑旋儿翘了一缕毛。若非扯下围巾：念念，幸会，总听扯淡提到你，人如其名，今晚过后就念念不忘。

若非夹了一大筷子羊肉卷，在汤里涮了涮，直到沸水滚响，才夹给她。"那句很俗的话怎么说？念念不忘，必有回响。你看，铜锅响了，可以开吃了，由此可见我说得真对啊。"

"不臭贫会死吗？"念念咯咯咯地笑，眼睛有意无意地瞅着扯淡。

吃了再爱，还是爱了再吃？

也许是太在意一个人的存在，女人就会屏蔽一些别的信号，诸如若非殷勤地倒酒、夹菜、嘘长问短，若非的眼睛像成色极好的矿石，在夜空下熠熠发亮。酒过三巡，若非趁扯淡去洗手间的工夫，坐到念念身旁，借着墙一般厚的酒意，蒙蒙眬眬地啄在念念左脸上。

念念有些轻微的醉意，倒不至于没有意识和知觉，念念感觉像身处太空舱一般飘忽。她傻乎乎地笑，若非也跟着笑。念念想象刚刚那一吻是扯淡给的，从身上的兔毛衫上正巧掉落到腰腹的一根兔毛，连同地板一起，发红、发烫。

念念说，走吧走吧，喝多啦，都他妈散。

扯淡说，若非，我和念念先送你，我一会儿再送她。

扯淡的房间很小，但很温馨，念念一进扯淡的房间，立即仔细地扫描每一处黑暗和角落，她把所有的一切都使劲地扫在眼皮底。喜欢一个人时，说她像扫描仪还真是低估了她，对意中人未知的一切的那种真真正正的贪婪和汲取，应该像黑河。

一柄通红的长剑长驱直入，扯淡温柔地进入，念念的身体热了烫了。她扑腾出了两颗眼泪，像一锅鱼汤大火急烧时溢出来一些水。眼泪从左右眼角分别滑下，滴到床单，绽出一小朵莲花，一朵无色，另一朵透明。

"扯淡，我等这一刻好久了。"念念哽咽着说，这瞬间她满是欢喜，也满是委屈。

女人把一肚子的喜欢、给予，都炼制成盐，经过酸楚的酿造、憋屈的风干，都转化为哽咽和眼泪，哽咽又仿佛一条腊鱼，长长的，扁扁的，堵在喉咙里。倘若他们交欢时扯淡仔仔细细地听，他能听到鱼的悲鸣；倘若扯淡认认真真地看，他能看到无数眼泪滴下，床单上开满莲花。

　　念念幻想了100件和扯淡恋爱要做的小事，她开心地告诉扯淡，扯淡含糊地回应。直到扯淡告诉她，那晚喝多了，对不起。

　　那一日，城市干燥得很，前一天的大风吹走雾霾，北京干净得像个皮肤干燥的女人，两人并肩走在南锣鼓巷，一阵风飘过，扯淡的话碎在风里，触到鼻子、眼睛和手掌心，痒得出奇。

　　念念抬起眼，扯着嗓子喊：

　　"你丫为什么不早说？"

　　"你把我当成什么了？"

　　"去你妈的。"

　　若非也有一种孩子气，若非的孩子气与扯淡的孩子气不同，若非的是傻气。

　　半个月后，若非发起攻势，主动约念念去咖啡馆，看她情绪低沉，他从口袋拿出一个口琴，很真挚地吹给她听。若非哈了一口白汽，嘴巴贴在短小的口琴上，吹的是《Sealed with a kiss》，吹得抑扬顿挫，口琴声流淌在没什么人的咖啡馆内。

　　哪怕这是她最爱的歌曲，她的内心始终还是有一些鄙夷的声音。谁会把口琴带来这种地方，使劲秀自己的才艺？

　　念念说，别吹了，我心里烦。但她没有说自己的心烦意乱是因为扯淡，那种悲愤和羞辱，只能出现在暗不见光的晚上，风刮得窗户砰砰响，眼泪砸在被子、床单上，陷入棉絮里，悄无声息。

　　若非看来不知道扯淡和她的事，念念看着若非想，若非的头上同样翘起一撮毛发，但在他的头上就显得没有朝气，同样的一撮毛，长在两个人头上，为什么差距这么大？

　　若非放下口琴，搓了搓咖啡杯，说好的，我们来聊天，聊什么都可以。你心情这么沉重，是不是爱上了谁啊？

　　若非无邪地说，你听过一句歌词吗？爱情不过是生活的屁。

　　哈哈。念念笑了，笑中带着一点悲情。

　　像一个笨拙的男孩，第一次很急切地要吃一个烫手的红薯，他谨慎地剥开外面的皮，又急急把一小块红瓤送到嘴里。男人对付自己喜欢的人时，大都是这个样子，他小心翼翼，也殷切盼望，结果却烫到自己的嘴。男孩傻气呵呵，全然不知他的一切被另一个女孩看到。

　　一个星期之后，念念答应了若非，她知道自己不爱他，但却假装爱他，再说他关心自己，总好过一个人哀哀怨怨。最重要的是，她能从若非这儿听到扯淡的消息。

　　念念和若非处了一个月，若非每天都用邮件写一句情诗，投递到念念的邮箱。情诗的内容有水草，有水仙，有火车和野人。若非写道，遇见念念以前，他就是个浑身长满了毛的野人，住在铁路下，饿了吃水草，想女人了就看水仙，火车时常从他身上碾过，哐啷哐啷地响，风捋直了他的毛，却捋不直他的腿，直到遇见一个女人——是爱情让他直立行走，那个女人，就是念念。

　　她记得直盯着屏幕时的自己，面对着邮件，感觉若非的柔情都快要溢出电脑屏幕了。念念斜靠在转椅上，感觉自己是一株水仙，于泛着月光的沼泽旁被人折断，很苍白，很轻，很无力。

　　她后来不止一次地幻想，那首情诗的后缀名如果是扯淡该多好。

　　即使若非把她蠢笨地卷入身下，她仍止不住地幻想，身上这个男人如果是扯淡该有多好。若非像月光温柔地进入，念念的身体热了烫了，她依旧扑腾出了两颗眼泪，回想到那一晚，一锅鱼汤大火急烧，溢出来一些水。于是眼泪还是从左右眼角分别滑下，滴到床单，她把身子蜷起来，哭得抽抽搭搭。

若非只当是她感动了，他伸出两条藕节一样的胳膊，从背后紧紧地环住了她，若非说，你哭啥。

"我是不是太血气方刚了，哈哈，你别怕，春天就要来了呀。"

日子仿佛歪斜且扭曲的蚯蚓在缓缓前行，直到元旦前一天。

若非说，我们请扯淡吃饭吧。如果不是因为他，我怎么能认识你呢？

念念说，不要，会懒。

若非逗她开心，他说那让扯淡请我们吃饭吧。他真的要感谢我们，否则怎么能认识我们这么好的朋友？

念念很严肃地说，若非，我们分手吧。

半年后，念念听说了若非结婚的消息，若非给那个女孩开了一个专栏，有很多很多新的情诗，充满了比喻和形容，念念觉得他的幸福如泉水奔淌。

好像寻求爱情的道路是一条大漠中的黄沙之路，风尘仆仆里，你们都被设置了一个任务关卡。

和三个人有关。

天气很热，嘴唇沾满黄尘，有人告诉你爱情是甘霖，只要往前走，莫回头，翻过这座火焰山，你就能看到它。但火焰山上有火焰，连着天边，通往地平线，烧得漫山遍野，你翻山时身体必然会燃烧起来，你告诉自己这就是寻到爱人前的感觉，燃了自己，看到甘霖时才不会怕。我们爱的爱人，就在前方，它像残阳一样明亮，让你的喉咙有一团火在烧，你说，我爱的人，我来了。

偏偏，让你爱得着魔的人，你遍寻不到，偶有骑着骆驼的旅人路过，他关心你，他说，我也走了很久，从那个山头来的，我这有一口锅，一小壶水，一条新鲜的鱼，我烧了一小锅鱼汤，我们一起吧，你要吗？

可是谁他妈要你的鱼汤，我寻的是甘霖啊。

一些如念念般执着的人，选择了她爱的人，选择了甘霖，于是发了狂地奔走在大漠中，拒绝选择爱她的骆驼旅人，把他的鱼汤洋洋洒洒倒进尘土里。

旅人后来走了，你燃起大火，火焰山翻不翻得过去，你不知道。

很多年后，在一个日落后星辰满天的夜晚，荒漠中没有一个人，天气有些干冷，你揉揉眼，想起那些扑腾过的东西，有心、你、他和白汤，一滴泪也流不出来。

# 少女情怀总是吃

你看过现在市面上流行的那种青春片吗？

一个总是美如画的少女，简单扎个马尾，笑起来璀璨得像银河，学校里打篮球的帅哥、成绩很好的男同学、学校外面痞痞的混子，不约而同看上了她。这个少女通常爱害羞，爱垂头，哪怕她一直犯蠢，衣服穿反，篮球场上被球绊倒，同学们说，哎呀，真可爱啊。

或者总有一个神一样的男生，成绩、球艺、长相，三项里面占了两个，全校女生都膜拜他。然后总有一个一开始不那么美的女孩，后来成为男神的哥们，女孩会帮男神追求他的女神，女孩后来开始变美，男神在相处中发现女孩的善良，反过来和她在一起，女孩逆袭成主角了。

晓艺多年以后和我说，呸，真假。

我说，你没听过一句话吗？长得好看的人才配有青春。我们的青春苍白单薄，你想要白云苍狗，多姿多彩，那你去看电影和小说吧。

晓艺呷了一口可可说，如果我拍青春片，我要拍我们这种平凡的女孩，使劲儿暗恋人，从来就没有逆袭，表白一直被拒，每一次被拒，就声泪俱下地吃一回辣得要命的烤洋芋。我也会痛啊，看《还珠格格》会哭，为《反方向的钟》难过，读了安妮宝贝，也学人家穿白裙白球鞋，想晃瞎暗恋的男生，结果人家说，你腿太粗，省省吧。到了高考毕业，暗恋的人出国或者女神答应了他的表白，于是我把书撕成雪花，把攒了165封的情书严肃地烧干净，操场上坐一夜，一滴泪也没有。

我说，你太反人类，人都有主角幻想，向往真善美是人类进步的基石，电影喂我们精神鸦片，弥补了我们青春期没能成为男女主角的遗憾，你就随大流就行了嘛，你觉得电影俗，那你看了哭个屁啊。

晓艺白了我一眼说，电影行业有你这个败类，电影还会好吗？

十几年以前，晓艺和我在同一个班读书，我们有一个长得很好看的同班同学，叫晚晚。晚晚被全校公认的男神追求，男神读大学被劝退，重返高三。晓艺暗恋这个男神，她曾经于每一个阳光微洒的清晨，猫进他的教室，若无其事地走到他座位跟前，将他抽屉里塞满各种零食。

你一定有过这样的经历，当我们喜欢上一个男生后，会把家里的苹果，学校外面卖的奶茶、寿司、蛋糕派、辣洋芋等，偷放在男生座位上，只要男生没给别人，自己吃了、喝了，女生心里则会一阵翻涌，若是一点不剩，女生的心里一定是嗨得不行，跟高潮一样。

晓艺太纵欲，她在遇到男神以前，曾经顺走家里的苹果，把一个男生的抽屉塞到腐烂，直到值日生向班主任举报说男生太脏，晓艺被家长领回家，从此家长防火防盗防晓艺顺苹果。

那时我们不懂爱情，我们唯一懂得的——少女情怀总是饿，所以上课偷吃零食，还怕喜欢的男生饿，所以我们要分享。其实我们还观察过，他的嘴咀嚼起来，喉头能发出一阵抖动，性感至极。

男生的肚子通向我们的心，它装一点，我们的心就会填土似的满一点。这是青春暗恋法则最大的一条。

　　但是晓艺太傻了，暗恋游戏里从来没有一对一，就算有，也出于其他人没有说而已。参照俗烂的电影情节，男神一定会暗恋晚晚，所以晓艺只能在每个晚自习后的夜晚，看男神于校门口等晚晚，看他若无其事地走到她旁边，递给她一杯新鲜的奶茶，然后晓艺跟在后面，像个侦察员。

　　跟太紧了怕他们发现，跟太松了又看不出他们进行到哪一步了。有没有答应他？拉手了吗？亲密吗？最重要的是，奶茶她会立马喝吗？

　　晚晚喝了那杯茶，晓艺和我说，情敌的胃也通向我们的心，它被情人灌一点，我们的心就空一些。她拉上我和晚晚去吃铁板烧，她当然不会说自己每晚都在跟踪他们，灼灼地凝望他们的背影都个把星期了，她夹起一条被炒得油腻腻的粉，试探性地问晚晚，你喜欢他吗？喜欢的话第一时间告诉我们呀，是不是好姐妹啊，哈哈哈哈。晚晚摇头，我不喜欢的，你要喜欢你去呀。

　　晓艺喜不自禁，她开始笨拙地练习写诗，因为她听说男神喜欢晚晚的作文，她频繁地使用风月水雨、哀伤迷梦等字眼，还用一个牛皮本子写满很多韵脚同音的诗词。作为不那么美的女生，晓艺和我达成一项共识，如果没有外表的硬实力，那么至少得凸显内在软实力，彰显自己的特别。我们一致以为软实力就像一朵油菜花，它开得芬芳四溢，喜欢的男生就会逐香而来，尽管多年以后我们方知，让男人在玫瑰和油菜花中挑选，他还是会优先选择外表姣好的玫瑰，但那个时候，晓艺和我还很年轻。晓艺鼓励我说，你骨骼清奇，应该去学篮球，打篮球的女生很少见，现在大部分女生都象白鹤，腼腆，很仙，你若能成为其中一只桀骜不驯的鸡，男生很快就能注意到你。

　　我说，你说得对，你把头发放下来，挡住你的痘脸，写诗的女孩需要一些哀怨，好像参透了生死，又刚经历红尘，那种气质如果你装不来，你就想，全世界都欠你5块钱。当男神经过，你就买一杯5元的奶茶递给他，顺带写一首追债的诗，叫《还钱》：我的哀怨很特别，不像秋夜降临的一场雨，像全世界欠我5块钱，你得还钱，还我5元，别问为什么，因为你就是我的全世界。

　　晓艺约男神晚自习后一起回家，他们的确顺路，男神先到家。一路上晓艺都在聊自己最近看的书、写的东西。但让男神和她愿意走下去的大部分原因，是晚晚。

　　我问晓艺，你聊安妮宝贝了吗？

　　晓艺说，聊了，男神放学后居然抽烟，我看他点烟的时候一脸沧桑，我只好装深沉，我说生活好像一条小路，前面雾气朦胧，只有像北非公牛一样横冲直撞过去，撞到南墙，空气，红布还是草原，都是生活赋予我们的惊喜，我们要甘之如饴。

　　我问晓艺，那你们还干啥了？

　　晓艺说，他送晚晚回家的时候，我就在路口等他，我告诉他晚晚所有喜欢的一切，篮球、樱木、《昕薇》杂志和《梦幻西游》，他有时会给我带一杯奶茶，送我到家门口，他说，快到学校篮球比赛了，如果我能把晚晚拖到比赛现场去看他，他就请我吃麻辣烫。

　　接下来，晓艺则去奶茶店里写诗，一杯港式下肚，晓艺铆足劲憋诗，憋得大腹便便。憋到第45首的这一天，晓艺觉得时机到了。男神到店里来，晓艺斜着眼偷看男神走过去，便将笔故意丢到他脚边，再一把捡起，起身的过程甩了一下头，晓艺认为自己文艺非凡。

男神说，这么巧，你也在，能帮我把奶茶和盐酥鸡带给晚晚吗？

晓艺的心跳到嗓子眼，佯装镇定地把本子递给男神，说，好的，东西给我，你帮我拿本子吧。语毕，晓艺一溜烟地拎着东西跑了。

第二天晚上，男神把本子还给了晓艺，男神说，本子我偷看了，你的诗写得很好，我能感觉到你的心里火热滚烫，像麻辣锅底料翻腾，我听过一句话，只有坚持不懈的委屈和持之以恒的不满才能成为创作的动力，你的委屈和不满都是冲着我吧。

"我很感谢，所以我给你买了一杯奶茶，但是，我不喜欢你啊。"

于是晓艺再也不碰奶茶了，她叫上同被男神拒绝的我去吃麻辣烫，众人围着一口锅同吃的那种，粉丝后来煮化了，晓艺平生第一次为融化了的粉丝掉泪。那时我第一次觉得少女的自尊像粉丝，没扑进火锅以前，粉丝还很干脆，一旦扑入沸腾的锅里，被人忽视，粉丝会被强火烧融，以至于四分五裂。

其实这是一个很平淡无奇的单恋故事，中间充斥着太多细节和虐心。有太多像当初的我们这样的少女，在一个单纯美好的年纪，并不能像电影所说的那样实现逆袭 然后反杀。

大多数这样的女孩，后来谈了一些平平淡淡的恋爱，然后又分开。和当初的恋人一起聚餐的食物我们不再触碰，因为感情复杂，也因为食物也能伤人，比如晓艺，十年之后，当我和她一起看完少女心爆棚的电影，晓艺嗤之以鼻并控诉电影不够真实。

每一样食物的背后，都有一个巧妙绝伦的爱情故事。只是随着年纪增大，我们会喜欢一些以前从来不碰的食物，因为一些我们所爱的人，也会抛弃一些原来至爱的食物，因为一些我们曾经爱过的人。像电影中

吃了再爱，还是爱了再吃？

那样的纯爱反杀，的确只属于少数人的青春。

　　庆幸的是，食物有成千上万种，我问后来还谈过一次恋爱的晓艺，你还会去那家店，一个人喝大酱汤吗？

　　单身的晓艺支支吾吾地说，问这个干吗？少女时代已经离我们好远了，看了这场电影，突然有些渴，哎，我们去喝奶茶吧。

# 摇滚老妈

虎子人如其名，说话非常虎，是我在云南的玩乐队的好朋友。虎子有个自己的朋克乐队，名叫蚂蚱，他是主唱兼吉他手，他一头卷卷的头发，胡子拉碴，唱起歌来摇头晃脑。

虎子最爱秀自己身上的伤疤，并且引以为豪，尤其是胸口那一斜30厘米的刀疤和手腕上一连串的烟头疤。虎子秀疤多半都在酒后，唰地一下把上衣脱了，对着朋友、新结识的姑娘，狂吹疤痕的来历，那些编造的故事我和乐队的鼓手包江都烂熟于心，完全能倒背如流。

一次酒吧演出前，虎子灌了点酒，上台就把衣服脱了。台下一片起哄，有个女观众大吼，哎哟，好爷们啊，为了哪个姑娘？虎子双手搓麦，说：这是一个很深沉的故事，往事不要再提，但我隐约预测到，我下一条疤，一定是为了你。

我做了个呕吐的表情。台上的包江也给了我一个干呕的回应。

包江和我对这个再清楚不过了，胸口的刀疤是虎子小时候出车祸时落下的，很长一截，看起来和刀疤无异，而烟头疤明明是他叛逆期时学抽烟装酷烫下的，虎子偏偏把它们包装成可歌可泣的爱情故事，和女粉打嘴炮。虎子曾对我们说，疤痕呢，就是一个男人的勋章，一条疤一种味道，我们要好好利用，争取变废为宝。

一次在大排档，虎子带乐队朋友撸串，左右是另外两桌喝大的人，由于上菜太慢争论起上菜的顺序，大吵大闹，老板怎么安抚也没用，推搡间老板的一只鞋子飞过来，直直插在虎子的盘子里。

虎子悠悠站起来，把T恤撕了说："你们要打就出去打，别影响人家一小本生意，你们打架，拖人家下水干吗？出去得说好，男人靠拳头说话，拳头够硬就往死里打，不死一个，白瞎你们抢饭吃。看见我这条疤了吗，上回打架也在这儿，走啊！真牛逼是要见血的，站着干吗，都他妈出去砍啊！"

话音刚落，虎子抄起一个空啤酒瓶，往桌上一磕，碎酒瓶子碴扎进手里了，虎子拨开我们的关心查看，一言不发。两桌人立马尿了，交了钱随后遁走。

老板娘送来一大把肉串表示慰问和感谢。老板接过肉串，递给虎子感激涕零地说："谢谢你了哥们，那两拨人今天喝得太大了，我就怕他们在店里面打啊。"

抹了一把头上的汗，虎子指了指受伤的左手说："我刚才演得好吗？我唬到你们没有？其实我吓死了哈哈哈哈……"

虎子伸出右手，颤巍巍地掐了一把包江，包江大叫：你干吗？痛啊！

"我痛！那个，老板你别客气，你这儿有纱布吗，哇哇哇痛死我啦！"

虎子的刀疤有很多个版本的故事，这还不是最夸张的一次。我曾经好奇地问过虎子，你这刀疤陪你出生入死的，不是为了情儿和对她不好的男友血战，就是为了欠债的兄弟逼退高利贷，你到底拿这样的鬼话骗了多少女人啊？

哈哈哈哈！虎子大笑四声，一脸严肃地跟我说：我说没有，你信吗？扑过来的姑娘吧，大都是觉得搞音乐很帅的姑娘，跟她们打打嘴炮，我觉得自己很年轻很有魅力。我心里就只有两个女人，除此之外我专心搞音乐就行，偶尔看看到的姑娘，每一个姑娘的红唇和大腿，啊，都是朋克精神啊。

我直呸他：呸呸呸，臭流氓，不打嘴炮你会死吗？

虎子说的两个女人，一个是小乐，成都人，是虎子的女朋友，也是初恋，两人从大学时就在一起，到现在已经八年了。

另外一个，是虎子的母亲，50 出头，行事风风火火的，我们都叫她虎子妈。虎子妈多年前丧夫，再也没嫁，丧夫之时又正逢下岗，全凭摆地摊卖花裙子，一把屎一把尿把虎子拉扯大。虎子妈后来跑过出租，开过服装店，还经营过药店，得以把虎子的大学供完。直到现在，虎子妈还是虎子乐队的伙食供应商，没事就送来很丰富的饭菜，我们都很喜欢她。

虎子妈长得很俏丽，个子娇小却舞跳得很好，上了年纪后，最大的心愿就是能成为镇上广场舞大妈中的一霸。我们都见过虎子妈跳舞，她威风凛凛地领舞，手沄和脚步坚定有力，小粗高跟鞋在地上踢得嗒嗒响。

去年 5 月初，我们去排练室，恰好路过广场，虎子妈早早到了，正在布置现场。

她见我们来了，冲虎子和包江大叫：喂，你们两个，快拿乐器来给

吃了再爱，还是爱了再吃？

我伴奏呀。

包江用胳膊肘捅捅虎子的胳膊，说：你妈精气神不错啊，壮得跟头牛似的。

虎子抡起一个巴掌作势要打他，虎子妈说：你最近在胡闹些啥，写了什么歌？给妈唱一个。

包江抢过谱单递给虎子妈，包江说：牛妈，哦不，虎妈，这是虎子最近写的一首新歌，叫《一辈子》，阿姨请过目。

其实我和包江心里是怕的，因为虎子妈虽然支持他玩音乐，但不支持他音乐的路子。

曾经有一次送饭，虎子唱了一首排练了很久的《云南白痴》，虎子妈听完，生气地说吵得要命，脑袋都炸了，现在的歌都不如以前的好听，没事就无病呻吟，还云南白痴，到底是谁白痴啊？

虎子为此和他妈大吵一架，虎子妈气得连续一周都不给我们送饭，直到我和包江出面协调，哄好了老人家。

虎子妈不知道从哪摸出一副老花眼镜，一屁股就坐在广场的花坛台子上。

她静静地翻着单子，我和包江面面相觑。

《一辈子》这首歌写了一个小伙和一个姑娘的爱情故事，在蚂蚱乐队里面，算是一首不太愤怒、不太起哄、不太扭曲的清新歌曲，其实是虎子参照他和小乐的故事写的。

从包江的神情里我能预感到，不出一会儿，虎子妈肯定炸得跳起来，大骂虎子矫情，写的什么狗屁。

一想到我蹭饭又没戏了，心里有些伤感，不禁默默垂下头。

包江看了我一眼，我俩憋着气，一齐在胸口画了个大大的十字。

虎子妈猛地抬起头，说：词还可以。

我和包江忽觉轻松，不约而同地舒了一口气。

虎子妈开口：但是，你才多大，懂什么是一辈子吗？

虎子急得呛声：我怎么不懂，比如我和小乐啊！

完了，虎子从没和他妈讲过女朋友小乐的事，在虎子心里，他认为是一种保护，自己的母亲一个人不容易，把他拉扯到这么大更不容易，如果突然多一个女人来分享他的爱，虎子妈也许会有些许难过吧。

所以鸡飞狗跳地，爷们一哄而散。广场上，虎子妈在后面气喘吁吁地追逐我，她两眼发光，脸上止不住地红艳艳，她边跑边喊：匡靖你别跑呀，你们跑啥呀，小乐是谁，带我见见我媳妇呀。

包江大叫：阿姨你真能跑啊，壮如牛啊哈哈哈哈！

就在包江说完这话的一个月后，虎子妈进了医院。我们一票人守在医院。

时值6月，云南进入了雨季。那一天，虎子妈做好了小鸡炖蘑菇、青菜蘑菇汤给我们送去排练室，虎子妈拒绝和我们一起吃，她说自己已经吃过了。

半个小时后，虎子妈倒了，我们手忙脚乱地将老人家送至最近的医院，医生说，并无大碍，只是食物中毒，误食了毒蘑菇，你们怎么那么不小心啦？

我们如释重负，还好没什么大事。

小乐听说了此事，偷摸着问我医院住院部地址，一个人拎着牛奶、燕窝、阿胶前来。

　　她握住小乐的手，说第一次见你，感觉你肯定做了虎子很久很久的女朋友，我这个当妈的居然不知道，希望你不要责怪他。

　　小乐说，没关系的，阿姨。

　　虎子妈说：你给我讲讲你们的始末吧，我很感兴趣。

　　包江嘴快，连忙接茬说：其实很简单，大学的时候小乐就很爱听虎子写歌，有一次学校社团演出，到我们蚂蚱乐队了，底下人都走光了，就小乐一个人张着嘴，扑着长睫毛，在底下啪啪啪鼓掌，手都拍肿啦。

　　小乐微笑着说：阿姨，这几天你好好休息，我可以慢慢讲给你听。

　　过了一会儿，虎子和小乐被医生叫去缴费。

　　虎子妈露出一个开心的笑，自言自语说：这姑娘挺不错呀，哎哟，虎子到底哪点好，这么好的姑娘也能看上他？

　　我们点了点头，包江感慨地说：小乐不容易啊，虎子太不注意，人家都为虎子堕过两次胎了。我连忙揣了包江一脚，示意他真多话，包江吐了一个舌头，使了一个他错了的眼神。

　　虎子妈没有说话，似乎在闭目养神，又似乎睡着了。

　　待到小乐和虎子回来，虎子妈坐起身来，她笃定地说：小乐，我给你担保，阿姨和虎子，会一辈子对你好的。

　　虎子示意我拉小乐去洗手间，包江后来和我说，虎子急急问他妈，干吗说这种话，搞得小乐压力多大。

　　虎子妈没有吭声，应该真的睡着了。

　　从那天以后，小乐每天都来看望虎子妈，虎子妈看到小乐，就笑得合不拢嘴，两个人在一起聊起许多虎子的事，比如唱歌。

小乐告诉了虎子妈，其实她一直都很支持虎子搞音乐，因为音乐是他的梦想。

虎子妈咋呼说：天哪，那些破歌，我听过一些，难听得要命。

虎子妈呲巴着嘴说：虎子他爸当年是当地文工团的，也唱歌，虎子唱起歌来，和他爸一个德行啊。一个月后，虎子妈出院了，蚂蚱乐队恢复了排练。

虎子照旧和我们喝着啤酒，脱了上衣，秀着伤疤。有时会有一些抹着浓重胭脂香粉的果儿围绕着虎子，虎子依旧爱和她们逗贫，喝大了就让她们回家，自己在排练室睡。

一个晚上，虎子妈来了，劈头盖脑就问：小乐为你堕过两次胎？

虎子沉默了一会儿，说：嗯。

虎子妈左右看了看，抄起包江的两支鼓槌，说：你跟我说小乐压力多大，我看是你压力大吧。

虎子看到这个架势，往后退了一步，试探性地问：你要干吗？

虎子妈举起鼓槌，对着虎子的背就是一顿暴打，气势汹汹地说：你说我干吗？老娘要不是因为前段时间住院没力气揍你，我早打死你个鳖孙了。我让你欺负女人，欺负得挺带劲是吧，啊，幸好包江跟我说了，你这杀千刀的，祸害良家妇女，还有脸跟我说小乐压力大。看看你那德行，女人一个又一个，混账东西，你以为你西门庆啊。

一顿乱捶，虎子杀猪般的叫声亮堂了整个室内。包江边喊边撤，他高喊：虎子，我手机没电了，我先撤了啊！

一个果儿狐疑地问我：这人谁啊，小乐的妈？

我又好气又好笑，我说：是虎子的妈，脾气好虎啊，连我都怕她。

虎子妈对着空气大吼：老头子，你看到了吧，这一棒子，就算是我替你打的。

于是，虎子的背至此多了一些伤痕，到后来基本都褪了，其中有一条，也许是虎妈过于用力，留下一条十厘米长的疤痕。

虎子就对小乐说：这是为你留下的，从今往后，你就成为我生命里一辈子不可磨灭的一部分了。

但他依旧喜欢拿疤痕撩拨姑娘，到了来年1月登台演出，他脱下上衣说：你们看到我背上这条疤了吗？这里有个故事，故事太残忍，我不多说了。其实我是个不太浪漫的人，我能想到最浪漫的事，就是和一个姑娘，共用一个杯子，齐钻一个被子，一辈子就他妈的这么过去吧。

吉他声起，虎子闭目演奏《一辈子》，款款深情。

其实我们都知道他说的是陪了他这么多年的小乐，但在场的每一个姑娘眼睛都亮了，都希望他说的是她自己。

5个月过去了，虎子的女粉越来越多，以至于6月蚂蚱乐队演出完毕时，有姑娘突然冲进后台，抱着他就是一顿激吻，虎子傻了，完全没有反应过来。

小乐推门进来，她惊呆了，很快流下了泪水，不说一句话。

我连忙劝她：虎子就是嘴贱，真的。

包江说：人家是肠子花，他是嘴上花花，其实啥事也没有。

虎子打哈哈说：哎呀，小乐，真不是那回事，除了音乐和你，我什么也不想搞。你信我吗？

强吻的姑娘戏太足了，一个巴掌甩在虎子左脸上，姑娘愤怒地说：你有女朋友，还他妈说那样的话？

虎子捂住脸急了  嘿，你把话说清楚了，我和你有个毛线的关系啊！

姑娘夺门而去。

小乐的泪砸在地上，她甩过来另一个巴掌，打在虎子右脸上，小乐说：分手吧。

无论我们怎么阻拦，小乐痛哭流涕，夺门跑了。

虎子嘻嘻哈哈地招呼我们去旁边撸串，半小时以后，小乐发来短信：下个月我就回老家工作，跟了你这么久，今天我彻底死心了。

我和包江以及乐队的几个朋友互相看看，劝虎子去把小乐追回来，虎子把串扦摔在地上，吼着嗓子地说：追个屁啊，我他妈又不是没解释，再说也不是我的错，莫名其妙地，一天挨两个女人的巴掌，一个比一个作，作作作，让她们作死去吧！

四方桌下，我使劲踢了一脚坐在我对面的虎子，让他快别说了。

旋即包江恐慌地摇头，让他快点闭嘴。

虎子恼羞成怒：你俩有病啊。

闷闷一声，虎子头上落下一个凌厉的巴掌，在场所有人睫毛都眨巴了一下，原来虎子妈跳完广场舞，发现音箱不出声了，于是抱过来给我们看一眼，却不料听见虎子那一番话。

"苍天啊，一天挨女人三个巴掌啊。"

虎子回过头看到是他的妈，一声惨叫。

虎子妈让虎子去追小乐，虎子没有去。一周后，虎子妈按理来说应该带饭来排练室，但是那一天，虎子妈手上只有一个铜盆。

整个排练室死一般的寂静，经过上次鼓槌暴打虎子的阵仗，我们都

吃了再爱，还是爱了再吃？

知道虎子妈的脾气。

虎子妈再次夺过包江的鼓槌，把盆子扣在虎子头上。

虎子妈说："你唱的都是什么狗屁，动不动就反社会、反人类、反科学。你看看你，整天一副垮得不行的狗屁德行，你以为颓废就是酷，不屑就是炫，脏话和噪音就是为了超越所有你不满的一切？上过大学就以为自知人生，没踏过社会半步就捣鼓人情冷暖。你总说世界肮脏，你白白净净不缺饭吃，你的感悟从梦里来的？玩个音乐就深感落魄，留个长发就以为看破红尘，扯个喉咙就说是为人民呐喊。世面全靠闯，风里雨里去打滚，你连苦难都没见全就意淫参透，把挑衅社会当成你的梦想。你幼稚成这个样儿，有女人喜欢你就不错了，你还嫌她作，我看你才是云南白痴！"

虎子妈来之前，我们正在排练《云南白痴》，一听到这个话，我们憋着劲儿，使劲不让自己笑出来。

咚！咚！咚！她连敲三下铜盆，铜盆底下的虎子是什么样，我们不敢想象。

虎子妈说："我和你爸年轻时分分合合很多次，但最后还是在一起。你爸年轻时最爱唱情歌，他最爱一首讲一辈子的粤语歌，他唱歌我就跳舞，现在我年纪大了，忘了是哪一首了。你现在也长大了，你也唱歌，我看到你唱歌就像看到老头子，你俩真像。上次你说你写了一首叫《一辈子》的歌，起先我还很开心，直到现在我才发觉，你俩真不像，你说过和小乐要过一辈子，回头就忘了。一辈子多长，你知道吗？路遇误会和挫折就放弃一个人，这是朋克精神吗？"

她继续敲了一声铜盆，说："做浪子好玩吗？很帅吗？花心一点都不难，放弃也不难，让人堕胎闪人不负责更不难，成本很低，一念之间，你抬个手就可以下定决心。人这一辈子，难就难在坚守，因为你会觉得累，辛苦。但你不给自己的人生增加点难度，你活着有什么劲？"

虎子妈说："你以为我跳舞就什么也不懂吗？你总叫嚣着朋克精神，喉咙里咆哮出不满就是朋克吗？抛去你的浮夸好吗？你妈认为朋克精神可以也很酷的，酷在骨子里永不服输，持之以恒地对待一切，包括对爱情。"

我赶紧掀开铜盆，铜盆下，虎子泪流满面。

再见到虎子妈，是三天后在医院。小乐通知我们，虎子妈又中毒住院了。

我们一票人，包括虎子，火急火燎赶到医院，推开门，一头雾水。小乐哭得稀里哗啦，接诊的医生在一旁连连摇头。

虎子扑到虎子妈身上，抓住被单，问医生：我妈是不是服毒自杀了？人是不是没救了？

虎子号啕大哭：妈，是我没用，没有事业，音乐也一塌糊涂，女人也跑了。你醒过来好不好，妈！

所有人为之揪心，我鼻子一酸，别过脸哭。

小乐哭着说，阿姨去捡她了，给她解释那天的事其实是一场误会，虎子是个好孩子，《一辈子》这首歌也是写给她的，说得小乐有些动摇。

然后虎子妈说，我带了些菜，我做给你吃吧。

像去年给排练室送饭一样，虎子妈依旧不吃，说来的路上已经吃过了。

小乐吃饭的时候，虎子妈问：你知道 20 世纪 80 年代，唱一辈子的

吃了再爱，还是爱了再吃？

歌曲有哪些吗？

小乐拿起手机，一首又一首地帮她搜，当放到《一生不变》的时候，虎子妈含着泪笑了，说，我给你讲个故事吧。

虎子妈说：你吃过见手青吗？我前年吃了见手青，意外地出现幻觉，看到了虎子爸，在幻觉中，虎子爸唱的就是这首歌，但我怎么也想不起这首歌的名字。

虎子妈说她问了医生，医生说见手青属于牛肝菌的一种，只在云南的 6 月会有，误食或者食用不当能让食用者中毒，中毒的表现一般都是出现幻觉。

虎子妈说：那时我喜出望外，我说自己很多年没有见过老头子了，一直很想他，独身多年也是因为他。所以我问医生，连续吃见手青可否见到老头子啊。医生笑着告诉我：你会死的。

虎子妈说：于是我决定每年吃一次，吃的时间就在每一年的 6 月，我那时提前食用了见手青，并故意去排练室送饭，很可惜这一次我没有看到老头子，但我还是很幸运，因为看到了你。小乐哭了，说，阿姨你这是何必，中毒好伤身的啊。

虎子妈嘿嘿一笑，说：如果你真的很喜欢一个人，就不要放弃，这是一辈子的事情啊。

虎子妈脸色有些奇怪，小乐灵光一现，扶住阿姨，说：阿姨，现在正是 6 月，你该不会……？

虎子妈点点头：对，我见你之前，吃了见手青，一来想看到老头子；二来怕你拒绝我，但是我中毒了，你总不会不管我吧，把我送到医院，虎子就有机会见到你啦。

虎子妈说完这个话，就倒下去了。

虎子使劲地揪扯自己的头发，突然一把搂过泣不成声的小乐，哭得一把鼻涕一把泪。

虎子说：小乐，是我错了。

我的眼泪止不住地掉，朋友们也为之纷纷掉泪。

虎子又扑在虎子妈身上，虎子狠命地捶床头，虎子咆哮着大哭：妈，你别走啊！妈，我真的错了，我是云南白痴，是个大呆子。你快起来，我和小乐和好了，我给你写歌，音箱我给你修好了，你用我的歌拿去跳舞，让你成为广场舞一霸！

"别捶了，我还没死，但快被你捶得要死了。"

"臭崽子说好了啊，要给我写歌。"

"谁说老娘不是广场舞一霸？"

虎子妈眯住眼，没好气地一字一句如是说。

大家可算松了口气，团坐在虎子妈病床前头，包江拿出手机，煽情地放起了歌。

我们都识得，那正是李克勤的《一生不变》。

> 一阵风飞散发教肩
>
> 眼里散发一丝怨恨
>
> 像要告诉我你此生不变
>
> 眉宇间刺痛匆匆暗闪
>
> 忧忧戚戚循环不断
>
> 冷冷暖暖一片芒然

吃了再爱，还是爱了再吃？

视线碰上你怎不心软

唯有狠心再多讲讲一遍

苍天不解恨怨痴心爱侣仍难如愿

分开虽不可改变但更珍惜一刻目前

可知分开越远心中对你更觉挂牵

可否知痴心一片就算分开一生不变

反反复复多次失恋

进进退退想到从前

让我再吻你吻多一遍

别了不知哪一天相见

苍天不解恨怨痴心爱侣仍难如愿

分开虽不可改变但更珍惜一刻目前

可知分开越远心中对你更觉挂牵

可否知痴心一片就算分开一生不变

反反复复多次失恋

进进退退想到从前

让我再吻你吻多一遍

别了不知哪一天再相见。

# 9527

## 1

祝音很不喜欢她的工位编号。

她刚进鑫源洗脚城的时候，经理告诉她，培训完后去前台领取一下工位号。祝音接过工位牌，就有人笑了，祝音听得出来这个笑不友好，她一路南下洗脚，最后来到东莞，她不算浅薄的阅历告诉她，如果有人笑你，你就笑回去，不用说话。

那个讪笑的姑娘叫晶晶，她说，你的编号，用粤语发音的话，很难听的。

姑娘的编号是1818，她是鑫源洗脚城的镇城之花。经理说过，只有被叫号叫得最多的，才有资格配得上这个编码。

祝音笑起来，心想我他妈在东莞啊，广东四小虎啊，我来这里，就是为了虎虎生威啊。祝音南下洗脚，从沈阳、承德、大同、郑州、武汉、长沙洗到东莞，祝音每到一个地方，都能从基层的垒土，洗到高处不胜寒。她是个好强的姑娘，好强的姑娘只配得上1818。

祝音中意1818这个编码，除了客人觉得吉利喜欢外，还有一个原因。

　　她知道马克思生于 1818 年，她希望再洗个 40 年，自己能像马克思一样，创建协会——洗脚工人协会，她是该组织的领袖和灵魂。她还想发表《洗脚论》，将她整整 40 年的洗脚心得阐述出来，洗脚好，洗脚妙，洗脚的男女光着跑。总之，洗脚能让这个世界更美好。

　　第一足协，届时人们将这么称呼她的伟绩。

　　想到这儿，祝音凝视了会儿手心中的 9527 工位号，她攥得更紧些，一只手好似一个紧箍，箍住了 9527 的猴头。

　　因为晶晶说："9527，9 粤语谐音为鸠，意同屌；5 为唔，意为不能；2 与易同音，7 则同出同音。9527 连起来读就是鸠唔易出，祝音，你下面夹得很紧？"

2

　　周猩迟是晶晶的常客，每周周猩迟都会来鑫源洗脚城的前台，然后说：你好，我找 1818。周猩迟平时很忙，他是个伐木工人，他工作的地方有山、有花、有果，那些花果经常掉得一地都是，周猩迟伐木的时候就磨得脚痛，还有一些拉木头的牛跑来啃他的鞋。

　　脚太痛时，周猩迟就脱下鞋，用芭蕉扇子扇脚，一头牛经常跑过来啃了他的扇子。

　　周猩迟觉得要善待他的脚，他全身上下最重视的器官，除了脚再就是腰子，外腰伐木，内腰驰原。这两样如果都坏了，周猩迟就会特别痛苦，好在他认识了晶晶。晶晶是他见过的最会服侍这两样东西的洗脚女工。重视男人所重视的，体贴男人所关心的，这女人该有多懂事，周猩迟想娶了她。

可是今晚不同，今晚是改写历史的一晚。

他走进大堂，照旧想买晶晶的钟，前台告诉他，所有技师都已安排满，只剩 9527。

祝音说，泥猴，我是箐唔易出，很高兴为你服务。

周猩迟假装没领会这个编码的发音所传递出的情色意味，他有些犹疑地跟她进了房，躺下，满脑子都是 1818。他有一阵没来了，他想念晶晶温暖的天宫，他好久没有拿金箍棒大闹了。

祝音按部就班地端水、肩背放松，接下来就是洗脚了。她表情凝重。她见过很多人的脚，大部分人的脚都很难看，还很臭。但她不会有任何埋怨，她早就想好了，《洗脚论》的前言只有一句话，每只脚，都有它的尊严。她理应坚守这样的信念：脚，在她心中不是脚，是一尊佛。

所以祝音捧起周猩迟的脚说：周生，你脚底板有三个鸡眼，试试我的冰火疗法吧。

<h2 style="text-align:center">3</h2>

周猩迟自此以后连找了祝音七天，这是一个疗程，他觉得很爽。

每一次，祝音都会准备好一些薄薄的冰片，再将一个酒精灯拿进房，将它点燃，她鹿眼含水、面颊赤红地看着周猩迟，周猩迟在摇曳、迷离的火焰后搜寻着祝音的脸。两人的呼吸都有些飘，因为紧张，还因为酒精灯烧了一会了，室内有些缺氧。

"我要开始冰火了。"祝音说。

祝音拿出冰片置于鸡眼上，用火点燃，待周猩迟感觉疼痛了，她再将火吹灭。

不愧是未来的国际足协第一人，祝音毫无保留地施展了她的指力，冰片加上按摩，七天后，鸡眼脱落，三颗痣浮了出来。三颗痣是如此清晰、飘逸、灵隽，好似横空溅来的三个墨渍，分别说着爱，很爱，深爱。又似姑娘眼窝下淌的泪，痛，很痛，非常痛，溅成三瓣。脚心如人心，心中一滴泪，脚板印三粒。

周猩迟傻了，祝音却惊了。

她没想到自己的十指禅这么快就升到了满级，在她的心里，按摩也有章法，有九九八十一套手势，当 iPhone 推出手势功能的时候，祝音都将它吸取为自己的手法。她要想当足协主席，就得从一阳指修炼到十指禅，如今可算是大功告成了。

1946 年，新国民势力 1818 师全军覆没，祝音登上战壕，拿下 1818 的战旗，将它插在自己的店面上。祝音幻想着，一拨吊带袜制服小妹埋下头，整齐划一地扒掉客人的袜子，像扒蒜，扒个赤条、精光。

一股刺鼻、酸朽、腐浊的气息。

祝音深深地吸了一口，"The Smell of Victory。"

1818，我来了。

## 4

这是祝音第八次为周猩迟服务，屋内霓虹迷眼，又凌厉成一道红光，劈中了周猩迟的心。

因为晶晶冷冷地走了进来，经理跟在后面。周猩迟看了看祝音，又看了看晶晶，再看了看经理。四个人都没有说话，这是一场沉默的战役，十指的硝烟，骨悚齿寒，决战今晚。

晶晶蹲下，霸占着周猩迟的左腿，她的指法是六指琴魔，仅有六指出力，余四指助攻。六指翻飞，似浪蜂逐蝶，周猩迟腔下一热，脑海中闪过一些画面：

盘丝洞里，白晶晶用蛛丝绑起至尊宝，桃缚、龟甲缚、逆海老缚、蟹缚，白晶晶挑起一根白骨，浪抽着至尊宝。他俩盘如老根，晶晶眼里含光，有如魔焰熔金，要融了至尊宝。

"我篝唔易出啊。"至尊宝大喝道。

祝音十指挪位，侵占了周猩迟的右腿，她的十指禅是声声慢，大珠小珠落玉盘，忽而雨扩轻窗，忽而疾风狂浪，周猩迟心中涌动，他终于想起了那些年：

七彩云，紫霞仙，三颗痣，一滴泪。

"曾经有一份真挚的感情摆在我的面前我没有珍惜，等我失去的时候才追悔莫及，人间最痛苦的事莫过于此，你的剑在我的咽喉上刺下去吧，不用再犹豫了！如果上天能给我一个再来一次的机会，我会对那个女孩子说三个字：我爱你，如果非要在这份爱上加一个期限，我希望是……"

周猩迟眼中含着泪。

"是九千五百二十七年，刘镇伟他妈四舍五入成一万年。"

# 生海参

　　第一次见到真正的海女是在济州岛。济州岛很冷，我刚到时，恰好又遇上韩国史上最冷的一段时间，风像一把钢刀，在脸上一遍又一遍地打磨。

　　记不得这是我见到的第几片海。自从我妈在海上杳无音信以后，每年一到寒暑假，我都会选择一个靠海的地方，过去看看。我的本职工作是一个语文老师，同时兼班主任，就在浙江靠近老家的一所重点女子中学里。我和学生能亦师亦友，加之女子学校的老师多为女性，而身为男性的我和同事处得也不错，因此我很受欢迎。尽管如此，我对现有的状态仍旧不是很满意，校长告诉我即将提拔我的那天，我说，我想潜水，并成为一名周游世界的潜水员。

　　我曾尝试着跟随马尔代夫一个有名的华人潜导，学习过一周的水肺潜水。问题出在每当下潜深度达到 20 米以后，我根本无法做好耳压平衡，不论是擤鼻子、吞口水，抑或是活动下巴，统统无济于事。在这件事上我很遗憾，我认为我压根没有遗传到我妈的基因。

　　校长不想放弃我，他说只要我坚持到来年春节，我一定会回心转意。然而还没坚持到过年，我便离了职，来到济州岛看海。在那儿，我遇见了海女。

"你要试试吗？"

靠近龙头岩的地方，有一处很偏僻的海滩。大量的火山岩石聚集于此，有一个女人蹲坐在较为平坦的浅滩处，身边是一盆一盆的海鲜，有鲍鱼、海参、海螺、章鱼，通通被泡在盛满了海水的盆里。我问她："试什么？"

女人没有抬头，她头戴黑色潜水帽，遮住了大部分的脸，除了眼睛；身着一身硅胶潜水服，在潜水服外面只简单披了件防水外套。她自称是本地的渔民，通过采集浅海处的海鲜售卖度日。由于从事这一项工作的只有女性，所以她们被称为海女。

海女告诉我，这些都是她凌晨四点徒手下海打捞上来的渔获，我应该尝试一下生吃海参，和别的地方有所不同。海女说着，用一种很奇怪的，好像脚部受过伤后伤口尚未痊愈的姿势，从左边的水盆移动到右边处。

"你妈没教过你，盯着人看很不礼貌吗？"海女说。声音中没有一点感情。

"……我妈在我六岁时，就在海上失踪了。"我平静地对答，指了指海参，意思是我想要试试这个。

我坐了下来。这片狭小的浅滩就我和海女两人。海女沉默了一会儿，飞快地取出海参，用桶装淡水反复冲刷，继而又从外套口袋里掏出一种特制的铲刀，将它们切成厚度仅有 1 厘米的薄片。

"我妈是自由潜水爱好者，和你一样，能在海里潜很深。"我朝背对着我忙碌不停的海女说道。

吃了再爱，还是爱了再吃？

　　"怎么不见的？"海女不知从哪儿摸出几个青红色的辣椒，用那把特制的小刀切成辣椒圈。

　　"不知道。有人说是因为潜得太深，溺水了，有人说因为上水时在距海面 30 米处遭遇水母贴住脸部而窒息。最搞笑的说法是，说我妈遇见了人鱼，人鱼带走了她。"

　　"可笑，怎么可能？人鱼是海洋里最无害的生物，对人类也很友好……"海女争辩到一半，好像意识到了什么，于是改口问我为什么只身来到这里。

　　"不知道。反正每年都得见海一次。"

　　"喜欢海洋吗？"

　　"是，为此辞了职，想专门潜水，无奈的是我对此并不太行。"

　　"潜水？是为了纪念母亲？"

　　海女转过头来，她的手上有两个盘子。一小盘是切好的辣椒圈和蒜片，浸在生抽里，还有一盘是我刚刚点的海鲜，看起来美味至极。但我更关注的是海女的装束，即使她被潜水装备遮掩得极为严实，但仅凭眼部的丹凤形状，光滑洁白的眼周，我认定她绝对是个年轻的美人，虽然眼间距有些怪异，和常人相比，好像略微开了一些。

　　海女不都应该是 50 岁以上吗？

　　在马来西亚考潜水证时，我曾听潜导说起过海女，潜导说，因为随着渔业的发展，几乎很少再有愿意下海捕鱼的现代女性。因此海女的平均年纪很大。

　　"还是为了别的什么的？"

　　"也为人鱼吧，如果她带走了我妈，那么请她也顺便带走我好了。"

"……海洋里的一切，都不会随意地侵犯人，除非人冒犯了它。"

"人鱼恐怕不是吧？希腊神话里都有讲，塞壬常幻化成美人，以动人的歌声引诱航海者，使得他们听得失神，行船触礁而全员覆没。"

"那你知道这是因为航海者捕捞太过肆意，人鱼才不得不出此下策吗？"

"我也就是说说，大海里怎么会真的有人鱼？"

"只要你潜得够深，也许你就能看见。"

说着，海女眨巴了下眼睛，眼角弯起来，好像她在笑一样。

"不知道怎么回事，总是潜不下去。"

"一点办法都没有吗？"

"没有。小时候一直很怕水，我妈是个疯子，怀孕后还去了红海。"

我快忘了我妈的样子了，小的时候，她很爱和我说关于大海的一切故事。出事以后，我甚至觉得我妈就是美人鱼，有着长长的一条，能在阳光下闪着金光的尾巴。出于对海洋的爱，她坚毅地一直在全世界各地潜水，生下我以后，她去了深海的某处洞穴，再也不愿回来。

"我倒是很能理解你母亲的做派。"

"怎么说呢？"

"爱吧，就像我当海女。"

"你做这个多久了？"

"很多很多年，多到你没法想象。"

"你为什么总戴着头套，走路的姿势也很怪异，是受过什么伤吗？"

"哈哈，因为，我是一条人鱼。"

海女笑嘻嘻地回答完我的问题，她拿起一双筷子，静静地把它递给我。

蘸了蘸小盘里的佐料，我把一个海参薄片送进嘴里。

海女也开得起玩笑嘛，就像我调侃自己，学潜水是为了让人鱼带走自己。海参薄片有些硬硬的，牙齿和牙齿组成了一架运行的齿轮，薄片被打碎，从左侧传输到右侧，又从右侧传送到左侧，鲜脆的口感，沾着海水的丝丝咸腥。

"感觉怎么样？"海女问我。

"你是说我嘴里的海参，还是指你其实是一条会诱惑人的人鱼？"我也假装不正经，边笑边吃，便问她。

"看来你对人鱼的误会，特别深。"

"其实还好。我妈曾给我讲过一个人鱼的故事。"海参的味道有点怪，好像越来越硬。

"出事以前吗？很久了哦，你居然还记得。"海女按揉着她的脚部说。

"有一条渔船，在汪洋大海中捕捞，有一条人鱼发现了，便用歌声阻止。船长气急败坏下，用渔网抓了人鱼，可船上有个勇敢的船员，第一时间跳下大海，用小刀割破了网，洋流冲走了没有救生设备的船员。"

"然后呢？"海女停下按摩的手，朝我这边看了过来。

盘里的海参，被我吃得所剩无几。

"船员生死未卜。他的钱包被冲出来，人鱼保留了里面的地址，后来她来到他的故乡，幻化为人形，等待船员的归来。"

"哈哈哈哈，她讲的是你爸爸的故事吗？"

"为什么这么说？"

"哈哈，因为，我是一条人鱼。"

"那你带我走吧，不过，现在应该是不允许的吧。"

"来啊，我带你下去转转，你敢不敢？"

说完，海女把面镜留给我，径直走到不远处的悬崖，背对着悬崖，她倒栽了下去。

戴上面镜，我跟随海女跳了下去，我们朝远海游了一段距离，她拉着我的手，带我朝未知的黑暗里去。海女的周身泛着绿绿的荧光，像一盏万年不灭的青灯。她的腿在海里比在陆地上灵活，我正想夸她时，却发现这是在海水里，我不能说话。

海女却扭过身子，说："我知道。"

"刚才的海参好吃吗？"

"好吃。"我咕噜咕噜冒着气泡，给她比画了一个大拇指。

"再往下就是 30 米了。"

我点点头，身子直线下沉。

"你爸妈都是好人，因为他们热爱大海。"这是海女在海里说的最后一句话。

我点点头，左耳由间歇地刺痛，瞬间转为持续刺痛。

闭气时间太长，我的肺部有一阵急促的压迫感，我想到了在马尔代夫时学潜水的境遇，慌乱地手脚乱踢，好不容易摸到了海女的大腿，便努力去够着，偏偏触到一把滑腻腻的东西。我立刻把手缩了回来。昏迷以前的大脑有些微光，飞速闪过一些画面。

我想起以前教书时，曾读过的《搜神记》有云，"南海之外，有鲛人，水居如鱼，不废织绩，其眼泣，则能出珠。"

还幻想了潜水服下的海女，身材颀长，肤如凝脂，她一个猛子就能像鱼一样坠入深海。

吃了再爱，还是爱了再吃？

深海的下面，无情人看到虚无，有情人看到生命。

不知过了多久，我醒来后已在礁石旁，并无大碍。上岸后，海女已不见踪影，几个盆子还在，里面的海鲜全然不见。

那一碟剩余无几的海参，也消失不见，只有半个贝壳大小的银色硬片。

月光下，亮闪闪，像是某种大型生物的鱼鳞。

硬实却有嚼劲的海参啊，伴着冷而潮湿的空气，一同钻进嘴里，现在想想确实很好吃。

后来，我到访过斐济、诗巴丹，甚至南极。

潜水再也没出现过任何问题。

# 辣与不辣

对徐阳来说，如果不吃辣椒超过一星期，他肯定会暴走街头。和老婆王妮刚从德国旅游回来，他很大声地摊开行李，嘟囔着应该事先听导游的话，带上老干妈。第二天上班，他坐在办公室里，早早拨打电话订了外卖，嘱咐午饭尽快送到。电话那头，公司楼下一家湘菜馆的工作人员连声说好。然而三小时以后，徐阳下楼冲进店里，直接掀了四张桌子，就因为送餐服务延迟很久。

徐阳第一时间和老婆王妮分享了此事，只得到了少食辣椒、收敛火暴脾气的劝说。徐阳有点不耐烦，决定收起手机，去另一家川菜店，为的是辣椒超多味道却极好的干锅牛蛙，即使那家店离公司大概2公里。

徐阳嗜辣自大学时期开始，王妮有目共睹。

五年前，王妮在武汉大学食堂看到徐阳，端了一碗热干面，二话没说坐在王妮对面。他先拿起一瓶陈醋，往面上大刺刺地浇了一层，后在调料碗里舀出红油辣子，铲沙那样倒在面上，王妮数了数，前后一共十次。徐阳把混合了醋和辣椒的热干面一鼓作气全部塞进嘴里，拉起王妮的手，口齿不清地说：如果我全部吃完，或者你笑了，就当我女朋友。辣椒辣得徐阳声泪俱下，像只流着泪的青蛙。王妮先是惊愕，然后撇着的嘴拉成笑，说：好吧。

　　自此则是无休止的割据，因为饮食差异。王妮受家庭环境影响，自小就不吃辣。两人在学校约会时，徐阳只打红黄色系的菜，而王妮只打绿色系或白色系的菜。徐阳某次坚持喂王妮吃过一块干锅牛蛙，王妮肿着眼身上立马红起来，从脸红到脚踝，红了一下午，以至于被辅导员误认为她饮酒而提出了警告。王妮对此事没有生气，她轻轻靠在徐阳肩头说，不要再逼我吃辣椒，好不好？徐阳摸摸她的头，说没问题。到了下一次，朋友聚会徐阳做东，点了一桌辣菜，徐阳吃得满头冒汗，王妮倒上许多杯凉白开，把菜涮很多很多遍，咬着嘴唇，小心翼翼咬下一点点，又哇地吐出来。

　　几年间，徐阳没有放弃尝试让王妮接触辣椒，结果都失败了。后来大学毕业前，王妮去台湾做交换生，徐阳给了她一瓶辣椒水，说用来防身，王妮打开喷头就哭了。徐阳这才放弃，答应她结婚大席一定是一半红黄，一半青白。

　　婚后，徐阳进入一家网站，成为美食频道的编辑。他对辣菜尤其是川菜、湘菜的推崇，甚至有些偏袒。他对王妮说，每当他发现新的辣菜私厨时，他形容自己就像北极熊遇到海豹一样开心。所以当他遇见铜锅牛蛙、本地新开的云南菜馆的招牌菜时，他这样编辑：蘸满了番茄辣汁的牛蛙入喉，金色闪耀在头顶，喉头在燃烧，红色在飘荡。

　　王妮劝说徐阳少食辛辣，是在一年之后。

　　在此之前，王妮只做清淡的菜系。由于王妮碰不得辣椒，徐阳却嗜辣如命，他很少在家吃饭。两人至今未有孩子，王妮说，都是徐阳嗜辣的原因。王妮曾报过一个培训班，学了一手粤菜手艺，当王妮盛了一碗菜干鸡脚猪骨汤，温柔放在他跟前，徐阳笑嘻嘻吃完，王妮搂住他，章鱼一样缠在他身上，竟然说：我可是为了怀孕什么都干得出来。然后两人在床上机械地做完。但他坚持不到一个月，便常常撒谎，以加班为由，独自寻食老妈兔头、辣子鸡、水煮鱼、牛蹄筋。

徐阳不回家吃饭还一个原因。一年之后的某个晚上，徐阳突然腹部剧痛，上吐下泻，脸都青了，王妮开车送他去医院挂水，从化验、拍片、输液弄到次日 8 点，徐阳说是因为晚上吃的黑椒大虾不新鲜，王妮眼睛红了，攥住徐阳的手不说话，咬着嘴唇，生生把泪水憋了回去。在那之后，王妮常常劝他少吃辛辣食物对身体好，要孩子更需注意。可是徐阳经过这次折腾，自以为没多大事，在王妮三番五次劝说之下，反而顿生烦躁之意。

徐阳掀了四张桌子，收起手机，前往另一家川菜店，在那里吃干锅牛蛙时，碰到了小敏。

徐阳第一次见小敏，是因为工作。有一次网站拉到一个美食赞助，资方来自一家麻辣火锅，资方提出实景录制美食节目的需求，于是徐阳被派往录制现场。作为记者，他要和火锅店找来的美女共同搭档。到达店后，徐阳随便拉住一个服务员，问他的女搭档在哪里。服务员指了指方位，徐阳走上前去，就这样认识了小敏。

相比他真正的女搭档，小敏更像一个敬业的美食麻豆。原来女搭档当时去了洗手间，徐阳顺着服务员的指引，认错了人。但这丝毫不影响徐阳对小敏的关注，一个小时过后，节目拍摄休息间隙，徐阳注意到，小敏一头扎在九宫格里，嘴唇辣成两条香肠，时不时噘起来，嘘着气。她挽起袖子，把它们撸得老高，可就算是挽袖子，她的嘴也没有停。

吃干锅牛蛙也是如此，徐阳隔着玻璃窗，偷偷观察她。小敏很像是成都那边的女生，眼睛弯弯，面部白白，身材小小，头发全部梳到后脑勺中间，露出鹅蛋形的额头，只要她在干辣椒中寻找到一块牛蛙，就流露出天真无邪的神态，被辣出的红唇又难掩风韵。

徐阳在她身上像看到了自己，最重要的是吃辣时的那种急态。于是他整理好格子衫，拉开大门，坐在小敏的对面，这光景其实很像徐阳当年坐在王妮的对面。

之后两人常常约饭，出于对美食的热爱，小敏还成了徐阳的美食频道读者。小敏嗜辣简直到变态的地步，这让徐阳喜出望外。比如小敏告诉徐阳，她曾经在读书时去英国挑战变态辣鸡翅，吃一种由英国坎布里亚郡一个温室培养出的辣椒，据说世界上最辣，名叫 Naga Viper，挑战时需戴上手套，以防手被辣到。虽然最后失败了，但她很珍惜之后的体验：整整一周，舌头都得泡在冰水里。

但真正打动徐阳的是——小敏爱和他发脾气，不管是约饭迟到，争论哪家辣系菜馆做得更好吃，经期该不该吃辣，小敏均和徐阳甩过脸子。她总是拉下脸来，鼻子哼了一声，说：你以为你是谁啊？徐阳却欢天喜地，他把这表现当成一个魂，吃辣子的人才配拥有的，他有、小敏也有的魂。

更别说小敏这么黏他，短短半年间，竟同他一起尝遍同城辣食。从某家腌制的名菜醉辣蟹，到只有预订才能买到的辣卤牛舌，还有前往不对外营业的私厨家里——当然只点那些有辣味的菜。每当小敏摸进厨房，向厨师讨教完香辣大虾的做法，又蹦跳出来，脸突然杵到徐阳面前，口中说：嘻嘻，要不要来我家，尝尝我亲手炮制的香辣虾？徐阳就心里一紧，心跳声咚咚，跟随厨房好似剁蒜的节奏，越来越快。

之后，徐阳睡了小敏。小敏的香辣大虾不仅好吃，她还会干别的——解下他的裤带，用带着辣味的嘴，蹲在徐阳胯下。徐阳体会到一种从未有过的灼烧感，一股暖流来自对虾身上，也好像来自大西洋暖流，对虾迁徙着，摇晃着，直到一个激灵，随即跃出水面。

几乎是毫不费力的，小敏让徐阳留宿的时日越来越多，越来越频繁。一次缠绵以后，徐阳搂着小敏，坦言自己一定会离婚，会选一个合适的时机。小敏别过脸，偷偷乐了几秒，又转回来，哭丧着脸伏在他胸口，说你真的愿意娶我吗？我不为难你。然后又说：可是那么多好吃的菜，我都不知道同谁一起分享。

徐阳离婚后，很快和小敏领了证。小敏和徐阳的婚后生活看似无比和谐，两个吃辣的人在一起天经地义。可就在三个月后，徐阳参加单位体检，随后一份体检报告寄到了家里，报告显示，徐阳被查出患上了严重的胃溃疡，复查时医生建议，最好往后少食辛辣。

对于这件事，徐阳的前妻和现任妻子有不同的反应。

小敏继续拉拔徐阳，同食一些巨辣的菜，剁椒鱼头、泡椒凤爪、夫妻肺片、麻辣小龙虾等等。食物一旦落入徐阳的胃里，他便腹痛难忍，但小敏说，我心疼你，但怎么能够不吃辣呢，辣椒高于我们的生命。再后来，她便像之前的徐阳，不再和他共同进餐，独自去外寻觅辣食。

而王妮则调制她的老火靓汤、叉烧肉、白灼芥蓝、上汤娃娃菜，一做就停不下来，还将徐阳接至家中吃饭，有说有笑中，王妮将手很自然地放在徐阳手背上，她眨眨眼，给出一个他从未见过的笑容，有些俏皮，她说，老徐，有我在，你就放宽心。

吃了再爱，还是爱了再吃？

　　过了一个气氛怪异的冬天，春天来临，一个暖暖的下午，王妮正在煲汤，徐阳看着她的背影发呆。王妮突然放下手中的汤勺，将徐阳推进客厅，在沙发上按住，一口气抽出徐阳的皮带，褪下裤子，散开自己海藻似的头发，张开双腿坐了上去。

　　事后，王妮沉沉睡去，留下徐阳望向卧室窗外，鼻子里灌满菜干鸡脚猪骨汤的香气。他哭了起来，只是声音很低。

# 等着啊，猪油炒饭，我回来了

1

我结交过无数吃货，但梦梦，大概是我见过最能吃的朋友，不过，那是她离婚以前。

梦梦生活在青岛，但她是三亚人。梦梦喜欢美食的程度远超一般人，她不仅能吃，还死都不长胖，梦梦的老公张力说，常常半夜听到梦梦讲梦话：喂，看上去这个好像特别好吃。

梦梦还研究无数古人的吃货行径，凡古人提及的食物，如果现在有卖的，梦梦绝对要找个机会一尝方休。比如梦梦一次研究徐志摩的吃货史，她若有所思，给我撂下一段狠话："爱情是我的命，食物是我的冤家，见了冤家，我可以不要命啦，靖宝我读不下去了，太馋了，我们吃螃蟹去吧。"

梦梦结婚育有一女，女儿大名叫张小梦。一次给小梦买回云吞，便当一打开，小梦咿咿呀呀地要吃，梦梦就说：乖女啊，你等等，妈妈先帮你尝尝烫不烫。梦梦一吃就没停下，待到张力回家，见到的是这幅场景：梦梦大快朵颐地吃着云吞，笑脸盈盈，小梦把粉脸哭成了老人，皱成一团。

张力一脸黑线。梦梦立马将女儿小梦抱起来，递给他，自己若无其

吃了再爱，还是爱了再吃？

事地走进卧室。过一阵儿卧室里突然传来梦梦的声音："哎呀，老公，原来小梦不爱吃云吞你晓得吧。"

我去梦梦家做客，中午时候梦梦在厨房烧菜，小梦喊困，要午休，让我抱她去卧室，哄她入睡。我一听就嗨了，展现我母爱的时刻来了。于是我百度了好几个童话故事，开始声情并茂地讲述《三只小猪》，才讲到一半，小梦奶声奶气地打断了我，说：靖阿姨，我不要听这个，讲一个红烧乳猪的故事，就像这样，红烧乳猪——宰杀去毛去内脏，剔骨冲洗，用铁叉插住小猪，在猪皮表层抹油抹盐，然后转动烧烤……

话音刚落，小梦歪了过去睡着了，梦梦恰巧进门，听见小梦的话哈哈大笑，我赶紧把她拉到厨房，问小梦在搞什么鬼。

梦梦捂着肚子笑了半天，才断断续续地说："她不听童话故事的，她的睡前故事，都是我第二天要做的菜的菜谱！"

我又好气又好笑，看了一眼张力，只见张力很淡定的样子，仿佛已经习惯了这一切。他拿出几块狗饼干，对他们家的泰迪说："开饭啦！"与此同时，张力很自然地递给梦梦一块，同时给了我一个坚毅的眼神，眼神里都在说：不信你看。

一身冷汗！我在内心深处迅速伸出一只拒绝的小手，于是我说：不要吧。

梦梦将狗饼干丢进嘴里，嘎嘣嘎嘣地咀嚼完，还很诚恳地邀请我说："哎呀，狗饼干可好吃了，来试试看，美颜开胃，生津止渴的大好前菜呀。"张力朝我耸了个肩，我把头摇成了拨浪鼓。

我曾经在一次单聚中问过梦梦，我看你什么都吃，有没有最爱的东西啊？

梦梦点起一根烟，那时她正被和张力的离婚事件搅得夜不能寐，烟雾把她的脸衬托得略微沧桑。梦梦沉默了很久，然后低低地说：猪油炒饭。

## 2

猪油炒饭的故事，很叛逆，也很离奇。

梦梦16岁那年就离家出走了，跟随她现在的老公，也就是当时的男友张力。张力是恩施人，是转校生，两人当年都很叛逆，梦梦叛逆是由于母亲早逝，父亲是渔民，常常在外捕鱼，对她管束少之又少，每逢出海的日子，他一般都将她委托在姨夫那里。张力当年是校园的"扛把子"，最爱效仿电影《古惑仔》中的山鸡，他曾效仿陈小春对邱淑贞说的那句话，对梦梦说：你知不知道尔是我一生中最爱的女人。于是梦梦对他死心塌地。

张力集结了一帮"马仔"，和校外的一帮势力打群架，结果伤了五个学校的"兄弟"，被校园通报批评并险些除名，为此张力被父亲毒打了一顿。

在一个热浪袭人的下午，张力截住了正在上体育课的梦梦，一字一句地问她："要不要跟我走？去另一个城市，没人会知道我们，我会对你负责到底。"

梦梦热血上冲，头脑一热，激动得声音都变了："好，反正我爸也不怎么关心我，答应我的事情也很少兑现承诺，前几天因为我早恋的事，还打了我一巴掌，我早就想走了，我跟你走，我跟定你了！"

张力举起三根手指，非常笃定地承诺说："我一定会好好赚钱，养你，让你生孩子，想吃什么就吃什么，刷卡不看价格，每天都有新衣，我答应你，我会是你一辈子的依靠。"

　　"最重要的是，你是我一生中最爱的女人，我会对你负责到底。"

　　梦梦哭了，眼泪、鼻涕全部擦在张力身上，她决心一定要跟张力走，只是在此之前她要进行一个仪式，最后再吃一次父亲做的猪油炒饭。

　　梦梦曾和张力说过，她母亲死后，在父亲不出海的日子，经常回家给她做猪油炒饭。

　　可惜梦梦没有等到父亲回家，父亲后来来电话告诉她要临时出海，炒饭只能下次再做。我估计那是个繁星堆积的夜晚，梦梦背起提前收拾好的行李，和张力坐上了最晚的那班火车。火车上她望向窗外天空，泪水涟涟，眼睛一闪一闪，有如苍穹里的繁星。

　　梦梦和张力 16 岁逃到青岛，16 岁的诺言像一粒种子，种在了两人的心里。

　　从发传单到缝纫机流水作业，从超市收银员到厨房打荷工，梦梦和张力凭着假报年纪，制作假的个人简历，被人发现赶出去就马上再找新的工作，居然咬牙一干就是 7 年，7 年间谁也没提过要回去。

　　23 岁那年，张力像拔节的竹子一样，已经蹿得很高，他存了些钱，将梦梦带回了恩施。那时梦梦第一次怀孕，张力的家人喜出望外，问了问梦梦的来历，梦梦头也没抬就说：双亲早逝。再一看梦梦怀着身孕，便也没说啥，给了些钱让两人继续回到青岛生活。

　　张力曾经劝过梦梦："要不，我陪你回家看看吧。"

　　梦梦只是说："我出来这么久，我爸也没有找我，肚子也已经这么大了，回家有什么用呢。"张力看她很失落，就不再劝她。

　　后来梦梦流产了，原因不详。此后，张力愈加勤奋地工作，后来用积蓄在青岛开了一个酒吧，在此期间两人始终不提要孩子的事情，一干就是 9 年，直到 2012 年，张小梦出生。

## 3

我遇见了梦梦的父亲，那时我才知道，梦梦压根不知道这些年父亲做了些什么。

2015 年，我正在做《失孤》这个项目的电影宣传，电影讲的是一个父亲在孩子被拐走后，开始了长达 14 年的找寻。

一次，我们在北京举行电影点映活动，我是当时活动的工作人员。电影放完，观众陆续离场，只有倒数第二排有个黑影久坐不动。待我上前，见得一位老人头发斑白，只身一人坐在那里静静地哭，他极力压抑着声音，只发出很低的气声。

老人哭着告诉我，他的孩子在三亚失踪了，一直没有找到，报警、全城贴字条，甚至出海寻找，也没有任何消息。有人说他的孩子已经死了，他不相信。过了这么多年，他从没放弃过找孩子的念头，所以他又来到北京，在这边一边打工一边寻人，因为北京大，更因为北京有很多信息，这回他关注到这个电影将要上映，他才意识到，至今孩子失踪已经整整 16 年了。

我心里咯噔一下，根据老人说的年份的信息，我意识到恐怕这是梦梦的父亲，于是我慌忙打电话给她，问她要不要赶来北京确认一下。梦梦在电话那头有些犹疑，可不出半分钟，她有些沉重地说好。

也许亲情就是身上的某根肋骨，有了它我们才能安身立命。

这位老人并不是梦梦的父亲，挂了电话后我才反应过来，于是又核对了名字。但是老人告诉我，他并不是最惨的，在北京还有一帮这样的寻亲人，最惨的应该是另一位老人，他和他在三亚几乎同时丢失了孩子，而后他俩一起在三亚找寻儿女，随后又一起来到北京。那位老人患有风湿性心脏病，现在还在西二旗那边帮一家高新企业守夜，但他坚持不肯回家，因为还没找到他的女儿。我觉得他才是梦梦的父亲。

第一次见到梦梦父亲，是在晚上 12 点。

梦梦父亲脸上瘦骨嶙峋，寡言且有些隐忍。16 年，不知岁月对这个男人做了些什么事情，使得他看起来神情有些冷绝，眼神也飘忽不定。他定定地拉住梦梦的手，只知道一直晃动，他干瘪的脸上好不容易挤出来一个似笑非笑的表情，然而眼泪还是没有给憋回去。

骨碌骨碌地，眼泪在他的脸上轱辘着，这个男人，像白桦树一样，在冬夜的大风中挺立，把泪水都化成语言。

梦梦的父亲在青岛见到了张力和小梦，他没多说什么，听说两人在闹离婚，梦梦父亲像吃糖一样将小梦亲了个遍，变戏法一样拿出一颗麦丽素哄她，待小梦伸出手，梦梦父亲就紧紧抓住她的小手，攥进他的手心。他掉头就走，然后转头对张力说：我们回北京了。

火车上，梦梦的父亲欲言又止。

他拿出蓝屏的手机，一个字一个字费力地敲了出去，中途还有些停留，然后盖着大衣，头斜倚着靠垫，很快睡着了。

"有我在，你放心。"简短的六个字的短信，伴着父亲浅浅的鼻息，梦梦没有扭过头戳穿装睡的父亲，她别过脸，任泪如雨。

4

梦梦的父亲请求梦梦在北京陪他一阵日子，他退了滴水的地下室，搬到了日租房里。

梦梦父亲没有说太多为什么，他拿出一摞又一摞残缺的报纸，把它打包收好，装进一个箱子里，装不完的就放在箱子周围，也不肯丢掉。梦梦细细看过这些报纸，上面都被人剪过。梦梦父亲在梦梦的劝说下辞去了工作，白天出去溜达，晚上就回来休息。梦梦曾经跟踪过他，他去的都是居民楼，拿一支笔歪歪斜斜地写下一些字，然后就换个地方干同样的事情。

"我找到我女儿了，你们要加油。"被剪下的那些寻人启事，贴在这些居民楼的楼道之中，和那些搬家、疏通的电话贴在一起，梦梦看了一遍又一遍父亲歪歪扭扭的字，眼泪再度倾盆。

梦梦父亲和梦梦带着小梦回了三亚。梦梦父亲最爱拿着一条绳子，轻轻绑在小梦的手腕上，另一端紧紧地攥在自己手里，去哪儿都不解开它，就算被别人笑话。梦梦曾对父亲说，没事的，小梦不会被人拐跑的。可是梦梦父亲说，你就让让我吧，这么多年了，我还是怕。

突然有一天，小梦胳膊上的绳子不见了，是梦梦父亲精神抖擞地解开了它，说要带小梦去海边看大船。

这一走，就不见了，完全失去了联系，直到三天后，梦梦父亲一个人风尘仆仆地回来，在梦梦不知道的时候。

他做了一碗猪油炒饭，试吃了一口，连声呸呸呸，倒了饭又重做。梦梦看到他时，他正安详地坐在厨房的椅子上，桌上已有数十碗猪油炒饭，那都是梦梦父亲不满意的实验，只有靠近桌角的一碗，热腾腾，又晶晶亮。

梦梦父亲坐在椅子上去了，因心脏病猝死。梦梦抱着我痛哭，说他知道自己手艺生疏，所以做了许多遍，只想做出原味的猪油炒饭。

事情远不是我们想的那么简单。

吃了再爱，还是爱了再吃？

　　张力不久后抱着小梦前来，在听说了梦梦父亲猝死的消息以后。从进门起，张力的眼泪就没有停过，他一把抱住梦梦，只是重复一句话：老婆，对不起，我们不要离婚好吗？老婆，爸过来找我了。

　　梦梦一把推开了他，眼睛通红地问张力：你说清楚，到底怎么回事？

　　张力颤巍巍地拿出梦梦父亲先前遗落的蓝屏手机，上面只有两段话。

　　"'我一定会好好赚钱，养你，让你生孩子，想吃什么就吃什么，刷卡不看价格，每天都有新衣，我答应你，我会是你一辈子的依靠。'作为一个男人，你是不是答应过她？"

　　"'最重要的是，你是我一生中最爱的女人，我会对你负责到底。'我现在不是你岳父，我们之间是一个男人和另外一个男人的对话，我想问你的是，你还记不记得你对她说过这样的话？"

　　张力泣不成声，说梦梦爸爸来得很突然，基本不说话，只是拿出手机敲了两条短信，走前留下小梦，也只说了两句话："我……可能不行了，作为男人，最重要的是，要对说过的话，负责到底。"

　　梦梦扑向厨房的餐桌，半跪在桌旁，大口大口地扒着已经冷却的猪油炒饭，泪如雨落。

　　张力没有讲梦梦爸爸另外一句说的是什么。

　　在泪水纷洒的时刻，我似乎看到那个繁星堆积的夜晚，梦梦背起提前收拾好的行李，她望向窗外的天空，眼睛一闪一闪，突然电话响起，梦梦爸爸在那头说："你还没睡吧，我回来了，等着啊，猪油炒饭，爸爸给你做。"

# 有时候爱情是一个赛道

　　前年8月去武汉出差，朋友约我晚上去喝酒。钻进胡同里的酒吧，有一个姑娘和窗外的夜色一样，醉得五迷三道。

　　她拉住我的裙角，眼窝和龙舌兰酒的表面一样，明晃晃的。有朋友和我低语道，她喜欢在座的另一位男士很久了。顺着朋友的指尖看去，那位男士和在场的其他人正在猜拳，谈笑风生。

　　姑娘叫肖晴，一张鹅蛋脸薄施粉黛，微弱的灯光下，乍一看有点像熊黛林。她楚楚动人地跟我说，你帮帮我好不好。两行清泪滑下，我猜她背后有一个春恨秋悲的故事，与那个男人有关。

　　姑娘选的角度很巧妙，她正对着我，而我正对着所有人，所以没有人能看到她在流泪。

　　一杯龙舌兰下肚，她说，他为什么不和我在一起？

　　她说，是不是我不配？

　　我曾听朋友说起过他们朋友圈的故事。肖晴追这位男士有两年了，她努力地打进这个朋友圈，和他的朋友们成为朋友，她的讨好如此明显，所有人都明白这是怎么一回事。

　　不是没有人帮她。有意撮合的朋友曾在另外一个场子问过那位叫卜帅的男士，而卜帅对所有人嘻嘻哈哈乱扯，说她对他很好，但是她和他相遇的时间不对。

肖晴一杯接一杯饮尽喷着火焰的龙舌兰，他却佯装不知情，蜡烛火苗扑闪中，他讲了一个又一个的笑话、一个又一个的故事，只是所有的笑话和故事，都与她无关。他手舞足蹈地讲给所有人听，情绪高涨时还会拉着人比画，唯独不与肖晴互动。

恋爱这种一个愿打一个愿挨的事，我们怎么好意思多嘴。

在我的裙子快被她扯掉的时候，朋友靠过来，我狐疑地问到底这是什么情况。朋友说，卜帅是搞音乐创作的，之前出过一张唱片，卖得不好，最近电影市场大热，无意得了个机会创作电影主题曲，也许是时来运转，近期还有国内知名一线导演频繁约见他，所以男人就有很强的膨胀感，这姑娘再怎么折腾都是徒劳，她没戏的。

我赶紧扭头看她，姑娘扑通一声，像一颗蔫了的苹果，从座位上直挺挺栽了下去。

由于第二天我要赶飞机，在大家手忙脚乱张罗肖晴的时候，我先撤了，后来的事不得而知，但关于肖晴和卜帅的事，我从朋友那儿听了个大概。

肖晴对卜帅好，在卜帅还没这么红的时候就开始了。卜帅是武汉人，从日本留学归来后，签了北京一家音乐公司，出了一张唱片后成绩惨淡，被公司冰封了一阵。失意的卜帅曾在北海的一家酒吧里当驻唱，唱的都是《北京北京》《蓝莲花》一类的歌。一日趁老板不在，卜帅有点喝多了，便自弹自唱起自己的专辑里的歌，就是那么巧，肖晴那天刚好在那个场子，且买过那张专辑。

有时候爱情来临只在一瞬，随后的几分钟都化为回味和深沉，就像一掌打下去，全身的骨头都化为绵绵。那晚一杯酒入喉满口留香，一首歌奏完余音绕梁，肖晴觉得这种感觉和爱情很像。

她对卜帅的穷追猛打便从当晚开始。

卜帅音乐失意，总爱喝酒，喝酒后总要胡言乱语一番，然后睡死在沙发、地板、厕所里。每次肖晴无论多晚都会开车来接他，把沉甸甸的卜帅想办法弄进车里，把他送回家。好几次他吐在肖晴身上，肖晴会帮他褪了鞋袜，调整到一个舒服的角度，好让他再吐时不至于呛到自己。

卜帅说自己爱吃 7-11 的快捷寿司，肖晴就给卜帅发一个短信，说帅帅，我恰好会做，周末来我家吃。于是肖晴翻开菜谱，买来寿司米，加醋和糖，双手沾满黏黏糯糯的白米饭。肖晴用不习惯竹帘，包了黄瓜和鳗鱼的寿司饭卷了又散开，无法成形，肖晴气不打一处来，一口气蒸了三锅米饭。一个下午的时间，肖晴全部用来和寿司饭卷作战。待到卜帅进门，一眼瞧见桌上有一块奇怪的三文鱼，三文鱼用剪刀剪成桃心，一支牙签插在上面，就问，这是啥？

"一箭穿心啊，形容我对你的爱。"肖晴哈哈大笑，把沾满了寿司饭的双手贴在卜帅脸上。

渐渐地，卜帅的朋友们都知道了这个姑娘，一次撸串，朋友们问卜帅，说肖晴的寿司到底做得咋样，卜帅淡然一笑，说寿司不错，就是章鱼好硬。肖晴一巴掌就拍在桌上，半开玩笑半认真地说："靠，我花了半小时的时间按摩章鱼，让肉质变软，比我给自己涂脸霜的时间还长！"

卜帅后来喝多了，站在凳子上拍起胸脯发表演讲，有人逗他，问他为啥不和肖晴好啊，卜帅的脸和脖子红得像个螃蟹，他眼色沉重地看了肖晴一眼，一口饮尽一杯酒。

然后，像暴雨一样，卜帅吼道："你对我好，我难道不知道？我和你说，肖晴，我懂你的意思，我喜欢你，但是说到在一起，我很犹豫。我不知道我以后会怎样，但现在的我极其痛苦，我对未来感到迷茫，对我来说，音乐就是我的生命，可现在我每天浑浑噩噩的，像个废人。你很好，真的很好，只是在你最好的时候，遇见最潦倒的我，是我们相遇的时间不对，你放弃我吧，好不好？"

"爱情它，没有季节，哪怕是错的时间，错的地点都会遇见……"张杰的歌从旁边的音响店突然炸起，大家面面相觑，只好低头喝酒。

"我等你。"她咬着唇发狠似的说。

那一夜，大家都看到了肖晴的泪，在眼窝里打了一个又一个的旋，退下又涌起，却始终不让它掉下来。

后面的事就像大多数苦恋故事那样，肖晴奋不顾身地追，卜帅没有回应，要么就是一直拖延。朋友们也不再劝说。再后来卜帅逐渐时来运转，渐渐接了一些商业电影配乐，肖晴在这段时间是怎样的我们不得而知，也不知道肖晴还会不会傻乎乎地给卜帅做寿司。朋友说肖晴在武汉大醉那晚之后去了日本，再无音信。

但我犹记得她在倒下前那一刻问我，以前他觉得时候没到，我认为是他想做的音乐没有起来；现在他起来了，还是不肯和我在一起，是不是只有我变得更牛逼更优秀，他才会接受我？

就在朋友们都以为肖晴在卜帅生命里已经消失时，我们怎么也没想到第二年还能再次遇见肖晴。那个时候，肖晴已在望京开了一家属于自己的寿司店，生意火爆，许多明星都偷偷过来光顾，并且需要订位才能吃到。

这一年冬日，北京的大雪比鹅毛还夸张，此时的卜帅已不是当年那个卜帅了，他最近参与的电影，票房均过十亿，事业一片如火如荼。就在这个节骨眼，肖晴重新联系了卜帅，并请我们过去试吃寿司。

现今的肖晴意气风发，脸上红彤彤的，站在台面那里，亲手为大家捏做寿司。肖晴迅速捏了一个寿司递给卜帅，一脸严肃而认真地跟我们介绍：

"听我说，听我说，鱼生寿司要一分钟之内做好，以保证新鲜。吃寿司呢，如三个乐章，上菜顺序很重要，口味轻的要在前，口味重的要在后，所以你们要先吃竹荚鱼，而后章鱼，最后再是海胆、鲑鱼子和干瓢。卜帅，卜帅，你有没有听到？"

我看了卜帅一眼。卜帅接完工作电话才坐下，说，不好意思，你去忙你的，我工作太多了，现在得去录音棚，我下次再来找你，还会带很多朋友过来。抱歉啊，必须得撤了。

卜帅匆匆就走了，肖晴没有作声，恰好隔壁桌客人在招呼她，她大声应和道：来嘞。于是连忙跑过去忙来了，我们都注意到，肖晴的眼睛明亮如炉火。

我突然想到肖晴那晚大醉，问我配不配的问题。谁都心知肚明，她做寿司一面是为了卜帅，一面也是在努力让自己变得更好。

爱情有时有个很大的误区，它让人们以为，只有高手站在了山顶，两袖有风，才愿意和世间的另一个高手相看一眼。

他们相遇、过招，就能按照电影里的台本，喜结下良缘。

人们总说，所以你要变优秀，爬上山顶，当人们觉得你是一个绝世高手的时候，你才能有机会，去俘获另一个高手的心。

卜帅和肖晴的故事，到这里差不多就完结了，只是后来偶然一个机

吃了再爱，还是爱了再吃？

会，在店里再遇肖晴，肖晴亲口告诉我，她刚刚决定放弃。

我好奇地问她为什么，我说反正你也坚持了那么长时间。

肖晴还在望京开着那家寿司店，她说决定放弃卜帅以后，她只想好好做寿司，为了她自己。

和卜帅没有关系？我知道卜帅是食寿司狂魔，所以我才试探性地问肖晴，她正熟稔地做着金枪鱼刺身。

她露出一个捉摸不透的笑，继而她告诉我，在卜帅当着所有人的面告知是相遇的时间不对以后，她曾一度觉得是卜帅不够喜欢自己，自己也不够优秀，这是他俩之间的主要问题。

说着，肖晴递过来一个金枪鱼刺身，做了个请的手势，就在我咀嚼时，肖晴说了好长好长一段话，听得我热血沸腾。

"就在我学会做寿司以后，我才明白，爱情的天时就好比寿司的天时，就像鱼生寿司要一分钟之内做好，多一秒就会影响影响风味和口感；足够完美的章鱼也需要按摩 40 分钟，而不是半个小时。做久了寿司后，我突然明白，我对它这种美味的坚持，骨子里十足的热情和喜欢，根本不足以支撑我做好一份寿司，我才明白卜帅所说的时间的因素，原来它好重要。"

无须将所有没有结果的爱情错怪给喜欢，其实有时候爱情是一场赛跑，里面的每个人都在来回奔跑，有时候你跑累了，他还想跑，跑着跑着就疏远了；有时他跑得比你快，你跑着跑着，就渐渐追不上他的脚步了。

最难得的是交汇的某一瞬间，你们俩有着同样的步伐、同样的方向，你说：不如一起吧？他说，好呀，时间正好。

# 留恋

柏树现在有些后悔，他突然觉得自己好蠢，第一次召妓就在家里？

大概是习惯一个人工作了，柏树一开始召妓上门时十分放松，并不认为会有问题。柏树的主要工作是根据顾客在互联网上下的单，上门为顾客提供按摩服务，每到顾客家里，便会从他的简易背包里拿出白大褂、白帽子穿戴好，然后戴上口罩，再摆上一个豆腐块那么大的计时器，滴一声之后，柏树会招呼客人坐在方便服务的椅子上，或者沿沙发边缘或床边躺下，选择什么地方，得看客人点单的内容是全身理疗还是头颈肩颈按摩。

如今经济形势不太好，就业形势也不乐观，于是从老家医院离职来到这座城市以后，柏树很少休息，每天的班都排得很满。也因为他的手艺太好，刚挂靠在这家按摩服务软件公司，订单就像雪花一样飘来，越来越多，柏树逐渐有了一些熟客，其中有一个是做电影编剧的。他便是让柏树这一次召妓的始作俑者，倒不是他告诉了柏树召妓的电话，而是有次他拜托柏树在服务结束后顺便把他家里的垃圾传单带走。

所谓的召妓卡片，其实就是印着女人照片的小卡片，夹杂在那些售卖楼盘、在线教育、家政服务、私厨烹饪的传单中，柏树站在客人楼下小区的垃圾桶旁扔掉了其他卡片，从召妓卡片里选了一个照片看上去最清纯的，揣进了兜。

让柏树下定决心召妓还是因为那个熟客。由于熟客长期伏案写剧本，所以颈椎气血瘀滞，每逢交稿、改稿之日，柏树的按摩技法仿佛就成了他的救星，时间长了两人少不了聊上两句。某次上门，熟客问他有没有看过一部电影《推拿》，讲的是盲人按摩师这个人群的喜怒哀乐。除了光怪陆离的色调、晃动不停的镜头，生活在盲人按摩中心的人们对生命和健全的认识，让柏树印象最深的还是盲人按摩师小马和发廊小姐小蛮之间的那种情愫。柏树想到他还留着一张小卡片，于是趁着好不容易休息的一天，他给卡片上的电话号码发了一条带有自己租住地址的短信。

好的，全套698元，马上。短信是这么回复的。柏树开始后悔了，再次打开短信看，然而手机屏幕上的内容丝毫没有缓解柏树的焦虑。在屋里反复踱了十几步后，柏树决定打开冰箱，他此刻无比需要捧起他最爱的水果——一块很大的榴莲，大口咀嚼，以榴莲独有的浓郁芬芳压抑住脑袋里的胡思乱想。

万一她长得和图片相去甚远，远得十分离谱，拒绝她会不会有损女人的自尊心？如果不拒绝，硬着头皮进行也不是未尝不可，只是整个过程的愉悦程度会大打折扣。当然也存在整件事是一个陷阱的可能，女人一开始会撒娇要求洗澡，然后趁他不注意翻出他的钱包、手表、笔记本从家里溜走；或者女人先去洗澡，再半途杀出一帮人倒喊捉奸趁机敲诈……

虽说如今人们对像柏树那种上门按摩的需求量越来越大了，也感觉到很安全，顾客对按摩服务态度越来越开明，也很容易接受按摩师上门提供服务，可终究召妓和按摩完全是两个性质的服务，柏树如今才反应过来。

榴莲还没吃完，门外就有轻微跺脚的声音——房门的猫眼坏了。柏树放下榴莲，没有一丝犹豫就打开了门。就好像乱七八糟的猜忌是火药，柏树是子弹，跺脚声是扳机，跺脚声响起后，子弹壳内的火药燃烧，产生膨胀气体，然后将柏树射了出去。门打开了，女人虽没有照片上那么美，但另有一种怎么也说不清楚的味道。

柏树有点开心，女人是他喜欢的那个样子，但不能因此就放松警惕。他佯装成是个召妓很多次的老手，用很大方的语气招呼女人不要客气，并邀请她和他一起洗澡。女人毫不扭捏，脱了衣服后，反过来帮他褪了裤子，女人用肥皂打得满手泡沫，搓揉柏树的后背。柏树本想站着享受一番，但他是个心地善良的人，又毕竟是第一次，只好蹲下来随便按擦了几下女人雪白的腿肚子和曲线优美的腰肢。

女人不太讲话，只说自己叫甜甜，25岁，别的再没了，除了偶尔不得不和柏树视线交集时会露出的那种谄媚的笑。这种笑他见过，电影《军中乐园》剧照中陈意涵饰演的妓女阿娇也是这么笑的，这是他在编剧熟客那里看到的。为了打破尴尬，柏树告诉女人，通过他刚刚稍微给她捏的两下腿，能感觉到她宫寒严重，来大姨妈时会很痛，痛起来会忍不住想吃芬必得，而也建议她最好不要吃。

做爱的时候女人很是疯狂，只是这种疯狂娴熟得让人在愉悦过后立马意识到是出于惯性。但即使明白这点，柏树还是很爽，他依旧在女人的胳膊、腿肚子和腰肢上吻个不停，像雨点落在上面。不管这个女人到底是真的不爱说话还是出于麻木而寡言少语，他决定献出他认为的第一次该有的温柔敬意。

事毕，柏树数好钱放在床头柜，再次去冲洗。他将淋浴间的门打开一条缝，以为这样就能观察到女人在房里直到离开时的一举一动，不料女人裸着身体，径直凑过来和他说话。

"我可以吃你剩下的榴莲吗？"女人问。

什么？柏树指了指搁置在餐桌上的那些榴莲，是那些吗？冰镇过后的榴莲，表皮因冰霜化成水又蒸发掉而变得塌陷，口感也不如刚从冰箱里拿出来时那么润滑，如同炎热的日子里被随便搁置在哪里的黄油一样，近乎软化了一半。

柏树不明白为何女人会提出这种莫名其妙的要求，但出于好奇和礼貌，他回应说好啊，如果你不嫌弃的话。

女人很认真地用左手手指捏起其中一块，整个塞进嘴里，右手阖住呈一个半圆托在下巴下面。女人吃榴莲的神情专注而陶醉，仿佛不是在吃榴莲，而是在做礼拜，这一点让柏树非常有兴趣——他很少能见到一个人同他一样热衷这种食物，于是他迅速地擦干了身子坐在她身旁，也捏起一块榴莲来，享用它的同时露出了与女人同样的神情。

榴莲散发出刺鼻的香氛，大概随着柏树起先乱七八糟的想法，先是喷射到女人的脑垂体里，经由体液交换后串行到柏树的体内，被从冰箱拿出来一小时后，榴莲虽然表皮塌陷了，却荡涤出迷醉的信号连接起了这对男女，不知此时他们脸上虔诚的表情，到底是因为榴莲还是因为一次完美的性爱。

他们就着软榻下去的淡黄色果肉聊起了它的药性，柏树建议女人，宫寒的确需要多吃热性的榴莲，说着便掏出他的玉石刮痧片，指出女人腿的哪个部位的反应对应着宫寒。女人则说榴莲用来炖鸡也是极好的，就是榴莲味没有那么足了，做班戟会加太多奶油，做馅饼又会掺和很多香精，如果真爱吃的话，还是原生水果比较好。

"你是按摩师吗？如果可以还请你指教一些，我一直搞不清楚肩胛骨的天宗穴在哪儿，做我们这行，有时也会遇到客人提出按摩肩颈的要求。"女人摩挲了一下柏树的玉石刮痧片，以一种诚恳的语气把它递给了他，背对着他趴下。

一股使命感油然而生，不仅是因为这完美无瑕的后背及女人立体却又清纯的侧颜。她冲他笑了笑，明显不同于《军中乐园》里陈意涵式谄媚的笑，这次带有求助意味。柏树准备好橄榄油，活络活络了手，滴滴声在他心中响起。

女人也许在工作里被冷眼了一大阵子，柏树曾听说过有的男人变态，非得和她们大玩特玩 SM，也听说过性工作者被虐待致死的新闻，所以最开始她表现得有些不近人情，大抵是为了防御，以为柏树也是那种躺尸一般只顾自己享受、丝毫不温柔的男人。

幸好柏树不是那种人，至少目前不是，在这次奇妙的相遇中，柏树和女人均卸下了他们各自的防备，也阴错阳差完成了角色对调。柏树十指轻柔，在女人的后背如丝般游走。

不知过了多久，女人的呼吸声渐渐重了，保持着双臂拢在头顶上部的姿势睡着了。柏树也悄无声息地躺下来，女人的腋下毫无保留地正对着他。柏树突然明白刚开门见到女人的一刹那，那种怎么也说不清楚的味道是什么了。

传说郑和到达东南亚时对一种水果大为褒扬，然而它的果实只能一年一熟，故名留恋，后谐音为榴莲。想到这里，柏树心满意足地闭上了眼。

# Banana Man，Banana Wars

"只有和印第安女人做过爱，我才算是真正的香蕉人。"

"香蕉人？类似漫威英雄香蕉侠？还是类似大力水手，吃了香蕉就能战无不胜的动漫人物？"

"都不是，是真正含有黄色血统的香蕉共和国人。"

以上台本在万圣节那天，从阿古的内心跑出。当他穿上戏服同女朋友莉莉做爱，却被她大骂吃屎，当时的气氛有些尴尬，阿古只好解释，讲出前面那一句话，可惜莉莉没有问他香蕉人是谁，她愤愤甩下印第安人的头饰，胡乱套上长款毛衣，赤脚夺门跑了。

要做一个香蕉人并不中二，身为产品 UI 设计师的阿古，从小就喜欢动漫等宅男文化。阿古做这一行，见过太多比他更为奇葩的从业人员，比如他的某位同事日夜与电脑漫画做伴，一旦涉及人际交往时就会色变，周末只宅在家里，家里乱成一团。听说这位同事与买回来的巴麻美金刚手办恋爱，御宅人士阿古舒了口气，认为自己和同事相比，他仅仅迷恋香蕉，只想成为一个香蕉人，到底还算正常。

阿古执恋香蕉，拜他继母所赐。

八岁那年，阿古第一次见继母，她大波浪卷发型，低胸碎花裙配黑色细高跟，嗒嗒嗒地走进卧室，倚在门框那里跟阿古打招呼。那时阿古正搬了个小板凳，坐电视机跟前吃香蕉，看《赌神1》看得入迷，听到她的声音，阿古偏头，呆呆望住女人，连香蕉也忘了咀嚼，把整个香蕉直直含在嘴里，剩下半截麻麻点点的香蕉皮。继母见状瞬间收回假惺惺堆出的笑容，脸色大变，指着阿古的嘴大骂：我讨厌这个，你回房吃蕉啦。阿古只好悻悻回自己的房间，拿出漫画书，心里空落落的，殊不知隔壁的卧室中，周润发饰演的赌神高进刚好对一个在香港出生的科威特人笑说，你回去印度吃蕉啦。阿古到现在都不知道，他错过了这样的剧情。

继母有个亲生儿子，叫阿瑞，小阿古一岁。自从继母带着阿瑞嫁给阿古父亲，阿古就象走进了地狱。阿古再也没有新衣可穿，继母只买给阿瑞，穿旧的衣裳再给阿古，阿古明明更大只，穿戴着阿瑞的旧衣，紧巴巴裹住身子，显得特别滑稽。而阿古的父亲很疼继母，对此情况睁只眼闭只眼，只当不知情。一次阿古被继母硬生生塞进阿瑞的背带裤，裤脚只到脚踝，阿古不乐意上学，死死拉住桌角赖在地上，继母见状，作势要烧掉他的整套《幽游白书》，阿古跳起来，扭捏着就去了学校。结果同学问他，你吃蘑菇了吗？阿古不懂，同学指了指他的裤脚，说他像超级玛丽，吃了蘑菇身体就会变大。

于是阿古宁死也要吃香蕉，还要穿一件印有香蕉图案的T恤，那是阿古用漫画书和同学交换所得，只因为阿古知道继母厌恶香蕉这种水果，他把它当校服、当睡衣，常常穿着它故意在继母眼前乱晃。阿古成绩远甩阿瑞一大截，长得也比阿瑞更为周正，邻居都夸他这样是继母教导、照顾得好，继母人前搂着阿古讪笑，人后却愈发嫌弃阿古。后来他长大，学历史时无意听老师说起香蕉战争，阿古竟觉得兴奋无比，太阳穴处青筋暴跳，非要缠着老师问清始末。

　　原本是讲述中美、南美与欧洲的香蕉争端，阿古却偏偏将香蕉战争想象成自己同继母之间的战役。阿古相信，正义的人民始终都要推翻强权，他宁死不屈。然而阿瑞对他却很好，见阿古吃香蕉成魔，还以为他的确钟爱这个食物，常常偷偷买一挂，两人于放学路上食个肚饱，又用香蕉皮互相投掷，嬉笑乱战。回家后继母大骂他是衰仔，还将阿瑞带坏，阿古大怒，憋了一肚子火，但不理睬，阿瑞笑笑安慰他，手指着自个的嘴，给阿古演示自己不停地打香蕉嗝。

　　大学时，阿古和阿瑞从家里搬出，住进同一所校园。两个白净少年，都是身宽体厚，阿古脸色白白，气质有些忧郁，阿瑞则秀气玲珑，性格却阳光大方。而后毕业，阿瑞去了美国深造，并进入环球影业做电影。阿古则留在国内进了一家创业公司，做交互设计，半年过后，继母对阿古父亲提出离婚，并于一个血色黄昏飞往美国。

　　继母从生命中猛然抽离开去，阿古始料未及，她像一阵龙卷风，风驰电掣，倏忽就卷出了地平线，阿古却愣在原地，任残余的风暴中被托得高高的残渣砸在身上。阿古看了看落日，方才意识到他对香蕉的痴迷已超越了食物本身。

　　黄灿灿，清香馥郁，这么多年过去，香蕉已成为一枚精神图腾，从阿古的嘴、牙齿经由喉道、肠胃渗入阿古的血液。和继母的战役虽已终结，阿古决定保留对香蕉的坚持，因为它曾给予他抗争的动力，如果说有人信仰香烟是因为尼古丁能够使人振奋，那么香蕉就好比是阿古的兴奋剂，而阿古内心深处，则仰慕香蕉出口业发达的小国洪都拉斯。研究香蕉战争那阵，阿古顺带研究过欧·亨利写的短篇小说《Cabbages and

Kings》，里头影射被美控制的洪都拉斯是香蕉共和国。此刻一架飞机从他头顶轰隆过去，冲向太阳，他对着蛋黄般的夕阳自言自语：我得坚持。

"To Be A Banana Man。"阿古很笃定。

继母前往美国后，阿瑞也决心不再回来，只偶尔打来远洋电话询问阿古，两人分享近况，拉扯间聊到工作，阿瑞告知阿古，自己所在的公司恰好负责年度大片《神偷奶爸》，阿古喜洋洋地去看，登时爱上了会讲香蕉语且最爱食蕉的小黄人。待第二部于国内上映，他也收集齐了一整套正版小黄人公仔，当然其中也有阿瑞的功劳。

对于他恋上小黄人，我们均毫无意外，但阿古痴迷的程度远超一般人，他甚至将小黄人语运用到日常生活中，当他发现同事偷偷将巴麻美金刚从电脑旁边拿下，塞入裤裆磨蹭时，他猛地一拍键盘，挤出极细的声音，用极快的语速说：Me Want Banana！Me Want Banana！Me Want Banana！同事顿时一脸茫然，阿古挤了个眼说：抱歉，不小心替巴麻美叫了出来。

《神偷奶爸2》完全下线后，阿古逛生活超市，意外看到蒙牛推出了小黄人牛奶系列，马克托举起一支香蕉，斯图尔特搂住一长串香蕉的图案，从一大拨牛奶包装盒中跳跃而出，萌感十足。更重要的是，有一位身材微胖的女孩，正装扮成小黄人在搞促销，身穿背带裤，戴黄色假发，鼻子挺起，上有一副小黄人的眼镜，黄色T恤下挺出一双戴着黑色乳罩的C罩杯胸脯。

阿古走上前，擤擤鼻子：我买十盒，你能给我电话号码吗？

女孩名叫莉莉，之后成为阿古恋爱史上第一个正式女友。莉莉长了张巴掌脸，嘴唇丰厚但身材发胀，肩膀髋部一般宽，她自嘲自己像水桶，阿古却说莉莉性感至极，称她为促销员中的阿黛尔。闲暇之余，阿古说要表演一场伟大的艺术秀献给莉莉，就用牙签轻戳香蕉皮，半个钟头以后，香蕉皮上星星点点，竟然显现出莉莉的特写，有鼻子有眼，神形兼具。莉莉惊愕地张大了嘴，阿古摆摆手，褪去香蕉皮，拈起一支筷子，用黏糯的香蕉雕了个日本动漫人物阿松。于是莉莉扑过去，吸住香蕉，半截杆在嘴里，又解开胸扣，对阿古拨撩着头发，一双小鹿似的眼，满满都是焰火。

　　莉莉如同小豹子，她示意阿古在后方时可以使劲揪住她的头发，但是不能辱骂。阿古抱起她的腰，两人像一枚火箭轰隆升上太空。莉莉眼前出现了璀璨星河，她喘着粗气说，好厉害，你还有什么要求？也可以对我提呀。阿古连忙接话，你有印第安人的头饰吗？万圣节那天，穿制服吧。

　　于是莉莉按要求租来服饰，那天阿古让莉莉关上所有灯火，先去床上，自己于黑灯瞎火中窸窸窣窣捣鼓些许，待到他回来，不由分说采取后入姿势，他发狠地揪住莉莉亚麻色的辫子，撞钟一样冲击着她，莉莉想回头看，阿古便更大力地扯住她的辫子，不让她回头看，这期间阿古越来越兴奋，便越来越抓紧她的头发。

　　莉莉觉得很疼，但阿古不听她叫唤，反而化身为马背上的骑手，正驱马突突突地跑得正带劲。莉莉放开双手，胳膊无措地滑向后方，努力去抓阿古的双腿，不料抓到毛茸茸一片，心里一片惶然。双手的触感让她惊觉，好像骑着她的是一个山顶洞人，浑身的毛。

　　挣扎万分，跳下床开灯，莉莉永远都记得眼中的阿古，是如何穿戴着一套毛绒质地的小黄人衣服，尴尬地笑着。

"穿成这样，你在搞笑吗？神经，你去食蕉啦。"

阿古解释，只有和印第安女人做过爱，我才算是真正的香蕉人。莉莉生气跑走，阿古止不住地想，如果有一台时光穿越机，他将回到他讲出香蕉人那一句话的时刻，直到莉莉问他，香蕉人是什么。最好能让他把心愿和盘托出：他的心愿就是争当一个香蕉共和国公民。他多么渴望莉莉会懂，Banana 本身也有喜剧演员的意思，To Be A Banana Man 一点也不可笑，人生，即一场香蕉战役，时时刻刻充满滑稽。

吃了再爱，还是爱了再吃？

# 青春流血不流泪

我看着国旗台上正在升国旗的李春华，捅了一下站在我前面的胖子，我凑到他满是耳屎的耳朵旁咬牙切齿地说，我发誓有一天我也要像她一样。

在某一个阳光斜穿进教室顺便还穿透了女同学胸衣的夏天下午，我来初潮了，我喜欢的男生刘大全曾促狭着过来问我是不是来了，他告诉我说来潮就是一把钥匙，咔嗒一下，我的大门就打开了，我正要问是什么门，物理老师把我揪到前面答题去了。

刘大全压着声音说，你解出来我下午载你回家。

我离开座位的那个瞬间，我更加确定我的世界不一样了。我毛孔微张，呼吸到教室窗外红泥跑道的土腥味，我屁股好像更敏感，我明确感知我的皮带要是再少扣一格，校裤会贴合得更饱满；玻璃有五金味，地上有女厕所的水渍味，刘大全衣服上是硫磺肥皂味。如果说来潮时我的大门会打开，他的那句话好像一双手推开了我的心门，那边也是硫磺肥皂味。

我一边解题，一边想着原来我真他妈的喜欢他。

刘大全当时的理想是有天能站在国旗台上领操升旗，教务处说升旗手只设两名，一男一女，分别从每个班级成绩最优的男女同学中选拔，刘大全说他的目的很单纯，只想站在国旗台上，看着乌压压的人头，体会一下曹操观沧海的感觉。我的目的比他更单纯，我不想费那个力气数人头，我只想站在国旗台上，和他并肩望天。

李春华是我们班的，已经站在国旗台上一个月了。

刘大全说，你看，李春华比你差远了，她的脸比你小，没有福相，她的眼睛比你大，容易散光，她把校服鼓得满满当当的，发育太好，不好生养。只要你站在她那个位置上，我下午载你回家。

所以我买了一大堆新概念作文合集、《萌芽》杂志、安妮宝贝的书，没日没夜地看，等学到温庭筠的《望江南》时，我将这篇小词改编成一个故事，由于写得比原词还惨淡，惹得全校传送，教务处破格让我升旗一次。

站在台上，红领巾在我胸前飞扬，我偷偷想，你们哪能知道，其实我改编的时候是把自己当作了词里的女主角，把刘大全当成了那个负心汉，我和刘大全天造地设是一对，可是他被人勾引，一走就是不归，我登高像狼嗷嗷地哭，风象狮子吼吼地吹，江水和我的心儿都在哗哗地流，刘大全斩钉截铁就是不出现。

"你什么时候载我回家？"我问刘大全。

"已经有两次啦，我记着的。上一次校队比赛，这一次帮老师批作业，抱歉啦。"

刘大全抱着一摞本子走出教室，他说，马上就要期末考试了，你的数学一直都不太好，这样吧，你别分心，考得好，我载你回家。

在接下来的每一天，我都会拿数学习题去请教李春华，李春华总是

吃了再爱，还是爱了再吃？

很耐心地给我解答，有时候我觉得李春华还是比我要好。李春华是数学老师的女儿，数学老师补课都是要收费的，可是李春华她不收我钱，还帮我算卦。她总是在帮助我以前说，这道题，这么解就好啦。等她帮助我解完，她又问我要了我的生辰八字，还问我要我喜欢的男孩子的生辰八字，当然，我给她的是刘大全的，我和她说，是我隔壁学校的男生，从小青梅竹马。

当数学老师宣布我的成绩是班级第一时，我也傻了。

可是这么重要的关头，刘大全不在，他代表校队去打球了。

我拿着卷子，放学后在自行车棚口等他，我汗毛倒竖，好像回到初次来潮的那个午后，刘大全脖子和鬓角汗涔涔的，我的屁股汗涔涔的，咔嗒，门后的世界都是白的，像雪山雪地雪茫茫的阿尔卑斯山，我闭上眼都要被刺得眩晕过去了。刘大全站在门后，他张开双手大叫，这个大门就是青春啊，哈哈。

刘大全载着李春华，白衬衫和小白裙，像《十七岁的单车》电影的封面一样飞过去了。

而此时我正紧张地自说自话演习着。

"刘大全，你什么时候载我回家？"

# 拿什么拯救你，做辣条的大兵

无数个天刚蒙蒙亮的早上，别家龙在辣条工厂搅动着麻辣酱汁，不止一次地幻想爱情的模样。

爱情在离家万里的远方，有一个金发姑娘于树下搔首弄姿，她明眸皓齿，细发和绒毛都是金黄色的，在空气中轻轻抖动，只因身后有一轮鸭蛋似的夕阳。

很多次，热爱阅读时政新闻的他，想象自己的双手不再在辣条工厂，围绕辣椒、辣酱和豆皮旋转，而是握着一杆枪，而他像一个真正的士兵，他给它上膛，带着旧时的伤疤和新鲜的伤口，为这个来自美利坚的姑娘奋起而战。

幻想和美国姑娘一起，完全是因为卫凤辣条工厂的别家龙经常读报纸，报纸上说中美关系紧张。

那将是他生命的新起点。伤口敞着，晚霞燃了，姑娘脸颊晕烧着，红色代表生动的爱情。别家龙的生活中再也没有辣条辣眼，流出来的泪也是红的，直到他戏到这份爱情，这绝对比每天埋头制作辣条的流水线生活更要灼手和炙热。

他告诉自己，等他在辣条工厂赚到很多很多的钱，他就离开这个待腻了的鬼地方，去美国找寻这么个姑娘，他会在一个硝烟四起的战场上，从别的男人的手中和野兽的口中夺下她，和她结婚生子，姑娘喜欢把头发盘起来，靠在他的肩头，他们一起在草原上看狮子追逐，烽烟飘摇。

在辣条工厂上班的这段日子里，别家龙比一般人干得更起劲，按其他对他有好感的同事的话来说，他起得比肯德基员工还要早，下班比富士康员工还要晚，她们一面吃着辣条，一面羞答答地表示做他女朋友一定很幸福，因为他是个不怕吃苦的男人。每次听到这样的话，别家龙总会冷冷转身，他心里的声音说，五毛一袋，做辣条有什么出息，这里的女人，见识比头发还短。

兜里的钱还没有攒够，所以他没法认识更加明艳动人的女人，令他心神荡漾的女人，不是在战场上、森林里，便是在高楼大厦、机舱里，即便他压根不知道在哪里，总之最起码不能在他身边。

所以他只和她们睡，从不提及未来，也和他青梅竹马的异性朋友陈春丽睡，陈春丽跟着他从很小很偏僻的家乡出来，两人一起进了河南的卫凤辣条工厂，一干就是三年。

陈春丽爱吃辣条，她最爱把嘴巴吃得红光油亮，然后和他接吻，口里都是酱汁、添加剂、豆皮经过化学反应后的浓郁香味。

别家龙说，你能不能别总是吃辣条，我的下面被辣得很疼。

陈春丽咬下一口辣条，她说她喜欢想象辣条的生命周期，喜欢小麦粉在螺旋状的金属杆里高速旋转，面团如何摩擦生热，水分是否膨胀；喜欢香辛料、苯丙氨酸、三聚蔗糖等的化学变化，细细品味每一根辣条，都会和其他辣条的味道不一样。辣条是有生命的，它不断地变化，和人一样。它越来越有深度，和我对你一样。

陈春丽说这个话的时候，辣条还没火。

别家龙对待陈春丽，和对别的女人没两样。别家龙心想，那么多年了，如果要在一起，早就在一起了，不会一拖拖这么久。来了大城市以后，别家龙愈发觉得他不会和一个爱吃辣条的女人结婚，虽然陈春丽有点文艺，五官凑在一起也看得过去。男人就是这样，如果他一直觉得她欠点什么，寻找各种理由并犹豫不决，那这段感情基本无望。

但他喜欢她的聪明劲，比如陈春丽不会直说她对别家龙的期待，她只爱说些和辣条有关的乌七八糟的哲理，希望他有一天能突然醒悟过来，娶了她，从此无忧无虑。

陈春丽说，哈哈，你发什么呆，我是不是太文艺了，来，吃包辣条压压惊。

陈春丽说，我知道你不喜欢我吃辣条，没关系，可是你知道吗，你吃辣条的样子，简直比吴彦祖还要帅。

后来辣条莫名其妙地火了，起初是因为有人发现卫凤辣条在美国居然卖到 12 美元一包，辣条也一时在美国风靡。美利坚人民纷纷嚷着要引进，别家龙读到报纸上说，不只是白宫，就连奥巴马，也没有抵住辣条的风情。

接下来的每一天，陈春丽会喜洋洋地把别家龙拉到工厂的顶楼，嘴巴红油油的，劝他说，怎么样，你偷渡去美国吧。带上这些辣条，你就能发财，然后就能过上自己想要的生活。

那个时候，别家龙感受到自己体内的血液，正同陈春丽背后的残阳一样燃烧，汩汩急速流淌。青筋暴起下奋流的血液，远方那个姑娘的脸颊，和残阳是同一种红，但这种红和陈春丽嘴唇上的红，还是比不得。

吃了再爱，还是爱了再吃？

所以他不想带她走，因为，不一样。

于是别家龙铁了心地告诉陈春丽，辣条是辣椒和豆皮的爱情结晶，辣椒可以搭配很多种菜，不见得非要和豆皮在一起，他会因辣条发家致富，但不代表他会爱上这种东西。

可陈春丽照旧吃着辣条，眼泪被辣得簌簌地往下掉，她说：哈哈哈哈，我赌十包辣条，你在开玩笑。

别家龙说，你看看天上的云，像狗吗，它一直在变，可我不会变。

别家龙说对了，世事变幻的确像白云苍狗。随后的一个月内，他手中的报纸头条始终都是：中美关系恶化，开战在即。

也许世界本来就是一台荒谬运行的机器，它有着看似合理并遵循的规则，这一切只不过是人类为了和平，自己寻求的安慰。

开战前夕，别家龙看到工厂的板报上有一个告示，说卫凤辣条全厂的男丁，包括他在内，要被纳入国防军队，即将被遣送至美国哥伦比亚特区，成为一名潜伏在前线的士兵。

他兴奋至极。

战火纷争的日子如白驹过隙，岁月峥嵘，第一、二、三世界的国家各自联盟，纷纷卷入，第三次世界大战居然是因为辣条而起的，打了多久，别家龙没有算过。地球已满目疮痍，狼烟和野兽在废墟中穿行。

别家龙很幸运，他和战友在一场战争中被偷袭，他少了一条胳膊，起码命还在。别家龙认为很有趣，至少在卫凤辣条厂幻想的场景终于成真，此刻他像个真正的士兵。

浴血的战士，能为国家，也能为爱情。

终于有一天，万里无云，贫瘠的草原，几匹孤狼，一棵大树沐浴在

我看过飞鸟如何仓皇跃离树枝，也看过你们如何慌张疾走在城市的大道上，直到残阳越过头顶，当我感觉老了的时候，人生像是一幕幕画面在弹走，浮光掠影，又飞沙走石。

生活就像养猫，你很努力想让生活更好，但它给你的报答就是，偶尔的美好，其余每天你都在处理，它制造的一大堆像一坨屎的麻烦事，以及这颗心，时不时地被生活的百爪，无缘无故地挠。

梦是心的回音，有时多想看见你能回应。

原来情爱是一次次阴错阳差，

太以为然的，最后都沧海一粟；

不以为然的，往往他又沧海遗珠。

血色的夕阳里，空气里有春泥的芬芳味道。金发姑娘于树下盘起了麻花辫，她有紧实笔挺的腰、洁白如鹅卵石的脚踝和蓝色宝石的眼眸，细发和绒毛都是金黄色的，在空气中轻轻抖动。别家龙的胸前，突然燃起一片凶猛强劲的火海，火海无涯，苦作边。

灼热和刺痛，仿佛要从他的胸口窜出来，灌满他的胸腔和横隔膜。

姑娘说，I'm yours if you give me some LaTiao。

别家龙说，我本来有一包辣条，但是在一场战斗中我弄掉了。我知道这包辣条本可以让我们在这里打造一个富人区，但我想让你知道的是，我就是为了你，才来到这里，我有这样的一颗心，还有一身为你而战的伤口，不知道你愿意不愿意。

姑娘头也没抬，说，Go away, you son of bitch。

阴影和光斑像时光，一时在他们的身上流淌。别家龙抬起头，原本是万里无云的晴空，现在竟有一些形状莫名的云，不知从哪里飘来了。

别家龙口干舌燥，他觉得此刻很想念麻辣酱汁、添加剂、豆皮经过化学反应后的浓郁香味，那是陈春丽身上的味道。这个姑娘在听完别家龙拒绝她的那句话后，吃了辣条，眼泪就扑扑地掉。

姑娘还文艺地说过那句话，辣条真的是有生命的，它不断地变化，和人一样。好像是真的。

我也记得我说过那句伤人的话。

你看看天上的云，像一条狗吗？春丽，我就像它。

# 叫个鸭子

　　我怎么也没有想到，在一次普普通通的社交活动中，和我向来贴心的女性闺密金玲，完全不顾我作为一个组织者的面子，能当着我的面和我另一个朋友发生口角，经过这个夜晚，我想交女朋友的好事也黄了，我很尴尬。

　　起初这次活动没有任何问题，我叫来一帮朋友在家中玩狼人杀，这十来人里不仅有我工作上的朋友、生活中的知己，更有我心仪的女孩子兮兮。把这么多人搅在一起玩游戏目的显而易见，我想追兮兮，又不想吓到她，所以组了个局作掩护，在人到齐以前，我给金玲打电话交代过这事，拜托她尽力撮合一下，金玲毫不犹豫就答应了。

　　金玲是倒数第二个到我家的，她化了个还算贴合皮肤的淡妆，穿了个棕黄色的小皮裙，和现场每一个人很热情地打招呼，一切进行得都很顺利。金玲到来后我放心了，她有优秀的社交能力，很少会让现场冷场或者话题中断，即使在场的每一个人她都不认识，当晚的局也是如此。金玲甚至为了履行她对我的承诺，浮夸地将手中的红酒故意泼在兮兮的裙上，然后用眼神示意我赶紧给她擦擦。

　　玩了七八局，大家略显疲惫，有人喊饿了。其中一个做美食创业的朋友热情开腔，建议大家尝尝他们家的 24 小时外卖烤鸭，并让人送货上门。当大家开吃以后，他发现子兮没有吃，便使劲地劝她尝一尝。

"其实我对鸭子过敏，所以不能吃。"子兮如是说。

"就一口，你不尝尝怎么知道我们家产品好吃啊，这样吧，你就吃一口，你要觉得还行往后我免费送你吃一个月。"那位朋友很坚持。

"真的不了，过敏会很可怕，脸会肿得跟篮球一样。"

"可我从没听人说过吃鸭子会过敏啊。"

几个回合以后，金玲弹簧似的蹿了起来，和我的那位朋友吵起架来，并且越吵越厉害。事发突然，大家面面相觑，不知该怎样劝阻。

金玲把子兮拉开，自己换到那位朋友跟前，她收起腹撅着臀，眼角的粉底不知是因为眼尾纹路还是愤怒，居然凝结成了线状。而我和大家一样屏息凝神，浑然不知这架势的背后，居然凝结了一段往事。

金玲不是那种正儿八经的吃货，她虽是女人可不偏爱零食。有些女生像田鼠，热衷于疯狂横扫超市和网上的零嘴儿，然后囤放在家中，哪怕并不吃。这种女生心理说起来也很简单，囤上一些食物就好像有了安全感。金玲对美食的感觉其实比较一般，在她的认知里，食物算不得什么要孜孜不倦去追求的事物，值得孜孜不倦的唯有睡觉、男人和性爱——后来她把这三者合一，形成了她特有的处事风格。所以每当她窝在沙发上看电视，看到美食节目，或者上网看新闻八卦时刷到美食分享帖，她都会选择转台看个言情剧，或关闭网页。金玲不善于厘清过程，却善于归纳结果，比如她将男人归为两类：睡了不用负责的，以及睡了想要去爱的。总之身体先行。她把吃的东西也归为两类，可以吃的和不吃的，至于特别爱吃的，没有。

像她这么先锋又有点自我的女人，自然是不在意毛姆暗喻的食物与阶层的关系，也无从理解李安镜头下食物与家庭的关系，食物和男人之间的关系对她而言是空白，更别说知道伦敦女作家有关两者之间的一句名言。不过这一切即将被推翻，因为她后来遇见了一个叫赵岩的男人，让她之后的行为有点像对那句"如果吃不好，就不能好好思考，好好爱，好好休息"的名言做出的论证。

在认识赵岩以前，金玲不碰内脏，不碰苦瓜、丝瓜，并且坚持了许多年。鸭脖和猪颈是她后来决定放入食物黑名单的，因为一个与她有过长期关系的床上伴侣，曾经苦哈哈地告诉她，医生说他就是由于吃了太多这些东西，以至于得了淋巴癌，所以需要从她的床上飞往医院的白床了。后来，金玲索性连鸭也不吃了，因为这位伴侣最终死了，死在了自家的浴缸里，当时浴缸里的水才放了一半，水面浮动着的恰恰是当时很火的小黄鸭。

再看到小黄鸭时可不是玩具，是赵岩带给她的桂花盐水鸭，微黄的鸭皮发出一股很浓厚的盐渍味，是这个眉骨很高的男人从自己的家乡带来给她的。赵岩是南京人，他和金玲第一次见面上床以后，两人很快就在心里默默评秤彼此，只是赵岩将他与金玲的关系定义为炮友，而金玲的定义有点复杂，半窃喜半担忧地指向了潜在男友。

幽默、风趣，还烧得一手好菜，金玲给他贴了很多标签，却说不清楚自己到底喜欢他什么。这么多年以来她也没有搞明白过，为何自己对食物不太热衷，也不会觉得以往那些完事后叫了外卖，赤身裸体吃着鸡块、红茶、麻薯、炒面的男人性感。金玲近距离观察过，除了吞咽时喉头的抖动像颤动着的核桃，男人吃饭并没有观赏性可言。

后来金玲终于找到了症结，因为从没有男人和她讨论过美食的重要性，所以金玲很自然以为她和他们一样。然而赵岩，几乎不叫外卖，他喜欢自己做菜，打开冰箱就像打开了他的心门，金玲直愣愣地走了进去，以为这个男人和她交流美食、烹饪，就是一种鼓励她了解他的方式。她认为自己上位的概率很大，但是希望他会主动开口。金玲决定要对赵岩的行为给予回应和暗示，就从赵岩给她带来的桂花盐水鸭上做起。

她伸出舌头抵在盐水鸭上，想象那是赵岩的身体，凉凉的触感很像。听说南京人长期吃鸭，而鸭肉清热凉血，金玲胡乱揣测赵岩身体比较凉会不会是这个原因。盐水鸭盐渍和椒盐混合的味道她也很熟悉，像做爱激烈时赵岩滴下的汗水，她吻在他的腹上，像鸭子啄食似的啄了一口。

对金玲的想法，赵岩心里明白得很，只是他是个玩咖，并不想和任何人确立关系。所以他一面回避金玲问他对爱情、女人看法的问题，一面抬起她的腿，用野蛮动作封阻她渴望知道答案的眼神。

而后，在每一次约会当中，金玲会尽可能将聚会时间拉得更长，比如事后点个烤鸭，和赵岩一同分食，将鸭架留下，然后买来姬松茸、茶树菇、灵芝，搭配鸭架煮成一锅养生汤。她开始查阅各种与鸭相关的菜谱，中途还去了趟南京，点了一碗鸭血粉丝。一口粉丝入口，金玲这才突然意识到在美食入口刹那自己心里荣升起的满足感，这都因为这些食物和她倾慕的人有关。

赵岩当然没有错过金玲每次将这些食物送入口中时的表情，他感觉她近乎在用一种偏执的力量、一种变相的寄情提醒他：我这么爱吃，都是为了你，你真的一点都看不出来吗？于是他只好邀请金玲去他家，在一次性爱后，故意要订南京大排档的外卖，趁金玲兴高采烈地欲点盐水鸭时，用一种冷得发紧的声音说：其实我在家里都不怎么吃鸭子的。

还有，他故意没有收拾上周其他女人在家中阳台留下的红色蕾丝内裤，转身就去冲澡了。洗澡前他甚至故意对金玲说，一会儿去阳台帮我拿下干净内裤好吗？

"怎样？人家都说了会过敏，你到底安的什么心？"金玲抬起手臂，左手指着我的那位朋友。

"我也只是为了扩散下我的鸭子品牌嘛。"

"品牌真的很重要，前不久我的员工刚和我汇报，说真有男人给我们公司前台打电话，询问做鸭可以赚多少钱，他以为我们真是做鸭的公司呢，哈哈哈哈！"朋友用讲笑话的方式表示退让。

"下流、恶心、卑鄙。"金玲的声音类似一种迸裂式的咆哮。

"你到底要怎么样吗？我不劝她吃不就可以了吗？"

"不行，她不吃怎么了？她就那么好欺负吗？"金玲拿起一块鸭头狠狠地向我的那位朋友掷去。

"喂，我从来不和女人动手。"

"你有脸动手吗？你个卑鄙无耻的家伙，怎么能引诱别人随便吃鸭！"语毕，金玲捏紧拳头，尖叫着啊了一声，眼眶瞬间涌满泪水。

妆花着，金玲没有和我们任何一个人打招呼，很是羞愤地走了，我们的局也就此作罢，大家各自撤退。后来是我送子兮回家，顺便提出了让她做我女朋友的请求。

子兮拒绝了，理由是今晚金玲好像是因为她的出现而吃醋，才会有了之后失控的表现。

"她应该是很喜欢你的。"子兮很严肃地对我说。

绝对不是！就凭我对她的了解。子兮带上门后我哑口无言地靠在墙上想破了脑袋，也不知为什么她会这么想，拨电话给金玲，她也没接。

我觉得自己很逊，以至于到现在也没有办法明白，那个夜晚到底是哪里不对。

# 西直门怪谈

七夕节前，我和我的朋友陈震还有几个熟人，聚在广渠门附近的一个酒吧饮酒。酒过三巡，陈震放下手里冒着火的龙舌兰，问我知不知道西直门桥的永巷。

陈震解开衬衫最上面的几颗扣子，露出脖颈那出现的红疹，遍体通红地凑过来告诉我们，那是他最近做快车车主时无意中发现的宝地。

陈震是我的初中同学，高中时我俩一直玩得很好。高中毕业后我随家里人当上了运输司机，从我的曾曾祖父到我爸，一直都是从事帮人送海鲜水产或搬家或快递类工作。他则做了包工头，到处给各种建筑做装修。我俩一直保持着联系，交流一些时下新鲜的资讯和好玩的软件。陈震当上快车车主也是因为我的介绍，我告诉他只要下载出行软件，接受行程单，载上客人前往目的地，每天就能赚200元。陈震听了我的讲解后，试了一周，现在他已对用自己的私家车载客上瘾了。

故作神秘地，陈震说永巷是他近期的新发现，一条只有在深夜才会浮现出灯红酒绿的街道。街上有古香古色的旗袍店，戴着羽毛面具的马戏团残疾妓女，以及售卖大烟的古巴人，更有贴满了"任做"字眼的硬广，据陈震口述，像极了香港的砵兰街。

以我对北京城的了解，西直门桥的确十分出名。有一次我在网上看帖，看到日本网民对西直门桥的评价是魔鬼之桥，说人上去以后只能一直一圈一圈地绕啊绕啊绕啊，看得我笑出了声。的确，每每运输货物经过此地，以我大几年的行车经验虽不至于绕晕，但上去了难免心烦气躁，但至于永巷，我是真心没有听谁说起过。

陈震告诉我们，他一直喜欢晚上出车，图个清净，所以爱跑远单，接单时从后视镜观察神经质的乘客也颇有意思。"但是有一次上来一个女人吧，很特别，她自称是东河节度使的流莺，叫玲玉，要前往永巷。"陈震说这个话的时候笑得不可支。他说玲玉腰肢细软，一身织锦旗袍，却盘了个双刀髻，居然还要去一个他从来没听说的地方。他起先以为是恶作剧，不料玲玉却说，永巷啊，西直门桥上多绕几圈你就能进去。

讲到这里陈震倾了倾身，摸了一把放在桌上的车钥匙，他说真是见了鬼，本来看她那么认真，那就开过去逗她玩玩，没想到上了桥按照她的说法绕了七八圈后，居然开上了一条只允许一辆车通行的街道，街口微微发亮，越往里开越是宽敞明亮，不过那条街看不出年代，路的两旁从魏晋、大唐、明清到如今的东西都有。玲玉在一个广场下车并登上高殿唱歌。正是秋月寂静之时，玲玉美妙的歌声如水蔓延，渐渐地整条永巷的人群都涌来此处，大家都举头望向高阁，一片鸦雀无声。

再后来，每逢深夜跑单，陈震总能接到玲玉的单子，也总是永巷这个目的地。他从两人聊天中了解到，玲玉住在此处，并永远不得离开这里，除非曾经答应要迎娶她的韩进士拿来装有玲玉青丝的定情金箱前来迎娶。原来玲玉祖籍山西，韩进士在此旅游时结识流莺玲玉，并在定下私情后返回京城，再无音信。玲玉苦等三年后前来找寻，平日里以歌卖艺糊口，不料被宫廷太乐署强行虏来，终日习歌练艺。

　　说到此处陈震大头朝下昏倒在地。大家面面相觑，有几个偷偷问我说陈震应该不是喝多了，像是复吸了。我说去你们大爷的，抽个大麻而已，至于产生幻觉嘛，不爱听滚。有几个挂不住脸讪讪地先撤了。我看了猪肝色的陈震一眼，把他拖回了他家。说实话，我对陈震的话没有细究太多，陈震因承包建筑装修赚了点钱后沾上了大麻，后来蠢到在车上吸，被警察深夜查酒驾时抓了个正着，为此蹲了半年号子，出来后大麻应该是没碰了，但听说偶尔会在家里叫上门服务。作为他最好的朋友，我权当他最近意志有点消沉，借机喝酒发挥想象力博取点大家关心。

　　就在我以为此事就这么完了的一周后，陈震突然找我借车，说我的车专业，需要我的车运货。我说你说个地儿，我去给你运。陈震却说不用，只是你还记不记得永巷，那个流莺玲玉，她不仅歌声婉转，会剑舞，会《霓裳羽衣》，而且醉后青丝铮铮有声，手在上面可弹琴，剪下一段青丝塞入烟斗，能抽出九五之尊的皇家气息。经过这段时间的接触，玲玉委托他寻找韩进士，并且愿意倾囊相助陈震的建筑生意，此次借车是前往那个夜夜笙歌的永巷，运出玲玉积攒了多年的珠钗和宝物。

　　我但觉好笑，陈震最近肯定是和哪个妓女勾搭上了，给了她一个化名和一个带有奇幻色彩的故事。狎妓这种事情，我不好意思戳破，也许他们之间正在玩一个角色扮演游戏。于是我说车可以借你，但做我们这一行有个行话，从我曾曾祖父到曾祖父到祖父到我爸一代代传下来，你丫一定要听。诸如出车前一晚须对东南方低语三次吉柜宜行，并将葫芦用红绳横着挂在车里的内后视镜上，若次日发现葫芦头朝下，此趟出行说什么也要拒绝掉，还有……陈震直接给了我一脚，嫌我废话真多，他嘿嘿一笑，说待他查看了宝物，怎么也得分我一个夜明珠。

陈震失联了半个月。他不在的日子里，我曾在某个夜晚开着我的另一部金杯大面包，前往北京北站接一批货物，接到货物和委托人后正好要走西直门桥，想到陈震的话，我鬼使神差地足足在西直门桥上绕了六圈，待到第七圈时，委托人突然暴怒说我绕路，我只好硬着头皮承认并答应少收运费以息事宁人，在那以后，我再没有其他契机开车路过此地。

我曾无聊地回想过陈震口中描述的永巷，印象里那好像是历史上汉代关押戚夫人的地方，也是幽禁失宠妃嫔的一条长巷。玲玉如果真的属于永巷，从陈震的话里听起来她却又带有很多朝代的烙印，也许陈震历史不太好，编故事编得也太穿越了，怎么可能有一个女人，能诗善赋，文武兼修，身着近代服饰，却又身背古老的宿命。

再见到陈震之时，我很震惊。我以为陈震一定是无视我的叮嘱，失联之后恐怕凶多吉少。结果陈震和车均完好无损地在我面前，但他有些消瘦，陈震给了我一拳，丝毫不提宝物一事，只是问我要不要一起去喝一杯。

还是在上次聚会的酒吧，陈震点了一杯金汤力，呷了一口之后娓娓道来他的永巷和玲玉。

谁也没有想到，陈震真的能找到进士，那是在一次装修工程上。那次的活其实很简单，是给北京郊外的小型拍摄基地造一个客栈。当时正在拍一个微型古装喜剧，现场正在布置，道具师拿着刻有"进士"二字的牌子悬在了基地村口的门楼上，陈震见状连忙过去询问，道具师居然真的姓韩。

陈震突然很不好意思地说："然后我邀请他去玲玉那里，他死活不去，我就把他打晕了，用你的车送的。"一听说他居然拿我的车去做违法的事，且可能会连累到我，一瞬间我光火了，却忘了我对陈震一直以来的鬼话连篇原本是将信将疑的。

见我有点怒火中烧，陈震慌忙解释说人没事，只是后来把他送去玲玉那里，玲玉摇摇头说他非真正的韩进士，让把他送出永巷。办完此事，确认道具师韩进士原谅了她后，玲玉非常感动，换上轻柔的罗衣，陈钟按鼓，当晚即委身于他。事后玲玉点上一支红烛，留他过夜，并说已经这么多年了，她决定放弃寻找韩进士，并渴望离开永巷投胎转世。玲玉一边说一边掉泪。

"神奇的是，我看到，玲玉怎么哭，红烛就怎么同步流烛。"

严肃地举起杯子，没有喝上一口又放下，陈震告诉我，永巷没有办法真正消失，它存在于魔鬼西直门桥上的异度空间里，同时代一起略微变化，玲玉每到午夜就会被她想离开永巷的执念抛出永巷之外，但又受多年前太乐署的诅咒，最后又会被送回永巷，就算是一头撞死，醒来后还是身处这里。所以午夜时分成了玲玉出去透气的时候，而选择坐车回去也是想看看有无寻找到韩进士的可能。

陈震叹了口气，咕哝了一句：这么迷人的女人，我倒是愿意用我全部的财富来和她共度余生。

再后来，我喝多了，再醒来时记忆也就停留在这里。没想到这居然是我们之间的最后一次对话。

很快陈震又失联了，我打电话问我们共同认识的熟人，他们有的人说陈震逃了，因为有个工人的老婆叫玲玉，在他的装修队上吸毒，陈震发现后加入了吸毒行列，时间一长导致出现幻觉，后被工人发现举报后潜逃出国外了。有的人说早在一个月前，陈震的装修大队在燕郊施工时挖掘到一个古代嫔妃的坟墓，其中有大量古董，陈震想办法给弄到越南后，现在那边倒卖古董，成了隐形富翁。

我不确信哪个是真的，起先我怀疑陈震应该是逃了，毕竟陈震是有过吸毒史的，吸毒过量致幻也不是不可能。然而某日，我出车时在车上捡到一枚夜明珠，我顿感疑惑，想到熟人们对陈震消失的解释，我觉得可能古董那个说法是真的，陈震是觉得危险，于是编了个莫名其妙的故事来掩人耳目。

然而我却希望永巷和玲玉是存在的，尽管我决定不去查证道具师韩进士、工人的老婆和燕郊的坟墓，我倒是真心希望陈震是用玲玉赠予他的宝物和他这些年的家产，换取了玲玉的相伴，他们一定找到了某个在一起的好办法留在了永巷，就在我开车在西直门桥上一圈又一圈地兜风时，我这么胡思乱想着。就在第七圈的时候，我闭上了眼，我觉得这个桥、陈震、玲玉和我还挺浪漫。

吃了再爱，还是爱了再吃？

# 小龙虾之少侠往事

大漠城北，风沙黄，栈道枯，秋意寒。

有一位妇人一袭红袍，头戴黑斗笠，持着一截长鞭，潜入城内。北漠的夜晚，黄沙一刻也没有停歇，一处安静的宅子黑魆魆的，呼救声和惨叫声连绵不绝。宅子的后门，一群伙夫用马车载满了一车财宝，宅子的主人跑出来，争夺间被伙夫一刀砍翻在地，殷红的血从身下开出一朵花，黄沙呼呼地吹，灌入死者的口鼻。

马背上的红衣妇人，长鞭卷起一个火球，往刚刚抢劫完的宅子抛去。大火熊熊燃烧，吞噬着乱窜的家丁和婢女。她浪笑着对伙夫说，杀光了吗？都死了我们就走，啊哈哈哈。不断跳跃着的火光舔着妇人妩媚的脸。说完她驱车而去，只留下一个红艳似火的背影。

这个妇人叫金湘玉，于大漠深处开了一家饭馆，只做小龙虾。吃过的人说那虾很辣，让人舌头发麻，颜色红灿灿的，用生滚的红油泡着，像是在火光中死于非命的人，一定是出自杀人越货的女强盗之手。只有被男人伤过的女人，才会如此心狠手重。

金湘玉平生只热爱三件事：抢劫、做小龙虾、等一个人。

她的饭馆地处北漠最深处，傍着七座大湖，那龙虾便是从湖里打捞上来的。江湖传言说，她自幼没见过父亲，出生后被母亲抛下，好不容易摸爬滚打这么多年长大了，却爱上一个浪荡的侠客，侠客后来走了，走前许诺他会来娶她。于是她把饭馆开在这儿，一等就是许多年，那个男人却一直没有出现，从那以后，金湘玉便开始杀人、越货、放火，外加哈哈大笑。她下手狠毒，笑起来却很温暖，但人们都说，作孽啊，那个男人不会来了。

但是金湘玉不信，所以如果你有幸走进沙漠深处，定能看到一袭红衣，她顶着漫天风沙，站在高高的屋顶，任长发、面纱和红袍被狂沙卷起。

这好生残忍且情痴的一幕，却被一个小女孩改写了。

回到开头的那个午夜。金湘玉和伙夫们穿过大漠，来到城北的一处宅邸。伙夫们潜进府里，掠杀宅子里熟睡的人。狂沙中飞来一张公文，为悬赏千金追捕她的通缉令。金湘玉大笑，用鞭子把它劈得粉碎，又卷起一个火球，往宅子抛去，她笑问伙夫们杀光了吗，我们准备撤退了。

她正准备驱车离去，从后门处跌落出一个小女孩。屋内一片红红黄黄的热浪，一截燃烧的木头断了，砸下来，正砸中她的脚掌。小女孩抬起头说，魔头，要杀要剐随你，麻烦快点。

金湘玉笑了，哈咤声此起伏彼，穿过火焰，屋内的人都听到了。他们听到她的笑声，在火海中挣扎着打滚，然后带着祥和的面部表情死去，仿佛透过她的笑声能想象到她温暖的笑脸。

风大了，黄沙席卷了整个城北，人们看见她的马车远去，一点点消失了。小女孩在马车后面，眼睛亮闪闪的，像火堆最后的余烬。又一阵风过，剩下的只有无尽的黑暗。

吃了再爱，还是爱了再吃？

　　第二日，饭馆内点上红红的灯笼，室内灯火通明。数十盘小龙虾被端上桌，大厅里升腾起一片薄雾般的水气。小女孩趴在地上，眼睛却直盯着桌上。伙夫们手持砍刀，围拢在大厅内，纷纷建议杀了她，然后抛到湖里，喂饱龙虾。金湘玉摆摆手说，你什么来历，多大了，怕不怕？

　　女孩噼里啪啦地说，我叫钟离，七岁了，我没见过我爸，我妈说他是妓院的龟公，后来得病死了，我妈是妓女，我从小在妓院长大，后来她把我抛弃了。死前让我吃饱一点可以吗？我十天没吃饭了，城北风暴那么大，吃的都是土和沙，府上的花农婆婆看我可怜，给我一张席子，让我深夜从后门溜进去，睡在那儿，婆婆人很好，偶尔还让我吃吃她种的玫瑰花。对了，桌上那个红红的是什么？我能吃吗？你们待会儿要吃吗？这么多盘，一定没有毒吧。有毒也没事，我吃得饱饱的，死也很圆满。

　　一个伙夫给了她一个巴掌，另一个伙夫拿出绳子，打算绑住她，金湘玉拦下他们，笑说，你话太多了，听得我耳朵疼，你想吃吗？你把外面的灯笼也给我点上了，你就能回来吃，如果让我发现你偷吃，我不会把你抛到湖里，我会把你的皮剥了，做成灯笼，在外面高高挂上。

　　"还不快去？滚啊。"

　　午夜时分，金湘玉换了另一身大红的袍子，飞到屋顶眺望。钟离被掳来太出乎她的意料，金湘玉此刻还没有想好，究竟要怎么处置她。

　　狂风继续吹，灯笼还没被点起，巨大的风沙像是一条龙，朝灯笼的烛火喷气。偶尔有几匹孤狼的嚎叫声飘来，又像沙子流逝一样飘走，空气中只有袍子抖动的声音。

　　金湘玉自言自语说，这样的天气，怎么会有人能点上灯笼？

终归是个和她同病相怜的孩子，她下不了手，所以她使计让钟离去点灯笼，灯笼没法点燃，也就意味着她无法正大光明地吃上饭，但如果她偷吃了，金湘玉打算让伙夫带钟离去荒漠，她或者喂狼或者活下来，全看她自己的造化。

金湘玉还有更重要的事要做，比如在大漠里开着餐馆，做一份美食，等一个负心的臭男人，比如等不来这个人，她就一路烧杀抢掠下去，直到死在大漠上。她幻想过自己死去的样子，红袍裹身，白发苍苍，躺在大漠上。圆圆的落日落了，她满是皱纹的脸金黄金黄的，头上是秃鹰，身边是金银财宝，身下是鲜血，她哈哈哈哈地一阵浪笑，迟迟不肯闭眼，等着那个男人在她血流干以前笑着对她说，辛苦你了，我来了。

假使一个人的一辈子很圆满，则需要另一个人很多很多的感情。

又如果等不来很多很多的爱，那就用很多很多的金钱、美食去代替它。

金湘玉在餐馆后面找到了钟离，此时已是丑时，大漠的风声依旧很大。在一个鼓起来的小沙包跟前，钟离歪在地上，睡得湿湿乎乎，面前好大一摊口水。

金湘玉挥起金鞭，空气簌簌地波动，震醒了钟离。金湘玉问，你偷吃了吗？你以为把壳藏在沙包底下我就不知道了？你的脚能走了吗？爬到这儿来睡，你想什么呢？能走就去大漠看星星吧。

钟离揉揉眼，蒙蒙眬眬地说，你要杀我吗？我又不傻。小龙虾我没偷吃，埋在这儿的是玫瑰花种子，我从婆婆那偷的，我等着吃花不可以吗？

使鞭拨开沙包，金湘玉笑说，哈哈哈哈，你确定吗？这儿是沙子，

吃了再爱，还是爱了再吃？

沙子种个屁的花，你脑袋是坏了，还是被我们吓傻了？

　　钟离做个鬼脸说，我可以等它开花啊，外面都说你开餐馆不也在等人吗？你相信能等到人的吧？我也相信啊。一朵花，我就不能等它开吗？它肯定会开的。

　　金湘玉登时心中一软，这句话像一袭红红的长袍，瞬间打动了她。她亮出金蛇长鞭，一步步逼近钟离，长鞭卷过她扎髻的布条，把它狠狠地抛向未知的夜空。钟离的头发散下，长长的发丝缠住她圆圆的脸，长长的脖颈和细细的手腕，使得她刚跑了三步立马倒下。金湘玉哈哈一笑，说，我不杀你了，你想跑就跑吧，想死的话你就跑，沙漠这么大，月亮这么圆，狼该出来了。你不是要等你的玫瑰花开吗？你跑了，你怎么知道它最后开是没开？你跑吧，小浪蹄子，你没爹没妈的，谁管你吃喝？你不是吵着要吃饭吗？我管你的吃喝拉撒，你跟着我杀人吧。

　　钟离答应了，她咬着嘴说好，我妈以前还会给我梳头，你给我梳吗？

　　钟离在店里留了三天，她守护着玫瑰花种子，让金湘玉陪她守着花，也不愿意跟随金湘玉驾着马车驶出大漠烧杀掳掠。金湘玉便不给她吃虾，说那不是小孩子吃的东西。金湘玉没有告诉她，杀人其实很美好，她一天天地等下去，头发一点点地变白，皱纹慢慢爬上她的眼角，她感受到骨子里的血温了，平了，然后凉了下去，血一天天都在变冷，所以她常常觉得冷。只有杀人，放火，才能让她感觉到自己还活着，飞溅的热血、逼人的热浪，才能烧得她的牙齿、面颊、瞳孔感到温暖。冬天快来了，她的眉毛和鬓角，都在冬天到来前，比饭店外的灯笼先染上白霜。

　　玫瑰花虽然带刺，但它也很美啊，就像杀人。钟离只是小孩子，她不会懂得这些，她只要金湘玉给她吃虾、梳头。

金湘玉把她推开说，你太麻烦了。你的使命和我一样，就是等，你懂什么是等吗？

有人说等是一种很苦的东西，你痴痴地等，把自己等成一座庙里的枯灯，和尚把你点燃后下山而去。几回风雨后，烛泪就要消尽。终于有人推门而入，想把你再次点燃，无奈最后一滴烛蜡已经流完，烫在了那人的手心。

等字上面是竹，下面是寺。寺庙可不倒，竹却不能常青。金湘玉说，等到玫瑰花开了，你吃一顿小龙虾就走吧。

钟离蹙着眉不高兴。

当晚，饭店杀出两泼土匪。深秋大漠，气温已是极寒，两拨土匪们骑着骆驼途经此地，一泼从南而来，一拨从北出发，他们满面风尘，仆仆奔驰。无奈大漠严寒冻坏了骆驼趾，途经金湘玉的饭馆时，它们径直走到饭馆后面的马棚取暖，土匪们放下了缰绳，进店歇息。

半夜，伙夫们已经入睡，南匪和北匪却在楼下打了起来，墙上掠过一片刀光剑影。金湘玉早就伏在屋脊上，看他们使大刀和砍斧，打得落花流水，奔涌的血液好似一段卷起来的布绸泄在风里。

他们原本在这分两拨坐下，装腔作势地吃小龙虾、喝酒、吹牛、睥睨对方的财物，把自己喝得红通通的，结果有人喝高了，南匪的一个大哥去马棚尿完尿，回来窜到北匪大哥跟前，一把搂住他的头，把它当肉丸一样搓动。南匪大哥说，外面真冷啊，我的蛋子都冻红了，你们看看，我的卵蛋有这么大，大吗？其实不大，哪有这位兄台的包裹大，快让兄弟们瞧瞧，啥宝贝捂着不让爷们看哪，命根子啊哈哈哈哈哈？

北匪大哥抄起一把银枪，暴怒地跳起。

于是他们打了起来，为了面子，也为了财宝。金湘玉在屋脊上发笑，男土匪就是这样脏乱差，明明可以两不侵犯，各自为政，雄性荷尔蒙却让他们逞能，争当老大。所以金湘玉不随他们，更不想下去打，以往店里的客人打起来了，只要不是为她而来，金湘玉就吩咐下去，只是旁观绝不动手。说她有原则，匪不抢匪，倒不如说她怕沾惹一身俗气的血。

也就是在这个时候，金湘玉清清楚楚地看到，钟离躲在桌子下面，一只细细嫩嫩的手伸到桌面，反手使劲去够桌上的小龙虾。

打斗间，南匪头子被摔过来，砸中桌子，桌子碎了，他也死了。北匪头子像拎小鸡一样，揪住钟离后背的衣衫将她提起。钟离的嘴红红油油的，她朝空气使劲蹬腿：臭男人，放开我啊！臭男人，你妈死了还是你媳妇死了啊？

北匪头子的小弟说要杀了她，因为她看到他们的脸了。金湘玉说，哈哈哈，这丫头在这儿打工的，你们砸了我的地盘，还要带走我的人，合适吗？

北匪头子说，她这股劲有意思，我的大媳妇还真死了，所以我要带她走，养几年做小。我有一箱子的宝贝送给她，穿不完的天下衣，抹不尽的胭脂水粉，她图啥啊，不就图个男人疼她、爱她、守护她吗？砸碎的东西，你算一下，我给你三倍赔偿，外加这个丫头，一共五倍，你乐意吗？你乐意的吧。

金湘玉说，钱的事好说，人，这得看她愿不愿意啊，你愿意走吗？

钟离啐了一口口水，朝北匪头子的脸：不要脸，你经常去我爸那儿嫖，你哪来什么大媳妇，你大媳妇还是我爸介绍的。

北匪头子说，哈哈哈，我就是要带你走，五倍的钱，我把你赎了。

伙夫们偷偷上前，用刀抹了北匪小弟们的脖子。长鞭高高挥起，金色的武器仿佛一条金色的响尾蛇，在空气里抖出一片金光。北匪头子倒在血泊里，长鞭像一条刚咬完人的蛇，嗖嗖叫着，绕过他的脖颈。

土匪们留下来很多宝箱，伙夫们欢呼着打开盖子收拾，金湘玉忽然看到里有一把玉簪和木梳，她看了看满嘴通红的钟离，把它们递了过去，意思是这东西她打算送给钟离。钟离浮现出一个浅浅的笑，把木梳递给金湘玉，让她梳头。

金湘玉佯装疲惫转身走了，她边走边笑说，你想得美，我又不是你妈，你偷吃的事，换作你妈，你妈不会打你吧，下回偷吃隐蔽一点，再让我撞见，我就打死你啊。

冬天来了，大漠开始下雪。

大雪覆盖住了整片荒漠，遮盖了原本的黄沙、树木、草丛。天地都是一个颜色，一个个沙丘隆起，像是一座座微型雪山，大雪只道是飘，死一般地寂静。湖水已经结冰，冰面是那么的厚实，一辆马车载着六个伙夫轧过去，急急奔句大漠城北。钟离穿着大红袄子，金湘玉给她缝制的，她拍拍手，圆圆的脸因兴奋而粉粉的。她坐在马车后面，尖声喊道：再快点，快点！带我飞啊，哈哈哈哈！

湖面结冰，大雪封漠，每年到这个时候，金湘玉都要穿越冰湖，杀入大漠城北，抢劫最后一笔，然后安安静静地等他。

她每等一年，屋内的灯笼就多点一盏，她已记不清现在屋内有多少已被点上的灯笼。大红的屋子一到晚上，就像要燃烧起来。她每日每日换上新的红袍，徐徐眺望大漠，有人说她是为了等他到来，只要他来了，她就和他立马成婚。只有金湘玉自己知道，雪里的一抹红，是一盏永不熄灭的信号灯，方便他寻找到啊。

这一年，金湘玉选中了大年三十，这一天是人们喜庆的时刻，没有人会防备，于是她吩咐伙夫们潜入卖布匹的人家摸探情况，多夺点财物，再杀回大漠过个好年。

礼炮在头上炸开，在大漠城北轰隆隆地响，过年了，节日的气氛十分浓烈。等候伙夫的时候，金湘玉站在马背上，突然不想等那个一直等待的人了。

钟离在不远的雪堆处玩耍，身上是自己亲手缝制的红袍。金湘玉把金鞭甩得啪啪响，她问自己，这么多年了，自己还是一个人，究竟为什么还要等？

原本她和钟离一样，出身于一个穷苦的人家，自幼听母亲说父亲好赌，欠了大笔大笔的借债，一个月黑风高的晚上，父亲说去借钱，却再也没有回来。母亲打她，骂她是赔钱货，后来与人通奸，随奸夫离家出走，走前她哭着去拉母亲的手，母亲说，我不要你了，你听不懂吗？

她先学缝纫，给人做针线活，后学打荷，给人在厨房帮工，最后学烧铁水，给人制作兵器。喝雨水，吃菜粥，长到16岁。16岁那年，一个春风化雨的日子，一个剑客前来兵器铺修补宝剑，一眼看中了她，还约她去城楼角赏梨花。他长了一张很立体的脸，眉毛倒挂，像两柄利剑。他买来糖葫芦，无比轻佻地说，我叫张子聪，这个糖葫芦是给你的，你知道我为什么送你糖葫芦吗？因为你笑起来很温暖很甜，就像糖葫芦的味道。我喜欢你，你可以不用着急喜欢我，我给你一些了解我的机会，还有时间。时间还有很多，你不用急的，我唯一急的就是，我担心和你越处下去，我对你的喜欢越来越深，而时间在流失啊，我能喜欢你的时间，就会越来越少。

金湘玉坠到他的怀里，这番话像沉甸甸的白雪，把她这支花给压塌了。金湘玉任他装扮自己，给她扯布匹做红袍，任他带她吃托人捎来的小龙虾，张子聪说这是从很远的湖泊里捞到的，是他最爱的食物。张子聪租了一条船，说要去放河灯，小舟上有红色的灯笼。夜晚临近，他引领着她放飞，又把她压在身下。事后张子聪吻了吻她的额头，他说，隔壁村有几个奸人，我去惩恶扬善，你等等我，待我除了那几个歹人，我回来娶你啊。

金湘玉涨红了脸，她轻轻啄了一口张子聪的脸颊说，那我等你，你一定要回来呀。

张子聪笑笑，他告诉金湘玉，你有这么好的手艺，你做好红袍，烧好小龙虾，再给自己打个武器，谁会舍得放你走，我要带你去闯天下，不不，我带你找个地方隐居得了，只羡鸳鸯不羡仙啊。

他走的那天，金湘玉在他后面喊，张子聪，我等你一辈子，你要是骗我，我就杀了你。

有太多等待的故事在爱情里发生，人们总会遇见一个爱人，你爱得撕心裂肺，可他偏不爱你。于是人们说，要耐心，要等，等等就有了。可真正爱你的人，不会让你等，因为等的过程像一场大火，令人焦灼。所以浪子总是不言爱，他只会说，等吧，顺其自然吧。

可是钟离曾天真浪漫地告诉她，让她陪自己等一等，玫瑰花终会开的。

颠颠地跑过来，像一团火一样，钟离一把抱住她的红袍，笑得上气

吃了再爱，还是爱了再吃？

不接下气。她说，魔头，我好久没有这么开心啦。以前过年，我从没穿过新衣服，玩过冰车，有一年我趴在窗户那儿看，看得心痒痒的，就偷摸着和小孩子去堆雪人，后来有个小朋友摔倒了，他说是我推的，我妈揪住我的耳朵说我丧家，把我打了，第二天她就不要我了。你真好，你给我做衣服，让我玩冰车，还让我吃小龙虾。

金湘玉推了推钟离，钟离不放手，她把脸埋在红袍里面，咯吱咯吱地笑。

金湘玉只好吁了一口气，她有些犹豫，仍旧摸了摸钟离的头，她问，那你放过鞭炮吗？

钟离仰头，笑眯眯地：没有，我想玩，喂，大魔头，我可以玩吗？

金湘玉说，等伙夫出来，待会我们把这户布商人家炸了，我教你点炮吧。

钟离说，可以不杀人吗？

金湘玉说，哈哈哈，可是我是女魔头啊，我怎么能不杀人？

钟离揉揉鼻子：今天过年啊。

金湘玉说，那好，听你的，不杀。

待到伙夫搬出年货，她让这户人家背靠背，用绳子绑成一个圆形，又从年货中拿出两条鞭炮，把它挂在这户人家的脖子上，她点燃火把，示意钟离上前去点炮。钟离说，不点。

她佯装凶相：去点。

钟离说，我不。你骗人。

金湘玉笑说，是呀，我骗你呀，哈哈哈哈。她用鞭子挑起鞭炮，把它甩到屋外，又将火把递给钟离，她一边驱车一边笑：过年啦，小祖宗，你快点炸，炸完回家。

年三十的夜晚，金湘玉烧完五桌菜，叫人点上所有的灯笼和蜡烛，抢来的红色帐子，布匹手感丝滑，从二楼垂到地板，伴着点点烛火，这里是一片红色的银河。金湘玉也是红色的：她白了眉毛和鬓角的脸、衣着和唇色。她是一截红蜡烛，被时间点上了火。

张子聪一袭白衣，冒着风沙和白雪，推门而入，这么多年过去，他终于来了。

金湘玉不说话，她咬着唇，嘴唇鲜红，血流如注，也许是红光映照的，也许也是她自己咬的。许多年想说的话、泪、苦都汹涌在她的嘴角，被她咬进嘴唇里。

张子聪说，不好意思，来晚了。

你还记得我吗？

金湘玉无比柔情地问他。

哈哈哈，我睡过你吗？天下那么大，那么多的女人，睡太多了，我真不记得。

金湘玉把鞭子握得紧紧的，像要把它捏碎了。她等了那么久，换来这样一句话，怎么会是这样，为什么会是这样啊？

她为他学会了缝红袍、烧龙虾，打了金蛇鞭，开了饭馆。要的就是一个结果，如果他回来了，乐意带她走，就和他行走天下；如果他回来了，不乐意行走，那就在这片大漠，守着这家饭馆一直到老。

张子聪说，我不知道你在伤心什么，你的泪都快把衣服打湿啦。你在吃什么，是龙虾年夜饭吗？真香。你吃吧，吃了好上路，我是来取你的人头的，谁让你项上人头的悬赏那么高，真是抱歉，人为财死嘛。这是你女儿吗？哦不对，如果我睡过你，这是我的女儿吗？

钟离不说话，她身着小红袄，猛地冲了过去，一口咬住张子聪的腿，像只熟透的小龙虾，死死钳住他。张子聪愤怒地揪起钟离，亮出他的长剑，一晃许多年过去，依旧是她修补过的那把剑 。

金湘玉的泪扑簌簌地掉，她的眼泪一滴滴落在烛火上，蜡烛熄了，冒出一丝黑烟。

这么多年过去，燃尽多少红烛，见过多少白雪，换了一身又一身的红袍，在白雪皑皑的夜晚点满所有的灯笼，有人告诉她，浪子是不会回来的，却没有人告诉她，等很可怕。

等之于爱情的后果，是一座坟场，一等众人万骨枯，多少人等到最后，只剩一颗枯心和一副寒骨。

所以她选择杀人，杀人可以燃血，让她觉得不再寒冷。无论是武功高强的人，还是手无寸铁的人，她都能不费吹灰之力地杀掉他们，她知道她的武功是绝情造就的。可是杀到后面，她爱的人出现了，他告诉她，他不爱她，她觉得自己武功全失。她想，我是个废人。

金湘玉哭着说，你骗我，我不和你计较，放了她，不然我杀了你。

张子聪举起剑说，哈哈，我骗你？我也许曾经骗过你，但你现在有什么办法？你杀得了我吗？你布置这么多红色，还烧了龙虾，是在等我吗？如果你在等我，等到现在你还没看清吗？等是会终老的，就像你。等，会让一个人不清醒，你看到我，你还是下不了手，因为你舍不得。爱情等得来吗？你看看我，我不就是个人渣？

金湘玉脱下那身红袍，她扬起金鞭，卷起那把剑，然后把张子聪扑倒在地，宝剑直直落下，同时插在他和她的胸口。

殷红的血在流淌，张子聪的、她的，混在一起

钟离呜呜地哭，所有的灯笼都亮着，帷帐仍在飘，绛红色的大袍子在空中打了一个又一个旋，落下来，烛火熄了。

金湘玉想到那个夜晚，一个像她一样没爹没妈的孩子被她掳来，于大风大沙的晚上，偏偏叫她去点外面的灯笼。孩子睡在沙子跟前，口水湿嗒嗒一片，埋了好多玫瑰花种子。

钟离被她叫醒，她驳斥金湘玉，人会来的，玫瑰花会开的。

金湘玉想，其实如果张子聪没来，她本打算不再杀人，和钟离相依为命，就当等待是一个童话。她的人生已经被父母和男人毁了，钟离还有救，她会给她梳头，给她吃小龙虾，过年让她放鞭炮，所有她被母亲禁止的事情，她都要钟离去——尝试。

于是张了张嘴，金湘玉说：

不要难过。告诉你一个秘密，玫瑰花更喜欢湖边的沙子，你去等等看，它会开的。

# 7 次以后

每天喝 200 毫升的矿泉水 8 次，就要排尿 5 遍；睡前读 1 小时《圣经》，可以读 20 页纸；吃完 15 分钟做好的 100 克出前一丁，咀嚼要花 223 下；1 瓶 100 片的维生素 B 每次 1 颗，可以吃 3 个月；银行排队叫号机一天会叫 300 个号，办理存取款业务每单需 5 分钟；收传单的大爷每星期来银行货架 4 次，就要被保安阿祖请走 2 次，非现区的阿金推销贵金属保险一定要讲够"你相信我"20 遍。

这是阿梅，银行正式柜员，热爱数字也热爱用数字监测周围的环境，并且天真又虔诚地相信这个世界可以被量化。在阿梅眼里，被数据考核的世界是能见的、有逻辑的，精确的数字将确保运行规则不会出错，譬如食品保质期、锂电池的循环次数、限制 Wi－Fi 的使用人数，甚至，还有性爱。

"和同一个男人做爱次数不要超过 7 次。"阿梅有一次和阿金在银行洗手间乱来，阿梅后来洗手时，脑海里冒出来这句话，像是提醒。此时阿金已提上裤子走了出去，阿梅捋了捋头发，然后给那一双玉手打上洗手液，搓出浓浓的泡沫。

阿梅被初恋抛弃后决定不再用情，只用下半身，截至现在，包括阿金，她已和 12 个男人发生过关系，阿梅很清楚地记得所有的性爱次数，不算这次，一共 67 次，这得益于她对数字敏感的天赋异禀。另外，阿梅也牢牢奉行 7 次原则，哪怕她再对一个男人有好感，就像社区男，两人在小区里因赶社区车上班结识，后来在社区男和阿梅的家里各做了 3 次，在社区草坪野合 1 次以后，阿梅说什么也再不联系他了，再赶车碰上也只是装不认识。

这就是阿梅，以 7 次原则作为人生轻松又快乐的首要真理。

就像她手里握着的第 67 张彩票。

原来阿梅尾随阿金出了银行后，阿梅旋即买了一张彩票放入钱夹，在她家里的餐桌靠墙一角，盛核桃的罐头下压了一叠七星彩票——每次和谁做完爱，阿梅都要通过买彩票计算次数，当然，对数据狂热的她也不需要通过此法计算，这只是一种仪式。好比有些人爱好看完一本书就积攒一元硬币以督促自己早些看完，沉甸甸的硬币是一种让人开心的结局；同理，积攒越买越多的彩票也是一种让人难忘的沉淀，况且阿梅在一开始就有个神经质而疯狂的想法：等到哪一张彩票中奖了，她就同那个男人再做一次吧。

阿梅从没中过奖。从银行做完以后她去了阿金家里，没有再做直接躺下，阿金抱着她睡着。一些事情涌上阿梅的心头，比如 7 次原则和彩票的事她一向守口如瓶，除了同样和阿梅有染的，和她有过 3 次交欢，也在这所银行工作的保安阿祖。

阿祖曾经以为 7 是阿梅的幸运数字，阿梅才会在这个数字上严防死守，阿祖乐不可支地问出过"为什么是 7 呢？不是 3、4、5 什么的？"这样的话，却被阿梅以"北斗七星、七宗罪、上帝用七天创造世界，你不觉得 7 很神秘吗？"一句回应。

　　喜欢阿梅的阿祖当然不明白她是在胡扯，控制在 7 次以内，终究是阿梅试图通过理论克制性爱来控制自己的心的一种方法。

　　倒不是说她是一个多么笃定的女权主义者或者享乐主义者，阿梅的 7 次原则，从理论上来讲便是一套私处直通心灵破解术，意即和一个男人做得越多，爱上他的可能性将会越大，而防止自己坠入情感深渊的最好方法，则是控制和其做爱的次数。

　　7 天正是潮水起来和退去的时间，阿梅深信爱如潮水，于是便会认为男人在 7 次以后会越来越冷淡，女人则会越来越陷入，所以这套私处直通心灵破解术，优雅点说便是潮汐理论。

　　但是这一次阿梅玩大了，在朝夕相处共事的过程里，阿梅觉得自己对阿金颇有好感，阿金推销时的巧舌如簧让人觉得认真，阿金在她两腿间游走的细腻温柔又无可抵挡，阿梅差点就忘记自己已经同阿金做过 7 次了。好笑的是，阿金上班时也总对阿梅眉目传情，不知道这一切有没有被执勤的阿祖看在眼里。

　　同时勾搭上两个公司同事也是她无心之失，虽然阿金和阿祖都不清楚彼此都和阿梅有一腿，这样总归来说还是太搞笑了。一次下班后，阿梅回想起阿金的媚眼和阿祖不屑的眼神，一面自我点醒似的将代表阿金的第 67 张彩票从钱夹中拿出，压在核桃罐下，一面招呼正在观察鱼池的阿祖。

　　"正好是 7 条啊，和你的 7 次原则有什么关系嘛？"阿祖笑嘻嘻地问她。阿梅没有回答他，她扑了上去，和阿祖滚在了有羽毛枕头的酒红色床上。

　　不该和同事的，阿梅有些后悔，她极其小心翼翼地挪了挪被角，试图将阿祖的胳膊从她脖子底下抽离。若是个陌生人，阿梅大可像往常一样事后不予理会，况且阿祖这一次事后居然提出交往的念头。他大腿搭上来，交缠着她，阿梅嘴上嗯嗯啊啊地应付着，脑袋里却想起了次数已达 7 次的阿金。

躺在一个爱着她的男人旁边却想着另外一个男人，阿梅知道自己玩大了，却不知道更惨的事在后面。后来，得知第 67 张彩票中奖以后，阿梅犹豫了，这意味着她不能和阿金突然断绝关系，按照她的彩票玩法，还可以和这个男人再做一次，但是阿梅担心自己之后会爱他爱得不能自拔。

参照潮汐理论，她更愿意自己主动放弃阿金，而不是让阿金冷淡她，7 次以后，她无法容忍自己的心潮上来，阿金的心潮退下。

一遍又一遍地想到这里，阿梅在柜台有些分神，厚厚的玻璃那边，她的顾客是位要取 5 万现金的大妈，大妈变形的脸扭曲着，高喊没有身份证为什么不能取钱，阿梅的太阳穴和大妈拍窗台的手保持同样的频率跳了不一会儿，阿梅就晕了过去。

250 毫升的氯化钠 30 分钟可以输完，2 床挂着吊瓶的女人 1 分钟内要摸 6 次手机，脸上有痣的护士在走廊来回溜达出现在病室门口 5 次，窗外同一棵树上的树叶掉了 3 片，阿祖叫唤她的名字 10 次，阿梅怀孕第一次。

这还是阿梅，因为中暑而晕厥在柜台，被阿祖送来医院，醒来时用数据观察周围，意识完全清醒时却被傻笑的阿祖告知她已怀有身孕。

阿梅勉强笑了笑，起身去了趟洗手间。

"我要和阿金狠狠地做一次。"阿梅洗手时疲惫地闭上眼，脑海里冒出来这句话，像是一种柔情的肯定。她搓了搓头发，然后给那一双玉手打上洗手液，阿梅搓动了 7 次，搓出浓浓的泡沫，只是那泡沫起了又破，浓了又消散，像是幻影。

# 如果你吻过一块极品牛舌

　　读完老板的微信，我决定只身前往来曼谷之前就预订好的一家在市中心非常有名的日式餐厅。已是黄昏，我放下行李，收起房卡出了酒店。坐上的士后我瞥了眼手机，老板在五分钟前用微信和我说，非常抱歉。我发了个笑脸，他没有再回。

　　还好有极品牛舌可以做伴，虽然在泰国吃牛舌很奇怪，但这也是没有办法中的办法。我是老板的秘书兼情妇，必须得根据他的计划来，再说享用过那家餐厅的朋友也对我说，这里的牛舌绝对值得一品。

　　到达餐厅，我已经饥肠辘辘，坐下来翻开菜单，菜单上的泰文弄得我有些失神。很明显，我还沉浸在被老板放了鸽子的沮丧里。

　　"抱歉，女士，你介意拼桌吗？"服务员突然的询问，将我拉回现实。

　　服务员扶着一位中青年男士，是泰国人，他看似很精神，穿着条纹西装，皮肤像一块冒着油的黑玉，只是眼神有点呆滞。服务员很毕恭毕敬，看起来丝毫不敢怠慢他。

　　"随意吧。"

　　"谢谢。"男士在服务员的帮助下坐了下来，他的声音孔武有力。

"很抱歉各位，牛舌只剩最后一盘了，所以本店推出一个活动，但凡现场有两位异性顾客，愿意舌吻十秒，我们会很高兴地将此盘牛舌赠送给他们。"服务员突然莫名地举起两把钢制漏勺，在大堂最明亮的地方叫喊。

大概只有五秒钟的样子，邻桌的泰国情侣以迅雷不及掩耳之势抱在了一起，众目睽睽下，他们以最缠绵的接吻姿势，赢走了最后一盘牛舌。很快，隔壁桌上了一盘表面微焦内在粉红的炭烤牛舌，面对这一切，我的心情直线降到冰点。

"哈哈，幸好我看不到，所以尽管这家餐厅的牛舌很出名，我还是没有你这么烦恼。"对面的男人笑着说。

"你说什么？"

"我是盲人，一名盲人美食家，你也一个人吗？"

"还有这种职业？平常都干些什么？"

"卖彩票、行乞、按摩……哈哈，我开玩笑的，这是泰国盲人协会推崇的新工作，针对像我们这样的人，录制些美食节目。再就是对一些想要做推广的餐厅，给一些建议。"男人再次笑了，撇开他灰白色的瞳孔不说，他笑得很硬朗，但很好看。

"……"

"你是干什么的？你的声音有点娃娃音，是幼师吗？"

我是我老板的情妇。老板开了一家电影公司，我是他的秘书。老板结婚育有一子，妻子是他的初恋，我们这样的关系，从我大学毕业就开始了，一直到现在，那时我刚进这家公司，而如今我 31 了，仍旧未婚，我对上位丝毫没有兴趣，对和别的男人谈婚论嫁也打不起精神，就算接吻也不行。我好像是我老板的私人物品，只是大家都是默许的状态，谁都没有过问过谁。

手机屏亮了，老板发来信息说，他改签成功，明早的飞机，一落地即刻需要我安排会面，让我今晚好好休息。

"是秘书，老板过来谈电影项目，他已经睡了，我才得空出来吃口饭。"

这么多年过去，我一直在对外界说着各种谎言，老板说这一次趁着出差，会提早过来，多陪我几天，最后到底还是食言了，实际上我也不是很在乎。

之后，我避而不谈自己的事，我俩一起点菜，都是本店其他一些比较出名的菜式。盲人美食家聊起他失明以后心态很好，甚至去文身店给眼皮做了文身，还合上眼给我秀他的眼皮。贴着睫毛根部的两根眼线，左右两边各为一条拉链纹文。他告诉我其实美食家的工作比较轻松，早上穿上带有领结的衣服，拄一根竹制的引路杆出门，去发出邀请的餐厅入座就餐，协会还和当地的电视台联手打造了美食节目，由于他经常露面，还常常撰写美食文章发布在网上，因此赢得了不少粉丝。当我还在犹豫能否问他恋爱有没有困难，他就自曝已经结婚生子，老婆是医护人员，也极度热爱钻研美食，女儿也刚刚满一岁，都是正常人。他毫不避讳地说盲人其实不是大家想象中那个样子，日渐敏锐的味觉、听觉、嗅觉，可以让盲人得到常人无法得到的很多机会，譬如如今的他，已在这个城市的美食界、在各个餐厅有了一些威望。总之，他非常健谈，也略微幽默。

用餐完毕，我们各自付账，出门那刻，他支起引路杆，很有风度地为我掀开门帘，问我的打算是什么。

我说乘车回酒店休息。他便很热情地问我要不要去他家里坐坐。

"这么晚了，难道你夫人不会介意你带一个陌生女人回来吗？"我有点生气他的用心，故意刁难发问他。

"不不不，其实是我家里，恰好有你想吃的那种牛舌。再说，我夫人在家，才胆敢邀请你。"

"我已经吃饱了。"我难为情地说道，误会一个残疾人的意图，我认为自己有点过分。

"但是，你还缺少一分极品牛舌啊，哈哈，你不会感到遗憾吗？"

穿过繁华的车流和霓虹，他的家就在日式餐厅东南方向的下一个街道上，毗邻这儿最大的商业购物中心，他说自己并不是富人，但所幸通过努力买到了这里的复式公寓。公寓的五层上面有一个露天的水景露台，水池里幽幽地泛着蓝光。有些许泰国人端着鸡尾酒，侧卧在白色的躺椅上谈笑。

客厅不算太亮，装修风格是简约的那种，色调主要是黑白灰，沙发也是极简的深灰色。一枝玉兰还是什么的花，插在水瓶里，从客桌的阴暗角里散发出幽幽的香气。五官比较小巧的妻子围着一条围裙，从光亮的厨房走出来，和我打招呼。

"他比较好客，我俩都是热情的人。希望没有吓到你，至于牛舌嘛，一会儿就好啦。"说完，她冲我吐了个舌头，朝里间去了。

这里的人还真是好客，旅游经济发达区果然不一般，我不禁暗想。吃完牛舌我就赶紧溜吧，一来不便再打扰他们，二来时间真的很晚了，我需要早些回去，为老板打点明早的事务。

吃了再爱，还是爱了再吃？

　　"电影应该很有趣吧，可惜我没法感受你的职业。"

　　"你的选择其实也不错，我们只占了视觉和听觉，你却占了味觉和嗅觉呀。"我试图安慰他说。

　　"每一件作品的背后，都不是偶然的。"

　　"的确如此，每一部电影的背后，都有几百甚至上千人，有时候，会搭上很长很长的时间。"

　　"就像每一道大师级手笔的菜，经过食材上的反复雕琢，又对味和味加以调和，就好像法式的红酒炖牛舌需要搭配鼠尾草，而不是别的什么东西，还要算上时间及火力的控制，一道菜到最后就成了一件艺术品。为了能够彻底尊重每一道美食，美食家本身也需要花不少的功夫。"

　　他熟练地打开一瓶红酒，在我看来很不可思议。他喝过酒的脸部愈发显得有光泽，睫毛长长翘起来，并不停抖动着。他的小胡子随着喉咙的吞咽也一上一下，在昏暗的灯光下，折射出深青色的光芒。等到一杯红酒干完，他双手打开仰在沙发上，告诉我，所以他有着独特的一套方式，去训练他的舌头。

　　"类似针灸吗？"

　　"不，和妓女睡。"

　　"……"

　　"为什么会这样？"

　　"为了尊重食物。"

　　就在靠近他的右肩头的位置，是一个书架，即使灯光不明朗，我仍能依稀辨得书架上摆放着一些照片，是他们的合家欢。就连沙发的正上方，也是一片好大好大的照片墙，女儿和妻子都展露着温暖的笑容，我实在想象不到一个看起来如此温馨的家庭，男主人却干着这样的事，不知道他的妻子知道了，会是如何的反应。

"你在想我在当下谈论这样的话题合不合适吗？其实我的妻子知道这些事情，但她不会过问。我很清楚自己在干什么，她也很清楚我在干什么。"

"是吗？"

"界限是人为规定的，有时候你会发现，只要踏出去一些，为了你热爱的事破界，那是一种复杂又清醒的特殊感受，但到最后都是淋漓的快感，只要你的目标达成。"

"我能问你是怎么通过她们去训练的吗？"

"主要是感受和学习。"

"嗯？"

"妓女的舌头是天底下最柔软的武器、最强韧有力的肌肉，你必须效仿她们去锻炼。你知道吗？一条训练有素的舌头，可以清楚地分辨出烤乳猪每一块猪皮的部位，通过舌头，他就能将它们拼凑完整。"

"会不会太过激了？"

"不会，有心的制作人绝不会为了让自己的作品成为一部好的电影，就放弃去做丧心病狂的事。"

妻子端着盘子过来，一盘红酒炖牛舌完美无缺地躺在正中。红酒是果冻胶质的模样，牛舌被切成长宽高均为 2 厘米的正方体，一颗一颗叠了起来，一根鼠尾草不偏不倚地置于一旁，点缀其中。妻子的手艺着实让人惊叹，拿起刀叉的我感觉无从下手。

妻子笑起来有两个小梨涡，她说有些疲惫，所以先上楼去陪孩子睡。

走之前她给了盲人美食家一个浅浅的吻，他也热烈回应了她。

　　"也遇见过一些神奇的事。比如我遇到过一个让我很难忘怀的妓女，她在与我亲热时，仿佛在品尝天底下最美味的食物，我问她是什么味道，她不说。可那种感受我记在了心里，有时候，你需要遇见几种不同的食物，才能找到那一晚的感觉。"妻子上楼后，他继续仰着，手臂张开，如是说。

　　老板也曾这么问过我，那是什么味道。有许多次，他发出迷离的叫声，说我很厉害，一开始我当那个是一种食物，不知从何时起，我便不这么考虑了。

　　牛舌像是化了，瞬间融掉，在我嘴里。醇厚鲜香的滋味四溢，正方体是一颗炸弹，在我的嘴里炸开，伴着红酒的酸甜，我甚至想象，如果它能瞬间爆破我的身体，我也愿意。

　　盲人美食家突然摸索着过来，他的一只大手覆盖在我左胸前，舌头霸蛮地伸进我的嘴里。

　　一开始我有点抗拒，但他的舌头极度柔软，像一只章鱼的触角，满满地塞了进来，我从拒绝，到顺从，进而过渡到狂野，好像那是我生命中，从毕业到现在，逝去的十年。

　　盲人美食家停了下来。

　　"怎么了？"我急促着问。

　　"有点熟悉的味道。"他皱起眉头说。

　　"有什么问题吗？"

　　"没有，时间不早了，你也该回去了。"

　　我们在走廊的尽头拥抱，抚摸双手，他紧紧地抱住我的腰，双手在我后背抚摸个不停，直到我打算转身，盲人美食家抱住了我的头，开始抚摸我脸部的轮廓。

"你在干什么？"

"我想记住你，你知道吗？品味极品牛舌的感觉，是亲吻的感觉，和你接吻，能让我想起五年前我在仙本那吃过的，难以忘记的炭烤牛舌。"

我毫无防备地落下眼泪，我想，等明早老板到了，我也该走了。

吃了再爱，还是爱了再吃？

# 儿女火锅情

我一直以为，火锅好比江湖。

江湖火辣，人事拼杀，世情像一口大锅，逼得每个人硬着头皮往各个方向翻腾，跑得满头大汗，根本停不下来。

有客栈的地方，都应该兼卖火锅，一帮铮铮的汉子劫完镖，无论抢了财，还是劫回冤枉入狱的弟兄，通通来这儿把嘴吃得血亮，满面红光，额头、鬓角、脑皮上渗出黄豆大的汗，汗后来挥发了，徒剩一些人情味。

放在现代，人们更愿意拿火锅比喻人生，因为它万物包容，能把各种各样的食材融入其中。关于火锅的故事有百千万种，但总离不开一个情字，这个故事，和情同样有关。

小爽是湘妹子，两截红绳绑起两个麻花辫，来到重庆后，在好妹子火锅店应聘为服务生。湘妹子大都生性活泼，所以她手脚利索，传菜飞快，一口红油大锅，两手拎起直直端上桌面，毛肚、黄喉、生牛肉、蒿子秆、魔芋丝、薄羊肉片、青笋等总能迅速地码好，麻利送到客人跟前。

一周后的某一天，她端起虾滑，细心地往客人身边一站，勺子刮下白白嫩嫩的虾肉，却不料客人的咸猪手爬上小爽的屁股，旋拧着一揪，小爽甩下勺子，破口就是大骂：死不要脸的，你妈死啦。

一天她笑吟吟地去门口送客，不久就听闻一阵打架的声音，有人大喊：阿保训小弟啦。小爽扭头看门外，一帮黑道人士出现在好妹子火锅店的正门口，带头的那个一脸癞子，头上的黄癞尤其像和尚头上被烫的戒疤。

癞子戴个墨镜，一脚踢在一个小弟的裆下，小弟疼得龇牙咧嘴，在地上翻来覆去地打滚。癞子又抽出自己的皮带，将它挽在手里，朝小弟的右手使劲抽去。小弟连滚带爬打算逃跑，又被癞子死死按住，暴抽右手。整个过程，让小爽和街面上的人看得心惊肉跳，癞子从头到尾没有说过一句话。

癞子是哑巴，当地的地头蛇，大家都叫他癞子阿保，有谣言传说癞子阿保的江湖背景很玄乎，十岁那年父母离异，父亲移民新加坡，自此不再管他，母亲远嫁香港，放下狠话不许阿保再联系她。母亲离开重庆那天，阿保长了一脸黄癣，发了一阵高烧，醒来后就再也不会说话了。后来他混入黑道组织，从偷鸡摸狗到放高利贷，后来渐渐做到老大，常常在这条街上收取保护费。

有人说哑巴能有今天全凭心狠手辣，因为嘴说狠话能泄恨，嘴不能说话，心才能够毒辣。还有人说，公安部不管他，是因为部长从小看阿保长大，觉得他身世可怜，他也从没真正害人，所以对他只是禁闭教育几日了事。

小爽遇见阿婆，是在半夜。那天火锅店老板亲自来店，招待他远方的朋友，四个人围坐在一口锅旁，红亮亮的底油一直咕噜，吃着火锅就着酒，每个人喝得脸红脖子粗，半夜才离去。小爽送老板和朋友出门时，发现客人将喝剩的凉茶罐随意丢在门口，她正欲去拾，抬头看见一个瘦骨嶙峋的老太婆伸出手去捡，她有些佝偻，手腕细如枯树枝，恰好挡在了老板面前，老板就上去踢翻了阿婆的铁皮罐，一声大吼：快些滚，大半夜不睡觉竟在这吓人。

待老板扬长而去，小爽赶紧关店跟随阿婆，一路跟到阿婆家里，原来阿婆的家就在斜对面的巷子尾。小爽拎了满满一袋子凉茶罐、可乐瓶，把它们全部甩到地上，再一个个用脚踩扁。小爽又递给阿婆废弃报纸，细声问：你住在这里？阿婆接过报纸，说：你是谁？小爽说：我是小爽，好妹子火锅店的服务员，喜欢辣椒，最爱吃火锅，就过来随便看看，阿婆你怎么住在垃圾堆里？阿婆像是自言自语又像是失忆，她说：你要干吗？这里是我的家。小爽就说：我以后过来看你好吗？

从那以后，小爽连续三天半夜送铁皮罐、饮料瓶到阿婆那里，如果老板不在，小爽还会从厨房翻箱倒柜偷来卤牛肉等熟食，用保鲜袋裹第一层，第二层用当天的晨报，小爽把它们一股脑塞到包里，送来给阿婆。

到了第四天半夜，小爽正拿着包摸出店门，正赶上癞子阿保率人在隔壁强行索要保护费不成，一脚将店主踹出老远，恰好撞到猫着腰的小爽，包裹登时飞了出去，菜翻在地上，全部变得脏兮兮的。

小爽咬着牙，半坐在地上，眼睛铜铃似的瞪着阿保，阿保先是愣住，旋即使劲拍手，仿佛代替了哈哈大笑，用手语让小弟告诉她，原来大家都是同道中人，他们明抢，小爽暗偷，没关系，咱们后会无期。

说完阿保摆摆手，带着人径直朝阿婆家走去。黑灯瞎火中，小爽看到众人围绕阿婆成一个圈，阿婆的枯手颤巍巍捏着一叠钱。小爽往地下啐了一口口水，心里想，连太婆的钱也抢，癞子阿保，去你妈的。

之后几天，癞子阿保来店内收取保护费。

正值过年前几夜，整条街道喜庆融融。待收完保护费，阿保打包了几份火锅，并示意小弟，将好妹子火锅店里高挂的灯笼取下，把它勒在老板的右脚上，再把他赶上大街。阿保又掏出一把炸鞭，老板见状，连忙说，好兄弟阿保，该绘的我都给了，从来不少你，你这是要干啥？

阿保不说话，他丢一个炸鞭，老板就惊得跳起，阿保喉咙嘎嘎地笑，像公鹅一样，往老板的右脚使劲炸，直到灯笼烧起，老板哇哇地喊阿保饶命，阿保才作罢。

待帮老板扑完火，小爽侧头一看，阿保竟朝阿婆家去了，小爽眼里喷火，她麻利地戴上手套，拎起一盆煮沸的大火锅，急急往巷子尾奔去，她打算一头浇在癞子阿保头上，让他的癞子头在过年开花。

可笑的事情发生了。

小爽跑到巷尾已是气喘，停下来顿了顿，然后嘴上嘿嘿哈哈一顿作势乱喊，直直冲过去，却被癞子阿保的小弟们拦下。见阿保一手拎着火锅外卖，另一只手正给阿婆塞钱。阿保回头见是小爽，嘎嘎地笑，阿保打出手语说，这么巧，锅来了，就在这儿陪太婆过年好啦。

小爽惊觉，原来阿保一直在把抢来的保护费给太婆，暴抽小弟那次，是因为小弟私吞了阿保给太婆的钱，而用鞭炮炸老板右脚，也是因为他曾踢翻阿婆的铁皮罐。小爽愤怒的火焰转为喉咙的一阵酥麻，于是她端着锅，红红点点的热汤衷面，装下了一群人脸的倒影，锅上的白汽像年兽喉头里喷出的很粗却很浓郁的气息。

吃了再爱，还是爱了再吃？

　　阿保送来的火锅外卖，红艳艳的辣椒、红油、火锅调料齐齐于锅里翻滚着，底部冒出一股呛人的味道，她即使伶牙俐嘴，这一次也被呛得说不出话。

　　于是在阿保和众人不解的眼神里，小爽猛然仰起头，脸朝天哈哈大笑。

# 老公，给我带瓶清酒吧

　　无论如何都没法相信老婆死了。11 月的一天黄昏，我把车开到熟悉的那条街时，居然还是这么想的。恍惚地拉开居酒屋的大门，鬼使神差地走进去，发现店员正在把新到的货码到货柜上，他看到我，脸上洋溢着笑容，高兴地跟我说："嗨，照旧带一瓶走吗？"我怔了怔，不顾正在排队结账客人的异样眼神，掉头推门上车。

　　我扫了一眼后视镜，镜中的自己形容枯槁。看见自己这个鬼样子，回想起刚才的举动，这才得以正视一个现状：距离老婆出车祸到现在，已经三个月了，但我似乎仍旧无法从老婆已经离世这个事实中解脱出来，不论朋友怎么劝说。车上仍留有她的很多东西，比如小叮当摇头公仔，以前她买来给我炫耀，我还不是很高兴，明明可以选择钢铁侠。后座的米奇抱枕是女款，对此，老婆的说法是：我俩都属鼠，你就想象你开车时，我在陪你呀。

　　朋友发来一条语音，叫我去吃饭，我没有心情，正准备打字拒绝，无意按到老婆的微信聊天窗口，我索性把聊天记录往上翻，直到翻到她的语音。"老公，下班了给我带瓶清酒吧。"微信语音最多的就是这条，我把手机使劲贴合到耳边，让声音钻进耳膜和大脑。

从那天起，我每天晚上冲完澡，就会抱着手机，把这条语音播放很久，直到我沉沉入眠。第二天醒来，我带狗去散完步，换上水和狗粮，然后再开车去上班。同事夸我脸色比以前好看很多，我知道，那是老婆声音的功效，我很感激微信，它是连接我和老婆的秘密花园。

老婆并非嗜酒之人，也不贪杯，我也是个从不沾酒的人。但仔细回想，清酒的确从大学时就渗入了她的生命。我和老婆在厦门大学认识，她是学装置艺术的，我学金融的，我们却不约而同地上了同一门选修课。老婆当时就坐在我前面，我注意到她是因为她总爱用水果香味的洗发水，每次上课，我就会在后面偷摸着使劲嗅她的头发，而不让她发觉。我的邻桌是我们系的一个女生，她以认生为理由，总坐在我旁边。一次选修课上，她跟我告白，我惊讶之余，一回头发现老婆不知何时走掉了。等到下次她上这门课，已是一周之后，我看到她坐去前面，于是我径直走到她跟前，询问她可否做我的女朋友。老婆先是诧异，而后憋红了脸扑到我的怀里。老婆带着哭腔说，其实她早就注意到我，并故意坐在我前面，听到我系女生向我表白后她心碎不已，回寝后偷偷在洗手间尝试第一次买醉，结果人没醉，反而哭花了脸。日和清酒从此和老婆结下了不解之缘。

也许是反复听那条语音的原因，我仍然觉得老婆就在身边。我曾经仔仔细细探寻我们的房子，老婆走后我没收起过一样关于她的东西，她的大衣、鞋子、围巾、Hello Kitty 娃娃、包包、指甲贴、证件，还有一直以来她爸爸送她的礼物，全搁置在房间的各个角落，原封不动。偶尔，我们共同养的雪纳瑞，可能是太久没见到老婆的缘故，会叼住她的一只鞋，把它放进自己的窝里。每次看到雪纳瑞这样，我会强忍住内心的痛楚，机器人般地点云那条语音。

一周过去了。周末这天，天气晴朗，我却从清晨睡到黄昏，待到起身收拾狗窝，却看到狗窝里多了一个清酒瓶。我才反应过来，老婆忘记还日和居酒屋的瓶子了。老婆和我结婚以后，一直保持这样的习惯，即让我从那边带一瓶酒回来，然后自己再把瓶子还回去，有时也会拜托我去还。日和居酒屋的老板自己制作清酒，酒的品质也非常好，店员是老板的儿子，儿子是环保主义者，老婆是海洋环境保护志愿者，所以他们一拍即合。结婚两年了　店员和我、我老婆都处得不错。

于是我前去还瓶子，我想当然地以为我去还掉瓶子，仿佛老婆依然在身边，再加上那条语音，日子能魔怔般地给我一种错觉，好像我们又回到以前，日子从头来过。然而走进日和居酒屋，我意外地看到从不打任何折扣的居酒屋在做折扣活动，店员甚至亲自涂抹了一张 POP，花花绿绿的，很是用心。

"呃，很惊喜吧，照旧带走一瓶吗？"店员走到柜台，热情洋溢地问我。

"这是……"我好夸地问他。

店员没有过问我上次灰头土脸又跑走的事情，他并不知道我老婆已经离世，而我也正处于悲痛之中。我正欲将瓶子递给他并告诉他实情时，不料他却说："今天是我爸 60 大寿，所以特例打折，按常理不打折我也能卖得很好，并不需要这么做，但是，如此一来，我就可以和所有的顾客们分享我的喜悦了。"店员心情愉快地擦抹着清酒瓶，将 POP 推到我跟前。

我笑了笑，咽回了打算说出老婆已然离世的那句话，我把空瓶放在柜台上，准备说完祝福的话就离开。

"那个，祝你爸生日快乐。"

"我要关店了，去和爸爸喝一杯。今天是个好日子，不如送你一些酒吧，希望你老婆也喜欢。也好久没见她了，最近很忙吧。圣诞节也会有活动，记得要来哦。"

我拎着一箱酒回了家。晚上，我窝在沙发上，照旧打开老婆的语音。我不知道那些酒可以用来干吗，此刻，店员和他的父亲应该喝得容光焕发了吧。我愣愣地看着茶几上的一箱酒，回想起老婆也和她爸爸喝过一次酒，不过那是为了我。

大学毕业后，我向她求婚，并提出要离开厦门，带她来北京。但是她的爸爸却以她不能看不到大海、吃不到新鲜海产为由，阻挠我俩发展。老婆的爸爸是一个不善言辞但很善良的老人，我明白爸爸实际上是因为嫌她离家太远。半年以后的某一天，她突然给我打电话说：给我带瓶清酒吧，我找我爸喝。我把清酒送到她指定的茶馆，不知她在密谋什么。直到下一次见面，老婆喜滋滋地说："爸爸同意我和你结婚了。"她没告诉我事情的原委，但我猜想，是一瓶清酒，让父女两人打开心扉，一直坐到深夜。

后来结婚延迟了一年。我俩来到北京时，我曾因经济拮据而提出分手，当我回家后，却看到酒品、酒量很好且从不贪杯的老婆，醉倒在暖气片旁边，脸上红白相间，旁边只有一个空空的清酒瓶，我暗自发誓，要让老婆过上好一点的生活。一年以后的婚宴上，老婆滴酒未沾，反而到了过年前几天，老婆发来一段语音："老公，下班了吗？给我带瓶清酒吧。"那是她第一次在北京过年，我买回清酒回到家中，老婆不说她喝酒是因为想家，只是全神贯注地看电视里的海洋纪录片。

即使我不喝酒，经过这一晚后，我还是养成了去居酒屋买日和清酒的习惯。倒不是仅仅因为老婆的微信语音那简简单单的一句话，支撑着我继续生活，而是每次买一瓶酒回到家中，我总能回忆起一些老婆与酒的片段，难得而珍贵。于是我把那一箱酒全部用来做菜，然后将空瓶带回居酒屋。我的生活，开始架构在回忆与不断重复的微信语音之上，我感觉得到，老婆也希望我这么做。"老公，潜水证考到啦，下班了吗？给我带瓶清酒吧。"老婆热爱大海，第二年夏天就去考了潜水证，潜水证拿到时，她也曾发来这样的语音。老婆家乡的那面海后来被石油污染，老婆看到电视新闻后，也问我提过带酒的要求。而平生我第一次，也是唯一一次主动和老婆喝酒，是在第三年夏天，处理完她爸爸的后事回京以后。

我记得，岳父因心肌梗死走得很突然，老婆在丧酒席上一直沉默，滴酒未进。

"回北京后，你好好在家休息，我陪你喝日和清酒吧？"最后一位客人走掉后，我搂住老婆的肩膀。

客人们的酒杯早已空了，老婆的眼窝变得湿润，她咬住我的肩膀不让自己哭出声，使劲地点点头。

圣诞节到了，恰好是周六，大雪飘扬。原本我不打算出门，但看到一箱的空酒瓶，想起店员让我去享受活动，我觉得也好，把酒买回来就算过节了。这一次，我想尝试一个人喝。居酒屋用废弃的空酒瓶制作了一个酒瓶圣诞树，彩灯环绕在四周，十分亮闪，很多路人经过都会拍照合影，写贺卡留言。店员穿了一件圣诞老人的衣服，戴着大胡子，笑眯眯地在店里面忙活。

"你还记得啊？给老婆买酒吗？" 店员笑着看我。

"不，就我自己。"

"怎么呢？"

"没什么，今天想一个人喝。"

店员拿来两瓶温过的清酒，说："就在这里吧，今天我也一个人，我和你一起喝。"我看了看他，胡子上湿漉漉的，很滑稽。我想到他也没人陪，两个人凑在一起，正好搭伙。

"你……怎么喝上酒了？"店员和我抹了把台阶上的雪，然后问我。

"也许最近觉得酒是有生命力的东西吧？"

"哈哈，怎么这样说？"

"不知道，以酒为伴的人，其实挺可爱的。"我想起老婆这些年的生命印记，均与酒相关，也反映了她的成长。

"比如你的老婆，半年前，我们曾一起探讨废物利用的问题，这个，就是她的创意。"店员指了指旁边的酒瓶圣诞树，笑得很开心。

"上面有一些卡片，你找找看，也许有你老婆写的。"店员看我一脸诧异的样子，继续解释说，老婆和他策划时，随意写了一张卡片，说如果酒瓶圣诞树研发成功了，就把这张卡片放上去，沾一沾圣诞节的喜气。

我狐疑地走到那棵树跟前，五彩斑斓的小灯泡置于酒瓶瓶身里，瓶身与瓶身间，夹杂了无数的圣诞祝福卡片。

我老婆的那张，在最明亮的地方闪耀着，我激动地拿下来阅读，只有简短一句。

"你有希望和我，我有酒和生命。"

# 一期一会

我躺在床上，支起脑袋，看敬远背对着我光着身子满房间找套的样子。

酒店的窗帘被我拉上了，如果没有拉上，我知道对面是迪拜帆船酒店的全景。敬远还在从容淡定地翻找避孕套，还是老样子啊，我心想，就算此刻突然发生海啸，帆船酒店下一刻就要被巨浪击得粉碎，我觉得敬远也不会特别恐慌。

"既然如此，我们抱在一起死去吧。"我就着幻想在床上开起了玩笑，翻了个身，换了只手支起脸颊。

"你在说什么啊？乱七八糟的。"敬远将我拉起身，仿佛已经找到了他要找的东西，他俯下身，在我耳边悄悄说："一会儿我们去吃东西好不好？"

我点点头闭上眼，敬远在我的额头上啄了一下。我想象着帆船驶入航道，眼下，离冬至还有一个月的时间，夜色刚好。

高中的时候，我就认识敬远了，他留级下来，成了我的同桌。留级的原因不得而知，他刚来班上的时候，老师只是介绍说新同学需要多多关照，恰逢那时我的旧同桌举家搬迁到了另一个城市，敬远很自然地就被安排坐在我旁边。与那个时候大部分青少年一样，敬远又瘦又高，听了老师的安排，他颀长的身躯不紧不慢地走下讲台，从容又淡定，晃悠悠地坐下，摊开课本，趁老师背过去讲课，他递给我一张纸条，上面歪斜着两个字：你好。

我对他的执念也许是从那时开始的。年轻的时候喜欢一个人还真是任性啊，莫名其妙地因为这两个字，我竟在心底产生了某种情愫，此后便有了记日记的习惯，记录他抄我笔记，自习课讲话声音太大被老师罚站，记录他打篮球时的标志性动作是右手握拳手背顶一下鼻子，以及我对他的好感。如今已过许多年，那张纸条仍夹在我的日记本里，而日记本早随着好几次搬家而不知去向。第一次和他在酒店完事后，谈起此事我表现得略微有点不甘，敬远安慰我说没关系的，反正那个东西也伤过你这么些年，丢了也好。

上一次聊起这个事情的时候，是我们第一次做爱，四年前。

我们俩保持这样的关系到今年已是第五个年头，每一年的这三天，我们都会飞来迪拜，我参加迪拜茶业展，选购一些茶叶，然后带回公司分析，敬远则是过来参展。等我忙完我的事情，敬远会开好酒店房间，然后我们在酒店里，做一些成年人该做的事情。

我曾因为这个日记本，丢失了敬远，多年后，我丢失了日记本后，又再度和他相逢，这一切真真切切地发生在我们的生命里，着实让我们都吃了一惊。

点好两个人要吃的菜，敬远接过厚厚的酒水单，没有看一眼，而是直接问了我。

"还是照常吗？"

"是的，做惯了这一行，喝别的反而不适应了。"

"哪种茶呢？"

"煎茶吧。"

"是晚上不用再睡的意思吗？"敬远冲我笑了笑，我也回应了他一个意味深长的笑容。

还没离婚以前，前夫也经常对我说这么一句话，意思是我晚上喝太多茶不太好，会影响睡眠。说起来我会当上茶叶品鉴师，绕来绕去也是因为敬远，年轻的时候太爱幻想，以为和敬远是同桌，就能够近水楼台先得月。而敬远对我，虽然表面上比较热情，可当敬远翻看了我的日记后，立马找了另一个女同学当作挡箭牌，为此我再也没有理过敬远。

由于我的自尊心受到严重打击，高考的成绩可想而知，复读一年再考还是一败涂地。父母干脆把我送到日本留学，这期间，稀里糊涂地参加了日本留学生茶会，无意中听得一些茶道和禅的关系，自此便爱上了饮茶。我从没有想过敬远的事对我的打击会如此之大，以至于在我 28 岁以前，我无心恋爱，对男人亦有戒心，反而在日本留学时去了几次水室，立花焚香间，月下赏雪时，饮饮茶水，心才落定一份安宁。

直到 28 岁，和前夫在国内结婚，不出半年，我又提出离婚，原因是婚后我发现他出轨。

离婚后，恰逢公司研发国际业务，需要员工驻外，我索性在日本定了居，后来每每会想起失踪了的泛黄的日记本，我从前夫家里搬出来，又从自己的租处搬到日本，日记本也许就是在那个时候丢失的。

再后来，从老同学那儿听说敬远和那女孩结婚生子，也觉得是自然不过的事情，可没想到，会在迪拜的茶展上遇见敬远。

吃了再爱，还是爱了再吃？

　　我记得，我和他相遇的那刻，时光好像在倒流，月亮上来太阳下沉，所有的人在会展中心倒行，迪拜帆船酒店迅速褪下它华丽的外壳，露出打地基的静压桩。

　　敬远愣怔过后，放下参展商资格证，迎面向我走来，展颜一笑。这一笑，让沸水流回煎茶壶里，我的身体和壶里的茶叶一样载沉载浮。

　　很自然地，接下来我们吃饭、开房、事后抱在一起聊天，许下了一年见一次的承诺。敬远所代理的茶叶并不符合我司的产品采购方向，所以也没有产生业务交集，事实上我也并不想将他的工作掺和到我的工作中去。有了这一年一次因公相聚的时光，我觉得异常满足，也并没有要介入敬远家庭的想法。

　　"真是没想到，还能遇见你。"和第一次在迪拜遇见敬远时他说出这句话一样，敬远眼下又喃喃自语道出了这句话。

　　每一年的这三天中，敬远必定重复这样的话，也许是带着愧疚、想要弥补的心理，也许是为了表达他幡然醒悟后的喜欢，抑或偷情的欢愉，我不得而知，在我毕业后，敬远也曾找过很多人，向我转达想要跟我和好的意思，但我都不予理睬。

　　"是啊，他乡遇故知的感觉还是很奇妙的。"我一面说着，一面盯着服务员倾注至茶杯里的煎茶，鲜脆嫩绿。

　　"真希望和你能够再多相处几天。"敬远停下手里的进餐动作，很真诚地看着我。

　　我没有说话，只是回看着他。他和高中时的样子没多大变化，依旧架了副黑框眼镜，身材依旧颀长，也不似多数成家立业后的男人一样肚子撑得鼓胀，如果不是他故意蓄起胡须，说他是个刚毕业的大学生一点也不为过，谁也不会想到他已是一个三岁孩子的父亲。迪拜短暂相聚过后的日子里，我回到日本，和国内的敬远会用 Facebook 互相关心彼此的状态，敬远曾在上面发过他的全家福，那位女同学俨然像位全职太太，她和女儿都偎在敬远旁边，背景是欧式装修的客厅，客厅挨着阳光普照的阳台，她们连同阳台上绽放的月季一样，都笑得很开怀。

"这几年，你为什么没有结婚呢？"

"因为你呀。"我嘻嘻哈哈地说。

"你会为了我离婚吗？"不等他回应，我半开玩笑半认真地问他，实际上他怎么回答，如何回答，是足够悦耳还是足够实诚，我都不太在意了。

"如果人生能够重来，当初我一定会选你的。"敬远的态度模棱两可，听起来是个很巧妙的回答，我知道他只能回答这么多了。

"傻瓜，我开玩笑的啦。"我抚了抚敬远的头。

断断续续保持这和关系的五年间，我从未问过敬远这样的问题，敬远也从未给过我什么承诺，我们心照不宣地缄默着，唯一的契约就是，每年的 11 月，我们相约在迪拜，看迪拜湾停着的木桅船，看博物馆里阿拉伯人水下采集珍珠的雕像，也曾携手逛 Dubai Mall 逛到腿软，最终还是要在酒店缠绵好几场。那些有关青春的日子，我落寞的心情，已经过去了那么多年，此时我重遇敬远，我和敬远心理上都有了不可言说的变化，再深聊也无其他意义，也觉得和他重组人生不是那么必要，有时我也细细回想过这五年对他的感觉，如同品茶时的舌感，苦涩过后仍有回甘。

我还是喜欢他的，所以才会心甘情愿地做出这样的事吧。

在日本接触了茶文化以后，我学到一个词，是日本茶道用语，此刻我只想到了这个词：一期一会。原本是指因难得见一面，所以应当珍惜的意思，此刻用来形容我对敬远的感情，形容我和他见面的方式，好像也十分合适。

是无常，是千变，是瞬息不见的飞鸟和不会重复奔腾的河流。

临别前的最后一晚，我起身开了暗灯，用敬远从展会上拿来的茶具，在酒店的房间里泡上了茶，我脱下手表，娴熟地操作了一番，任整个房间茶香肆意。熟睡中的敬远浑然不觉，不知他醒来后是否会像以前，搂着我说会怀念此次见面，期待下一次重逢。好像下一次见面，我跟他都能预见。

嗅着茶香，茶汤晃动，清亮又明朗，茶碗里仿佛有我对敬远长达十余年的离情。

拎着早就收拾好的行李，坐在赶往机场的计程车上，手机屏亮起提前改签过的登机信息，内心竟然泛起*丝丝酸楚*。

"麻烦开快一点。"我对计程车师傅说。

"好的。"

计程车与我融为一体，天上居然下起了罕见的小雨，摇下玻璃窗，雨点砸在脸上，我们飞一般地驰骋在迪拜街头。

然而，一些东西同样伴着我的泪和雨水跌落了出来，一期一会，已全然不在我的脑中。

# 被吃豆腐和吃豆腐

一枚 8 号黑球进袋，打进去的人放下杆子，很懊恼，他还没有把自己的球全部打完。有人笑得很大声，是和他对垒的那一个，他一拍大腿，说 8 号打得不错，哦对了，8 号，这样吧，你输了，我们去唱 K，我请客，我和你说，那边的 8 号很火。

以上，就是反仪 KTV 的老鸨，跟坐台小姐玲玲重复了三天三夜的故事。

"只要你能做到这一步，从某一天起，男人一讲到 8 号，就能和你联系在一起，不管是日期——9 月 8 号、10 月 8 号，还是皇马 8 号、黑球 8 号，你就能赚很多钱啦，等到你可以买下 8 号公馆的两室一厅，再回家找个老实人嫁了，就能过得幸幸福福，所以你不要心中只有阿财，多出台一点，真的不要紧啦。"

玲玲眼珠一转，小颗小颗的京酱豆腐塞满了她的嘴。才晚上 7 点，已有客人上门点她，她不得不身着兔女郎服饰，加快了吃晚餐的速度，但一听到老鸨还在劝她不要只出阿财的台，她只好别过身去，右手使劲将硌在屁股底下的兔尾巴揪出来，同时，嘴里含混不清地咕哝一句：坐台，坐你老母。

　　老鸨正要垮脸上前，玲玲从珠帘下赶紧钻了过去，珠帘和她的兔耳朵不小心缠在了一起，她回头朝老鸨挤了一个鬼脸，手忙脚乱地解开，随后走进包房：你好，我是 8 号玲玲，长点 8 号，包您八面春风哦。一个作揖、一句吉祥话成为她半年以来固定不变的开场白。

　　玲玲原本不是干这一行的，她刚来的时候怯生生，胆战战，还有点结巴，只同老鸨讲话，而且也只是讲一句：我……我做足一年……年就走。同店的坐台女都耻笑她，晚上开工时，故意将瓶瓶罐罐堆满她的工位，不让她梳化。玲玲又爱食豆腐，常常将热乎乎的臭豆腐带来上班，弄得整个休息室臭烘烘的，不仅如此，她通常会一食完臭豆腐马上前去接客，一张嘴，客人立马嚷着要换人。50 岁的老鸨是三个女儿的妈妈，贪财但心好，她帮玲玲画柳叶眉，对着镜子笃定地告诉她，坐台女要谨记一句话：来了，就回不了头；要回头，就回得精精彩彩。

　　玲玲每天都一个字一个字地，将以上这句话默念一遍，在入睡以前，哪怕结结巴巴。后来她学媚功，学歌艺、酒艺，找到一个方法，每日苦练，顺便改掉了结巴。三个月后，玲玲变得款款大方，亭亭玉立，甚至气质也变得有些泼辣，人们若问她如何改的，她从来不肯说，却只将方法告诉了阿财一人。

　　阿财不同于其他男客，在她蜕变以前，阿财就常常照顾她。有时是应酬，玲玲被老板安排坐在阿财旁边，阿财手脚很干净，从来不碰她，也不像其他客人那样灌酒。有时是朋友生日趴，趁玲玲如厕，朋友同阿财讲她好闷的，阿财就同朋友换，说把我的让给你啊。玲玲坐过来，不说话，怕一说话就结巴，阿财就逗她，说她完全不用担心结巴，其实她很美，只是她没有察觉。

　　逢场作戏，玲玲其实也懂，她偷偷观察阿财，硬朗的欧式鼻曲线，黑色全框眼镜后的眼睛抽一口烟就眨一下，睫毛很长，长得比她的假睫毛都夸张。他也同朋友们开荤玩笑，讲黄色段子，掷骰子他若是输了，被罚和玲玲接吻，他就夸张地借位，实际只啄了一下她的鼻尖。而唯一一次他喝多了，手向玲玲的 C 罩杯袭来——那天她穿了一件黑色蕾丝低胸吊带——却在半路突然打住，然后手往右偏，用玲玲外面的针线衫盖住她的胸口。

　　所以玲玲蜕变后，她趴在阿财肩头，像一只波斯猫，同阿财轻声讲，我的结巴是吃豆腐吃好的。七彩豆腐花和麻婆豆腐换着吃，七彩豆腐花是由七种颜色的果蔬汁做的，一层粉的，一层绿的，一层白的，要训练结巴，就只用舌头吃掉中间那层，其余两层必须完好无损。麻婆豆腐必须重辣，重麻，在豆腐刚出锅时，用最短的时间连汤汁带豆腐全部吃掉，留下花椒和辣子。前者冰凉，后者热烫，可以打造舌头的高敏，时间长了，结巴也就好啦。

　　于是阿财带玲玲出去，去了当地一家很有名的、做豆制品尤其是豆腐很厉害的店。

　　此事绝对无关情色，玲玲描绘的那种训练方法，阿财权当玩笑话。原来阿财也爱吃豆腐，他的爷爷生活在一个村里，他很小的时候去村里奔丧，见过家里人做豆腐，吃过一次全豆腐宴，从此便很难忘怀。两人默默地吃着豆腐，阿财的脑袋里想的是后来家人过世和豆腐的关系，以及豆腐的做法，风、水、阳光，就可塑造豆腐这种食物，有着清寡的个性，无限包容其他食材。玲玲的脑袋里想的是另外一件沉重的事。

　　但显然在这个夜晚，他俩都没有和对方交换想法。这是玲玲第一次出阿财的台，尽管只是陪吃。

后来遇到 Tony，是玲玲意想不到的事。在此以前，老鸨常见玲玲只跟随阿财一人出去，但不见收回很多钱，便点醒玲玲，多出出别人的台，有益于她自己。男人都是那个德行，完事后拍拍屁股就走人，哪还记得你是谁，你在哪里。一次老鸨揪住玲玲的兔子尾巴，正欲说让她切莫动情，玲玲扭动屁股，甩了甩丝缎般的长发，尖尖细细的嗓子穿透休息室的珠帘、后墙，直达坐在包厢里的 Tony 的耳膜：我是 8 号，叫我玲玲，长点 8 号，包您八面春风哦。

那晚 Tony 想带玲玲出去，玲玲拒绝了他。夜更深了，玲玲前往那家豆腐店，只因阿财叫她。这大概是他们的第 17 次相聚了，却是第一次双人大醉。

阿财告诉玲玲，他是在单亲家庭长大，从小父亲就过世了，和母亲同住，一次周末，他和母亲约好了饭点，可阿财临走前处理了一些不太着急的工作事务，导致回家时间晚了半个小时，回到家中时，母亲正坐在客厅的摇椅上，因心脏病突发已经过世。彼时厨房还有一个菜没有做完，锅里煮着的正是三鲜豆腐汤。玲玲也醉醺醺地告诉阿财，原本她读大学，学业还算可以，可家中有个吸毒并且到处借债的老父亲，某一次寒假回家，母亲跑了，债主逼着玲玲交钱，否则就送父亲入狱，玲玲便让债主给她一年时间赚足钱，然后便出来坐台。她想风风光光地回去，无非是将寄人篱下的父亲接出来，开开心心住上新房。

夹了一块豆腐蒸蛋给新来的人，阿财抚了抚玲玲的后背说，不如你不要做了，做我女朋友吧，对了，介绍一个人给你认识，这是我好朋友 Tony。

仿佛连吞了五个蘸过辣酱的毛豆腐，玲玲将碗中的汤勺碰得叮叮当当，她斜了一眼 Tony，Tony 正尴尬地和服务生讨论泥鳅钻豆腐，额头沁出一些亮晶晶的汗。玲玲想了想自己银行账户上的金额，随即看见服务生正在表演——整块嫩豆腐和泥鳅放至已加热的火锅盆中，泥鳅被热气所逼，急急钻入豆腐躲藏，玲玲便说，好的，我洗手不干。

玲玲其实并不认为坐台女很容易回头，直到现在，就算她不做了，到了一家小企业安安心心做基础文员，睡觉前她还会提心吊胆，默念那一句几乎成为她人生信仰的前半句话：来了，就回不了头。她不和同事去唱 K，因为恐怕有人会认识她。她做好了一些打算，比如少见 Tony，换掉衣柜里所有的吊带袜和低胸衣，再存上一笔钱，等到年底就带阿财回家。

虽说都是豆腐，但被吃豆腐和吃豆腐是两码事。如今玲玲只想纯粹地做后面一件事，专心过和阿财吃豆腐的日子，她感觉豆腐能吸收各种食材的味道，具有一种包容性，在阿财那儿是家人的回忆，在玲玲这儿，她说不清。

过了两月，玲玲才鼓足勇气，在阿财生日那天答应去 KTV，非先前她工作的凤仪。

突然有人用麦大叫：你不是凤仪 KTV 的 8 号吗，我认识你。玲玲和阿财目光一碰，玲玲从软绵绵的沙发上跳起，拔腿就往门口跑。阿财在后面直追，大叫：你忘了吗？我们爱吃豆腐，是因为豆腐能够包容的感觉啊。

跑过地址为金梧桐路 8 号的一楼台球室，跑过 8 号地铁口，跑过皇马 8 号的广告牌，以及跑过 8 号公馆，八面春风呼呼地吹，玲玲越跑就越慢，在马路旁瘫软成一团豆腐。喘成狗的阿财追到身旁，笑嘻嘻地挨着她躺好，抱在了一起。

# 再见，我和我爹的江湖

　　我甩了布鞋，褪下了长筒足衣，站在盛满糯米的木桶上。我娘用簪子的尖端将一块长如磨刀石的糯米条划了一刀、二刀、三刀……到了第1000刀时，她总要和我讨论我爹死后她是不是很伟大的问题。这时门外的老尼姑催促我娘快点端出糍粑的声音就像破旧的木门被慢慢打开，在屋里蔓延。我为此心烦，停下脚不动。可是我娘说，快，挨千刀的，还用簪子扎了下我的腿。

　　我娘划了千刀之后含住簪子，像含着一个没什么颜料的破口脂盒，她打开门面，支起千年不换的油锅，糍粑铺就算营业了。老尼姑以为我和我娘都没看见，迅速拈了块现炸得酥脆的糍粑塞进口里，我暗想我娘也真够黑的，十多年了，一直让村民们吃我的脚泥。然后老尼姑心满意足地拎着糍粑往铁女寺的方向去，三里之外，桂树飘香，云影疏离。

　　紧了紧束胸的带子，我爬上一棵银杏树，以一种剑客到访此处的姿态，看我娘忙成线球。糍粑铺前门庭若市，一切都很完美，除了排队人里有李记当铺家的小宗子，我摘了几颗银杏当作暗器掷他，算作是最近他的个子突然蹿到我前面的惩罚。

　　忽然一个脚垫子斜斜飞来，我权当那是一枚凶狠的独门暗器，我横眉倒竖，一个金丝雀起，身背一把对我死心塌地的铁剑，从高达 30 米的银杏树上窜走，凌空飞到市集最高处，它微微剑鸣，示意我该前往剑客云集群英荟萃的桃花源里。可我娘光着脚板一句"做你娘的女侠梦"几欲吼碎我的耳膜，她让我赶紧从银杏树上死下来，好好走路，勿再说话，扔掉我身后的桃木小剑，把老尼姑落下的菜篮子给她送去。比我高的小宗子也很可恶，他搭腔说女孩子家家的，最好莫学我爹，生前光想着出去打架，不然也不会死于暗器。小宗子一身白蟒箭袖，他一字一顿地说，江湖即地狱。

我爹才不是死于暗器。我连滚带爬摸进铁女寺搁下菜篮，对那口庭院深井发出挑衅。老尼姑早和我私下交代过，我爹生前是个说话做事如行云流水的酒鬼，醉前除恶惩奸，醉后敬仰韩愈，他失足掉进井前还吟了一句"青青水中蒲，下有一双鱼，君今上陇去……"，然后就直直地栽到里面。我娘看到尸体后扑到我爹跟前，捶衣一阵哭骂，然后我娘撇着嘴一口咬定他是被奸人所害，她清冷的脸滑下一滴泪，像梨花瓣上滑过一滴雨。

我其实理解我娘的心情，因为被杀好过醉死，她要继续活下去，必须抱着悲愤而不是羞耻的心理。那时我还小所以我无所谓，但后来我和她一样，学会了欺骗自己，认为他就是死于他杀，这样我就有了报杀父之仇的信念，从而鞭笞我成为一名有我爹风范的女侠——我女扮男装，身背大宝剑，脚蹬紫金履，我也白蟒箭袖，爽朗清举。我不仅敬畏诗人和清流，还唾弃当代的肮脏、顽强、妩媚、伤感，我走过一个客栈，就徒手摔碎一排百年精酿，我的剑穗只消晃上一晃，身后就有一打慕名而来的女冠。

后来听说泡过我爹的井，之后莫名其妙地有了酒味，连井周围的菜园子中也突然有很多黄鼠狼闻香造访，老尼姑非说我爹肚里和脑里的酒虫在我爹死后择水井而居，所以常饮此井井水的尼姑们此后不打坐，不念经，而是在午后嬉闹着互相追逐，用蘸了墨汁的毛笔对准晌午时分午休的老尼姑的脸，由上自下写下"王八蛋"这几个字。老尼姑曾眨巴眨巴眼，说酒真是个好东西，让人类的丑陋显露于晴天之下，再也用不着披着那张像模像样的人皮使劲藏着掩着，皮能捂臭，酒能复形，大家一起来喝酒，来做个真诚的人啊。

我打翻了老尼姑的青瓷碗。爹飞仙后，我视劝酒的、井和老尼姑为不共戴天的仇家，所以此刻我抓起一把菜园子里的泥土，口中振振有词，刚犁过的新泥是我一代女侠的五毒断肠粉，我左手胡乱挥舞着我的桃木小剑，击得井沿闷闷不响，右手朝井里、菜篮子里、菜园子旁边的坟冢里故作潇洒地撒了一把泥土，它们即将要被我的毒药腐蚀成红火的流浆。我和老尼姑则脚掌离地，升到红墙青瓦的上空，我们屏息凝神，决定等到月升之时决一死战。

但是老尼姑这个贼妇不屑于与我相斗，她卑鄙地使唤小宗子前来，看看我娘怎么拎我回家。在我的粉耳从通红猴耳到雪白银耳再变回粉耳的日子里，桂花都落干净了，我还没做好原谅老尼姑的准备呢，她倒是意想不到地比我先死去了。老尼姑和小尼们后来不幸恋上泡过我爹的井水，终日吃得大醉，时至立冬，空气干燥，又逢黑风四起，燃着的佛灯顺着经幡点着了整个寺，日日夜夜不熄，谁能想到能从立冬一直烧到冬至，烧得老尼姑最后成了整整 300 颗五彩舍利花。

我娘免费卖了三日糍粑，以此祭奠老尼姑，并煽动全村村民一致认

路过人潮人海，偏偏看到你；
阅尽千山万水，但觉不如你；
饮干千盏杯杓，醉后想到你，
只因说不出口的这一句，我喜欢你。

总有一个爱不了的人，见到他时，心是一块海绵，好软；
想起他时，心是一块吸了水的海绵，好重。

心，最好是个大篷车，看一路风景，看一路人，
永远在路上，便风轻云淡。

有时候爱情是一个赛道，里面的每个人都在来回奔跑，有时候你跑累了，他还想跑，跑着跑着就疏远。有时他跑得比你快，你跑着跑着，就渐渐追不上他的脚步。

我们会遇见一些人，在一无所有的时光里，他们让我们爱得一败涂地，深爱过的人啊，总是更像一列火车，和青春一起呼啸而过，哪怕我们曾经选择过停留在那里。

为老尼姑是南海观音坐莲下凡。我认为我娘满脑子大爱神鬼是由于太久没有性生活了，所以我立住小宗顽长的手很真诚地告诉他，老尼姑死了，她死后我连做了 300 个凶险无比的有关我们朝代的梦，梦中有偷鸡摸狗，有掩耳盗铃，有奸杀淫虐，随即都是老尼姑醉醺醺的脸，她让我上路，说她死前看到我此生注定不凡，女侠在路上，道义驻人间。

小宗子，我对我娘、我、你的性生活统统没有兴趣，我就问你一句，拯救世界，你该不该参与，杀父之仇，我该不该继续？

你爹和老尼姑都给酒害糊涂了，我看你现在也是个傻子。

我看小宗子都懒得骗我说我爹是被暗器所伤，非要揭露我和我娘同样无法忍受的实情：我回家取了桃木剑，顺了五块掺杂了我脚泥的生糍粑，我还想到我可能会太思念我娘，于是我决定拿上我娘的破簪子，愤然前往紫禁城。

我以为我会飞，还会轻功，所以可以站在紫禁城最高的地方，看红墙黄瓦，人潮如织。我以为光打下来，我不羁狂放的剪影会融化在日晕里。实际上我只能默默走到市集上，替我娘查看了下本地没有糍粑铺，但可以看皮影戏，皮影手艺人张开大嘴，活络双手，正在上演一出英雄剧，土豪劣绅烧抢掠夺令人齿冷，庶民水深火热仿如蝼蚁，不待少侠出场，手艺人收起他的小摊，说各位看官备好碎银，咱们明日再见分晓。我趴在他的摊儿上赖着不走，问他少侠是不是喜爱喝酒，醉后崇拜韩愈，醉前可一脚踢飞八个壮丁，一拳可打倒三头种马。我挺起束得平坦的胸脯，告诉手艺人那就是我爹，虽然我爹的英勇事迹已传遍紫禁城，但还是需要一些编排让他的形象更加立体，比如我爹有一打女冠，个个都杏眼桃腮，好似仙娥弄影。爹觑她们一眼，她们就旋起浪裙，露出白腿，吟吟哦哦地说着我要。我爹从中挑了三个，一个粉项，一个酥胸，还一个 V 脸，都与我爹仗剑同行。我爹不干别的，就行侠仗义，打压些土豪劣绅，偷他们个五彩琉璃盘，再窃些个绝世夜明珠。留下纸条：事了拂衣去，深藏身与名。这些华贵的东西，我爹不摔，也不卖，更不送。我爹拿去当铺，当些把碎银子，一些给城头的乞丐，一些买胭脂水粉、宝石璎珞，给我爹那三个小浪蹄子。看她们争风吃醋，再看她们哭着嚷着要给我爹生孩子，可我爹的心中只有我娘一人，她绝世芳华，温柔似雨。

手艺人用手指捻了捻我嘴角的白沫，笑了，问我是哪家的小傻子，才日晒三竿，我难不成偷喝了家里的蛇胆酒，胆敢跑到这儿一片痴言。手艺人又拔出我的桃木小剑，哈哈大笑，他剑指城南，说那儿有个成天喝得醉醺醺的乞丐，整天疯言疯语，称自己铁齿铜臂，只要他愿意，三日便可嚼碎整个城南墙头，年轻时曾为佳人牡丹花下死，也为妇孺济过贫，他是不是你爹我不知道，但听起来他和你爹一样流着侠士的血液。

乞丐成了我的随从，他是傻的，我用剩余的生糍粑就收买了他，乞丐的脸脏兮兮的，根本看不清楚，后来我发现乞丐的脑子有时会很清楚，他曾蹦出来若干金句，足以炮制成一朵五彩斑斓的烟花，会不会炸得紫禁城屁民集体鼓掌很难说，但我听到他这么说时，我总是会很想念和我有一战之约却先走一步的老尼姑。

知道乞丐的功夫深不可测是后来的事，再后来我不敢招惹乞丐了，因为乞丐脑子清楚的时候真的会打出功夫，在此以前我指使他猫进衙门摸过鼓，我想要一把铁剑，所以又让他爬进铁铺给我顺一个。我们的日子三餐难保，终日惶惶，但我从来没有怀疑过自己有成为一名女侠的潜质，因为我爹先前如此，我又爱又恨的老尼姑死后也托梦如是对我说。

而在我独步天下以前，我必须拥有一名属于自己的侍卫，他忠心耿耿，对我爱慕至极，等我成名后对外就能流传出像我爹那样的故事——我走到哪里，这名痴汉就跟到哪里。只有通过这样，我方才算得上一名合格的江湖人士。

江湖人士还需要一些敌人，于是我寻思着卖艺葬父。这是什么世道，紫禁城绝不像表面上如此光鲜，我只消给乞丐灌上一些黄酒，由他扮演我的父亲，醉昏在城南下，我虔诚地跪在那儿，解开我的束胸带，让我的胸脯如发酵的馒头般弹起，用从我娘那儿偷走的簪子盘起我的青丝，我唇如石榴籽，脸似白绸，不一会儿就有地痞流氓像大鱼一样冲开潮水，把我横腰一夹，强行掳去。

事情果然按照我的预期发展下去，流氓站到了我的面前，我仰脸还能看见他鼻孔里的鼻屎，接下来就该我迅疾掏出桃木剑，鱼跃上天，大吼一句"金门剑法"便俯冲下来，直直戳向他裸露着的胸膛，剑法之快之轻盈，如果围观的人们屏息，还能听见胸毛掉落在地上的声音。

但乞丐粉碎了我的计划，他真的很不听话，死尸怎么能随意起身，把被流氓摔得老远的我扶了起来，又捡回被流氓掰成两截的桃木剑塞到我怀中，他醉醺醺地拾起一片石子，扯下胯周围最长的破布条，将其绑在了一起，忽然腾空倒丰，两腿交织成麻花，将一条胳膊舞得看不见影。我坐在地上，直勾勾地看着头顶飘来一片落叶，落叶方才落地，流氓和他的八个喽啰也就倒了。

乞丐横躺在地下，不说胡话也不嚷着他要吃糍粑，我看着他的鼻涕软绵绵地流过脸颊，沾到不少地上的草沫子和硫磺。乞丐自言自语又像是在问我：你知道武侠是什么吗？如酒锃亮，如酒恼人，让人燃血，又

吃了再爱，还是爱了再吃？

令人齿冷。你知道酒又是什么吗？嘿嘿，酒是个好东西。我不知道如何作答，阵阵酒臭味从他的口里向我迎面扑袭而来，乞丐一会儿喜笑颜开，又突然痛哭流涕。他黑黢黢的脸庞成了鬼画符，于是我捏着鼻子，却使用了一种敬畏的语气：以后不逼你洗脸了，再也不嫌弃你脸脏了。

仗着他的功夫和我的自以为是，我后来惹了不少事，但遇险时乞丐好像总是会清醒，然后化险为夷，比如我拉着他去劫富人的镖，途遇两拨分属不同势力的土匪打算越货，待他们厮杀片刻，我手持桃木剑对两边的头子同时发出挑衅，乞丐将我瞬移出半里开外，半炷香后我再回来，乞丐已将他们杀得片甲不留，正倚石酣睡。

我很开心乞丐和我一起闯荡江湖，小宗子不愿意陪我，但有人愿意，即使是在他混沌的状态下。江湖才不是什么地狱，现在看来，就是有一个地，上面载着正义，有人同行。但我还有一件事情没有做，在找到杀父仇人以前，我必须去解决掉刘员外，因为我曾在城南脚下听得守卫闲言闲语，说刘员外打算前往我的家乡，拆了无主的铁女寺，改造为他的烟花之地。

说实话，我也不知道如果我提前预知到我会因这个干掉刘员外的想法而死得很突兀，我还有没有勇气再重来一次。

我不懂什么叫人生如戏，皮影手艺人演英雄剧时也没告诉我后来那侠客是不是死了。我因他认识了乞丐，也由乞丐陪了我人生中的一小截旅程，坦白讲，那曾是我最快乐的时光，但我最大的梦想没有完成，即杀父之仇还没有报，事实上我也不知道谁会这么幸运，被我选中当作我假想中的仇敌。不幸的是我和我爹，居然有着同样的宿命，更好笑的是，一直以来明明在保护我的乞丐却误将我害死。

后来刘员外出动全部壮丁，试图抓住房檐上的我和乞丐，火光冲天中，我像一匹孤狼那样看了一眼月亮，第一次觉得有些孤立无援。乞丐慌乱之下使出神力，后身的气流震得所有人都飞了起来，我则飞向房檐对面的屋子，坠入一个很深的酒池。

我死前看到了很多东西，在当时好像是浮光掠影：我娘重新换了个金灿灿的簪子，她舍不得拿它划糍粑了；糍粑铺上贴了告示，是我的寻人启事；小宗子越来越高了，喉结也很明显，如果他愿意陪我出来，我是会告诉他其实我喜欢他；老尼姑的 300 颗舍利子其实都是大力丸，只要我愿意吞服，恐怕我早就一步跃上紫禁城最高处，一袭黑色紧身夜行服，俯瞰每一处大街小巷，各处都流传着我的英勇神迹。

最重要的是，我现在重新回想，哦，那应该是我第一次饮酒，因为被呛到，我被我深恶痛绝的东西给包围，然后陷入黑暗里。

断气前我主动饮了一大口液体，包含着酒和我的眼泪，所以我还想起了乞丐大战流氓后所说的自言自语的话，他的脸不再是黑黢黢的，被酒池涮过，生动明亮地浮在我眼前。

真的，我觉得那是爹。

吃了再爱，还是爱了再吃？

# 洋葱炒蛋

　　小姿第一次和网友阿蒙见面，是在冷饮店门口，两人各喝完一瓶冻酸奶，阿蒙就说，要不去你家里。刚进家门，阿蒙就把小姿按在门口，像剥洋葱那样，剥得只剩内衣裤。事后阿蒙觉得肚饿，小姿便开心地捡起衣物，穿戴好走进厨房，拿出洋葱和鸡蛋，洋葱切到一半就切不下去了。阿蒙接过菜刀，故意将头往砧板上探出，切洋葱时竟然一滴眼泪未流。小姿惊异地问：为什么会这样？阿蒙扯淡说，我爱洋葱炒蛋，越爱一个东西，越应该觉得开心，而不该流泪。

　　小姿20岁，毕业后进了一家会计师事务所，和数字打交道。19岁那年，她叛逆无比，日日翘课，扎着一头脏辫，戴着鼻钉，去网吧打游戏。小姿打得很烂，又渴求经验值和装备，就跟随在别的玩家屁股后面一路捡尸。后来碰到大怪，被秒得装备掉了一地，被一个男人拾到。小姿打字说：还给我。男人说：哈哈，跟着我吧，我娶你。

　　男人叫阿蒙，28岁，没有正经职业，最爱打电动和玩游戏。三角巾包在头上，好似海贼王里的索隆，喉结突出，身板却很壮实。和小姿在网络上结为夫妻后，带小姿打过几次网络游戏，他行踪缥缈不定，有时下线很急，连再见也不说。小姿整夜整夜不睡等他上线时，就说：我爸死很早，我妈对我也不好，我去找你吧，不想读书。阿蒙就说：等你毕业吧，你毕业了，就娶你。小姿笑得很开心，说：当真？阿蒙却不咸不淡地回：饿了，你会做洋葱炒蛋吗？

自上次做爱以后，阿蒙又去了小姿家里几次，做完爱，阿蒙说要用她的电脑打机，小姿去厨房给他做洋葱炒蛋，等菜做好，端进卧室，阿蒙却不见了，只有屏幕上显示掉线的黑白画面。小姿打电话过去，阿蒙只是挂掉，再打过去，阿蒙干脆关机。小姿写短信问他在哪，能否娶她，又删掉了后半段发过去。握住手机蜷起身子，等到凌晨两点，屏幕也没有亮起。但阿蒙之后也主动联系过她一次，半夜上门，解下他的花头巾，将小姿又一次像剥洋葱一样剥个干净，进入小姿的身体，抓住她的手腕，带着她剧烈晃动。小姿只好叠起手掌，捂住嘴，任眼泪一颗颗落下。阿蒙觉得诧异，停下来问她：你哭什么？小姿只是说：我觉得我好像洋葱。

阿蒙消失了整整一个月。这期间小姿每天下班回家，都会从菜市场带两颗洋葱，好像家里只要有很多洋葱，阿蒙就能寻味而来一样。她晚上反思自己是否逼得阿蒙太紧，以至于他才不重视她，甚至避而不见。白天她在办公室贴票据，贴到一半同事问她中午吃什么，她只回答：洋葱炒蛋。工作上也是漏洞百出，每日萎靡不振，手机就放在一个机器猫稳固架上，日日正对着自己正前方。

一日接到阿蒙电话，心里一慌接了起来，手忙脚乱打翻胶水，全粘在自己的套裙上也不顾，只问他在哪里，阿蒙却说，我出事了，在外面欠下很多钱，债主追得紧，要砍人，不如我们还是不要再见。讲完便收线。小姿连忙编辑短信说，我有一点，我可以帮你，我晚上就去取钱，我每天都带在身上，只要你肯来找我。

吃了再爱，还是爱了再吃？

　　一周后，小姿从会计师事务所出来，拎包去公司附近的生活超市，刚到蔬菜区，就看到一个背影好似阿蒙的男人和一个陌生女子，女人挽着他，两人一起背对着小姿，不一会儿，男人把女人留在那儿，往生鲜区走过去。小姿弃掉手推车，径直冲到男人跟前，确定是阿蒙，笑着问他：那女人是谁？阿蒙沉寂了一会儿，说：你不要闹好不好？小姿依旧笑着，笑得更开更大，喉头却一直颤抖：我不在意你同她玩玩的，你会娶我，对吗？只要我俩结婚，你做什么都可以。阿蒙冷冷说：你神经病吗？说罢打算推开小姿，女子却走了过来，强行拉走了他，小姿这才看明白，女人肚子挺着，是大肚婆。

　　此时电话突然响起，小姿胡乱翻开包内衬，颤抖着拿出手机接通，老板在那头说：工作稀巴烂，是不是洋葱炒蛋吃多了，脑子瘪掉了？……没等听完，小姿大力按键挂掉电话，不出三秒，她脸上挂起说不清含义的神情，心中似乎有了主意。

　　小姿不顾周边人的异样目光，用打算给阿蒙的钱，换来十大手推车的洋葱和鸡蛋，完完全全搬运到计程车上，又出力拎回家中。小姿将洋葱一个个排列整齐，花了一小时的时间，码了一地，直到没有地方可以下脚。又仔仔细细拆开所有鸡蛋盒里的鸡蛋，拿起一个随意朝一个方向丢去，蛋碎了，小姿就咯咯地笑，直到所有的蛋都被扔碎掉，黏黏糊糊一身。

　　小姿脱光衣服，拾起菜刀，手起刀落，冷静地将周边三平方米的洋葱胡乱切碎。切着切着，她叠起手掌，捂住嘴，管不住的眼泪排山倒海而来。

# 巧克力情人

和长跑十年的男友分手后，晓晓还没看过此片，但这个电影的名字和她后来的生活拧在一起，使她萌生了一股信念。信念的由来有些魔幻：被男友甩掉的那个夏天，28 岁的晓晓坐在床上，她张开双腿，弯着背，将小碎花裙子捋了捋，捋在腿中间，在裙子上仔仔细细、一颗一颗地兜满男友曾经送她的所有巧克力，把它们一口气全部吃光，当她最后吮完食指，舌头舔干净靠近喉咙的最后一颗牙齿时，一个灵光闪现：她下一个男友，一定有如巧克力般浓情，她将称呼他为巧克力情人，直到有一天他们结婚。

赢得一个巧克力情人，这想法逐渐浸入乐天派晓晓的骨髓，她坚信，终会有这么一天。

周围的人可不这么认为，比如在同为话剧演员、年轻且性感的女同事小翼眼里。相较于圈里的大多数女人，晓晓有些过于丰满，皮肤黑黑，而且塌鼻，但她拥有小巧的脸型、疯长的极细极细的长发、无数性感的半身裙。整体来说，晓晓看起来毫无威慑力。但小翼睁圆了眼睛，不满足于此，每当和晓晓有一些交集且产生不满时，她会推演论证一大圈，而后将一切问题的症结归结于她分手后没有性生活。

作为话剧组里比较边缘化的一位演员，晓晓看过很多电影，演过很多配角，幸好她始终没什么大野心，她安于现状且盲目乐观，将全部注意力集中在找寻伴侣上，仅凭她演戏时的状态你就能知道这点。晓晓在台上戏份不多，早早下台后，她偷摸出一颗黑巧克力，嘿嘿一笑，即用整条舌头裹匀它，随后望向舞台，男主正拥小翼入怀，耳鬓厮磨，甜言蜜语。已看了这部戏100遍的晓晓对小翼的羡慕只有三秒，但对小翼在台上所拥有的纯爱的羡妒，会一直持续到话剧结束，她甚至幻想男主皮肤偏黑，黝黑如自己口中的黑巧克力，像极了她打算要找的巧克力情人。

就差那么一点，晓晓就遇上了真的巧克力情人。

被分手一年后，一个乍暖还寒的春天，晓晓身着她最爱的一条墨绿色荷叶短裙乘坐电梯，到达顶层时，她发现就在电梯底部的梳齿板和电梯上部床盖板之间，有一颗圆锥形的巧克力，晓晓弯腰正欲拾起，地铁口的大风吹啊吹，吹起她的荷叶边短裙，丰满的翘臀连同茶色丝袜和肉色底裤见了天日，她就这样认识了阿东。

阿东用头油，头发十分锃亮光洁，还用牙贴，牙齿颗颗洁白分明，阿东的眼睛应该什么都没用，明亮如星。阿东拾起巧克力递给晓晓的时候，晓晓的眼睛里都是星星，阿东的头发、牙齿、眼睛齐齐在闪。他的头发、牙齿、眼睛不仅在白天会发光，晚上更是，阿东把晓晓压在身下，晓晓用胳膊死死抱住阿东的头，使劲寻找那光源。

阿东把她略微壮硕的胳膊，掰开又移到头顶，拢成两条平行的直线。阿东伸出舌尖，抵在晓晓的脖颈交界处，黏黏糊糊地说：你看过《阿凡达》吗，有点黑黑的那个女主角，你有点像她。晓晓正欲说话，阿东用舌头伸进她的嘴，随后又继续向下面的神秘之地探寻，仿佛那里有着巧克力文明。他们的融合是一场巧克力制作过程的文艺复兴。一大碗可可粉和可可脂，在身体摩擦起的热浪中不停搅拌，黏稠呈糊状，再倒入一些乳白色的牛奶。晓晓滑腻，阿东有些甜香。她头枕阿东的胳膊，嗅着他的腋下，直到他的身体微微发凉。

晓晓小心翼翼地挪移出阿东的手机，下载"I Chocolate You"的铃声，设置为她的来电提醒，不料笨手笨脚，竟无意打开了阿东的手机相册，从屏幕的顶部到底部，满满都是各色裙底的屁股撅起，晓晓认得那个熟悉的场景，因为是同样的电梯。原来那都是女孩们弯腰正欲拾起巧克力，却被阿东偷拍的一瞬间。

套用那句脍炙人口的电影台词，人生就像一盒巧克力，你永远也不知道下一个吃到的是什么味道。所以晓晓在超市的巧克力专区，擤擤鼻子，开怀大笑，试问自己：反正被恋臀偷窥癖钓过鱼了，难道还会有比这更惨痛的经历？

后来她和小翼同台出演话剧，走步不慎被自己绊倒，从她厚实的苏格兰长裙里，狠狠跌了出去；她迈着轻快的小碎步子走向后台，照旧含住一颗黑巧克力，发梦痴想：我的巧克力情人肯定会是一位盖世英雄，有一天他会说着甜言蜜语而来，身披黑色盔甲，驾着……

"嫁不出去的，看看她这个鬼样子，在台上还那么有心机。"不及她想完，小翼翘着鼻子从晓晓身边路过，偷偷对身边的男主这么一说，晓晓假装没有听到，她使劲嘬着嘴里的黑色小药丸，直勾勾地看着小翼束得高高的胸脯和极细的腰身，又低头看了看自己微凸的小肚子，苏格兰裙卡出两圈白花花的肉，于是她嘬得特别大声。

巧克力没有错，她想要巧克力情人也没有错，不论巧克力般的人生是苦涩还是甜蜜，晓晓统统收下，始终都怡然自得。哪怕她后来被黑心的健身教练下套——帅气威猛的教练将密码设置为520，主动借给忘带锁的晓晓，以密码锁表白，就在晓晓重燃自己，以为再度找到了巧克力情人且已然示爱之后，他讪讪地告诉她：不好意思，我只是想让你买课。

即使是这样，本该因遭受到一连串打击而无比失落的大龄女话剧演员晓晓，最爱干的事还是坐在后台黑暗的角落，随意剥开一颗巧克力丢进嘴里，嘿嘿一笑。以及不其厌烦地一遍又一遍看着电影《浓情巧克力》。若有人问她为什么这么爱这部电影，晓晓只会说无神论者朱丽叶·比诺什在小镇开了一家巧克力店，约翰尼·德普后来爱上了她，可当地的人视无神论者为敌，于是两人同仇敌忾和神父较劲，巧克力是朱丽叶·比诺什的信仰，这种信仰我好像懂又好像不懂，但我能从中感受到欢愉。

晓晓始终认为自己后来认识阿吨，是由于她相信巧克力人生的缘故。据晓晓自己说，巧克力情人的执念雷打不动，肤色其实是她开玩笑方才说出的因素，她认定他们之间的那种浪漫感觉才是第一。

和阿吨结识缘于去超市购买巧克力。

阿吨是话剧团旁的锦荣超市的运营经理，高高瘦瘦，竹篙一样。晓晓每次出演完毕，都要检查巧克力是否吃完，并且养成了去锦荣超市购买巧克力的习惯。晓晓从来没有见过阿吨，每次去锦荣，她只有一个模式：径直走到巧克力专柜，拿下货柜里最外最上的那几个，再走去付款通道用现金结账。一个冬日，晓晓结款时发现现金不足，便用信用卡刷，不料刷卡机器好像出现故障，连续刷了五次，也不知有没有多刷。恰好阿吨经过，询问完事情经过，就用多余小票记下晓晓电话，并耐心交代说此事将由他亲自处理，会查明刷卡机器到底有没多刷。

后来阿吨查明是超市的问题，就打来电话，态度温柔地说想请晓晓吃饭。晓晓挂了电话，认真想了想，用指尖敲出几个字：都是小事，作为回报，不如你来看我的话剧。

阿吨看得很过瘾，即使晓晓是配角，演出的内容也不那么精彩，阿吨依旧在台下带头鼓掌，似乎看得很带劲。等到晓晓的戏份结束，晓晓跑进后台，从帷幕那里猫下腰偷看他。阿吨有点木讷，他虽然不会说什么溢美之词送给晓晓，但演出真正完结后，他拿出几盒巧克力，明显不是超市里卖的那些，晓晓眼尖，看出是电影《刺猬的优雅》里女主吃的那个牌子，晓晓心里窃喜，两人一起在门口落了雪的便利店里面吃完，再顺着大道，踩一路脚印，约定好下次还要再来看剧，然后各自回家。

等到约定的那天，阿吨并不在台下，直到演出结束，联系他也不接电话。此时晓晓被剧团老大单独拉进小屋，严肃地告诉她，小翼腰肌受损厉害，却迟迟不告知剧团，这回非得住院了，在未来半年里小翼的戏份就暂时由她接演。

灯光退却，人潮散去。晓晓从后台的角落里蹿出，猫进空空的舞台上面，舞台下面一个人都没有，她直直躺下，鼻尖冻得微红，细细长长的头发散开，像一把扇子，又拿出一颗黑色巧克力，剥开绚烂的糖衣，一口含入嘴里。湿濡的巧克力化开，好似蜡梅开在冬天里。她想到了苏菲·玛索在电影《玛奇丝》中最后吃巧克力的场景。

阿吨突然闯入，急急大叫：还有人吗？是我，我来晚啦。

可是晓晓没有起立，仍旧躺成一个大字。此时圆锥形的巧克力被舌头推送到口腔一侧，鼓起一个小包，小包旁边，有一抹显而易见的、甜甜糯糯的咧嘴微笑。

脑海忽然闪过电影《浓情巧克力》，朱丽叶·比诺什、巧克力，她好像明白了那份似懂不懂的欢愉，每个人都有追求自我信仰的权利。

于是晓晓下一秒蓦地起身，咯咯地笑着喊出：阿吨，我终于等到你了！

# 秋天的女人

2025 年，母亲去世了，父亲不再劝说我继承他的衣钵，同住一个屋檐下，父亲突然变得神经兮兮的。

处理好母亲的后事，我本打算按照回国前的计划，和医生朋友去日本，远离这个家或者父亲一段日子，甚至，我不打算回来了。不回来是我在母亲离世后突然做出的决定，一是为了逃离他近些年喋喋不休的教诲，选择和他一样去工作才是唯一出路；二是我讨厌父亲，这么多年了，父亲很少在家中现身，也很少过问我和母亲，每次见面也很匆忙，而且匆忙之中一定会提让我未来做他的工作这件事。直至我 21 岁，父亲决定将我送至美国读书，让我读我自己不喜欢的电气工程专业。看腻了两年的电磁场数值、微波技术、美国蓝天后，我打算放弃读书，回国或去日本专心做音乐，然而却突然收到母亲因心脏病离世的噩耗，我想这一定跟父亲照顾不周有关。

记得在母亲生前与她进行的连线视频里，她对我十分关怀，讲到父亲时，母亲的脸漂浮在手机上方，笑呵呵地说："你爸啊？不在，公司的事情有那么多要处理呢。你可别怪你爸。"现在想起来我心里总是极度难受，母亲那时反倒像是在我安慰。

吃了再爱，还是爱了再吃？

父亲是一名普通职员，就职于一个工业企业很多年。平日里父亲是个很严肃的人，喜欢研究一些有关电气工程与能源动力的东西，不知道是不是因为是工程师的缘故，父亲话很少，一头钻在科研中，对整个家庭很是冷漠。也正因为这点，母亲的突然离世，加大了我对父亲的反叛情绪，在我看来，父亲一点都没尽到一个丈夫的责任，更别说是当一个合格的父亲了。

然而父亲最近却常常回家，也不和我说话，却捣鼓出一台疯狂的汽车，还顺便改造了后院的车库，运来形形色色的工具往里堆，俨然就是把工作室搬了回来。

那辆车是母亲生前使用的，说它很疯狂是因为父亲将其改装得有些奇怪，他提取了母亲每个月的行车记录，发现基本都差不多，每个月都会固定去超市、菜场、医疗所、电影院、商场、游泳馆等等。父亲按照这些行程编排了一个系统植入车内并实现自动驾驶，车到时就会自动行驶出去，去往母亲当初开车去的地方，办完事后又会自动回来。有时候父亲会坐在车内一整天，然后被车载回家，对此，父亲沉默不语。

父亲疏于对母亲的关心，这点我是十分确认的。母亲喜欢在家里边做家务边唱歌，尤其喜欢我弹吉他时她在一旁唱，但父亲居然连母亲最爱唱的歌是什么都不知道，他觉得唱歌不能带来价值。我在国内时，曾创作了很多歌让母亲来唱，因为母亲太喜爱我创作的一首《秋天的女人》，我还给她录制过母带。我有次曾模糊地听到母亲向父亲提出要求，大概是想通过唱歌给这个家带来一些美好的改变，却被本该可以提供技术支持的父亲以一句"意义不大"而搪塞过去。

"母带在哪里？"

就在我百无聊赖地收拾行装的某天，父亲坐着经他改装后的车回来了。这是母亲离世后我们父女的第一次对话。

"……可能，在储藏室吧。"出国前那些母带就被我收起随便搁置在储藏室里，母亲过世后我自然也没有心情收拾。

"拿来都给我。"

"……好，我马上要去日本做音乐了，你是知道的吧？"我看父亲提到母带，想到近期的计划，顺嘴提了一下。

父亲没有作声，他拿到母带径直走进车库，锁上大门，门上挂了个请勿打扰的牌子。整个家里，除了我就是父亲，挂牌子的意义在哪里？我在觉得好笑之极的同时也认为父亲奇怪之极。

由于父亲古怪的行径，我哪怕想急切逃离父亲，犹豫再三，还是联系医生朋友说得在家再待一段时间，前往日本的时间需要顺延，毕竟可能不回来了。他也欣然同意。在这期间，我发现父亲在家里和车库里做各种各样的实验，家里始终狼藉一片，线圈、工具箱、智能手表、被卸开的空调等，散落一地，这让我对父亲不免有了很多疑惑：如果说改装汽车是父亲对母亲的一种愧疚，一种对她生前生活轨迹的还原，那么现在，父亲又是在做什么？

我主动承担起了做家务、做饭、采购和物业社交等一些琐事，我看着父亲在车库废寝忘食的忙碌身影，回想起母亲在我出国前最享受的时光便是周末，她开着车，我陪她办理好事情回家，两人就在家里开音乐盛会。母亲的歌声很甜柔，她一面拌着蔬菜沙拉，一面唱起我给她写的歌，而我在窝在客厅的沙发上弹着吉他。这种惬意时光有时会被偶尔回家的父亲打断，父亲倒是不会嫌我们太吵，但他总是说，搞音乐是没有价值的，以后你最好学我的专业。所以一直以来我和父亲的关系都并不和谐。母亲的离世也加大了我和父亲的矛盾，就算他现在把大把的时间花在家里，我也只有一点点惋惜，惋惜父亲的家庭意识晚到了大半拍，现在对我、对母亲做什么，都已来不及了。

这些日子，我忙家里的大小琐事，父亲忙他车库里的实验室，我焦虑前往日本的行程，焦虑自己的未来，也忧心父亲的状况，因为这段日子里，父亲有时会全天不在家，晚上回来，有时又会晚上不回来，白天回家呼呼大睡。据我所知，父亲已经和单位请了好长一段时间的事假，他不可能去单位，但是只要他回了家，就只会扎在实验室里。

一个月后的某日，我睡了一天，醒来时已到傍晚，发现父亲不在家里，也不在车库。我心血来潮，走进乱七八糟的车库，想看看父亲究竟在搞什么鬼，车库里是地狱一样的现场，我顺手翻开一沓厚厚的图纸集，上面有反复修改的痕迹，我翻了很久，也翻不出个所以然，却发现其中夹杂了一页病例单和药单，细看之下，只辨认出确诊时间是在母亲离世的三天后。

我想了想，把它拍下来传给了我的医生朋友，想询问这潦草的诊断书上到底写了什么。我听母亲说过父亲长年吃饭不注意落下了胃疾，我思索着诊断书跟这个是否有关系，心猿意马间无意错按开手机里曾给母亲录制过的唱歌视频。

母亲的歌声刹那弹开，是我写给她的《秋天的女人》，讲述了在战争时期一个女人期盼自己的丈夫早日归家的故事。母亲唱得婉转动听，歌声充斥了整个车库，好像母亲就在眼前一般。我急促地四处探望，确认母亲不在周围，顿时蒙了。

车库的卷帘门在歌声里缓缓落下，又缓缓升起，车库里的空调骤然滴了一声，也开始智能运作。顷刻间我好像明白了什么。

一溜小跑进了厨房、客厅、卧室，没错，只要播放手机里母亲唱歌的视频，家里的一切均在进行感应调节。在家居已经互联网化的如今，我虽然不懂父亲究竟对家居进行了怎样的改造，但也能察觉到是父亲从母带里提取了母亲的声音，进行信息集中处理后植入传感器。比如空调只要感应到她的歌声，便能自动检测唱歌人嗓子的湿润度和人体体温，并进行温度湿度控制；比如卧室的落地灯只要感应到她低吟的民谣歌，便能慢慢调暗灯光直至熄灭。母亲在家里总是和各种家居电器打交道，还总爱哼上几句歌。

发现到这里，我以为父亲除了愧疚还有缅怀，是想通过此法来纪念母亲，通过母亲声音和家居的互动，制造出母亲好像还忙活在家里的样子。

直到医生朋友打来电话，他沉默了一会儿，然后说："你爸最近还好吗？"

我以为朋友看出些胃病的端倪，便反问："他的胃还好吗？"

说着我努力回想起父亲最近吃饭是否正常，想起他会自言自语地说吃饭很好啊。母亲过世后父亲像变了个人，他除了每天忙着改装东西，也不再劝说我接手他的工作，虽然不怎么和我说话，但那也是他和我相处的方式吧。

医生朋友顿了顿说，伯父是阿尔茨海默病，就是老年痴呆，现在还在初期。

挂了电话我哑口无言，痛恨父亲和自己。我痛恨父亲默默忍受了这

吃了再爱，还是爱了再吃？

么多，确诊了也不及时告诉我病情。我痛恨自己还要抛下他去日本，又痛恨自己才明白父亲的用心良苦。急急改装家里这么多东西，还顺带植入了母亲的行车记录和声音，恐怕他也是不想让自己太快忘记母亲，想让她多陪自己久一点吧。

挂着两行泪，我跑出家门口，整理好心情在巷子里踱步，想去巷子口看看父亲有没有回来。

此时刚刚入夜，我抬起头，竟然看到父亲像个猴子一样挂在高高的路灯上，路灯旁有扶梯，父亲正戴着探灯更换灯泡，灯泡换好了，父亲好像准备下来了。我慌忙擦掉眼泪，但父亲还是看到了。

"你哭什么？"父亲见是我，厉声问道。

"你有时晚上不回来就是在弄这些灯吗？"我问他。

等等。父亲说完就打开了路灯，灯光投射到地上，出现一个个很大的光圈，光圈内有两排阴影，一排阴影是箭头，均指往我家的方向，一排阴影是一行字，"我们的家"。

"爸，我不去日本了。"

"你说啥？"父亲明明听到了，却轻快地吹着口哨，从我扶着的扶梯上缓缓爬下。

# 螃蟹了却我心结

　　我曾和大部分人一样，幻想过很多次再遇前任，以各种各样的方式，哪怕这个前任极度伤过你的心。后来我改了，我不再沉浸在一些事上，我认为那都是异想天开，骡子瞎了还是要往前走的。我离开了当初为爱情而来的城市，也离开了让我心有芥蒂的那个人，既然迈开脚步往前摸索了一步，我认为再撞见前任的概率应该很小，虽然我演练过无数次，对陈正南开口：嗨，怎么你也在？

　　再碰见陈正南是国庆前，一个明媚的秋天，在上海新华书店静安店的洗手间内。我完全忘记了之前脑海里演练过的场景，木讷地愣在原地，耳麦里恰好响着一首歌——是梅艳芳的《似是故人来》。陈正南从隔壁的洗手间里走出，和低头看手机、正欲去洗漱的我撞了个满怀。

　　他居然如愿以偿地成为作家，正在全国巡回签售会阶段，今天刚好到达上海站，在签售休息间隙去洗手间洗脸放松。而我正打算和男朋友一起同进晚餐，去一家名叫蟹王府的店，那家店专门做蟹。

　　本来我俩完全可能错过。我经过书店门口时，往里瞅了一眼，大概知道有人在办签售会，排队的队伍都排到门外了，可我怎么也没想到作者会是陈正南，后来遇见他时方才联想起来。而我本可以经过书店按原

吃了再爱，还是爱了再吃？

计划前去蟹王府，偏偏两个小孩举着冰淇淋追跑，前面一个因跑得匆忙，扑在了我的羊皮裙上，于是我不得不进书店处理脏掉的裙子。

陈正南听说我俩差点擦肩而过后，他居然笑说，这个擦肩原本是他写在书里的桥段，他指了指书店里面的人群："如果你不忙的话，等我一下，签完后一起去吃个饭。"

对于和陈正南吃饭，我是犹豫的。五年前我俩曾是登对的情侣，后来出了一些问题，我不得不离开他所在的城市——北京，前往上海打拼。我和他分手的事情虽已过去很久，但至于要不要腾出这个时间去和他吃饭，我有充分的主动权，我是如此固执地认为陈正南伤害过我，我有权选择现在就转身离开，前往蟹王府与我的现任会合。

再反应过来时，我已在蟹王府和陈正南双双坐下，在此之前，我给现任拨通了电话，表示自己身体不适需要改约。是那段往事开启了我对他的回忆，我对他有一种特殊的情感，我和他分手，不是因为别的，只是因为陈正南不仅脾气粗暴，而且还喜欢在做爱中玩捆绑。

"你看上去很不错嘛，结婚了吗？"陈正南一边对服务员示意需要一个包间，一边点了六只大闸蟹，公蟹母蟹各三只，它们从水箱处被人捞起，送进厨房，陈正南表示清蒸即可。

"快了。"我答。正是吃蟹的季节，我目不转睛地盯着水箱里剩余的中华绒螯蟹，螯足丰满，绒毛飘摇，那一度是我最爱的食物，每年十月均要饱食一番，每周两顿，连续吃上一个月。有时我会从菜场上提溜两只回家，就着姜煮黄酒，有时也到像蟹王府这样的餐厅吃。

"还是老样子，那么爱吃螃蟹。"陈正南发现了我直勾勾地盯着螃蟹看。

陈正南现在确实有些光彩照人，他的服饰和发型都一丝不苟，看上去一本正经。如果不是我对他那么了解，很难想象他是一个私底下有怪癖的男人。我企图把注意力挪开，尝试分辨着大闸蟹爪尖上的颜色，因为有人说好的螃蟹品种爪尖上将会呈烟丝般的金黄。

认识陈正南是在北京，那时我刚失恋，伤心之余从成都去了北京求发展。陈正南是我在北京第一份工作中的同事，我俩属于一个 4A 广告公司，他负责文案，我负责市场。那时他戴个眼镜，身材普通，上半身和下半身几乎一样长，一次公司聚餐，酒后的我恰好问到陈正南和我同住一个方向，便让他送我回家，结果第二天醒来我并不在自己家里，我哭得梨花落雨，眼妆全糊在他的床上。

陈正南当晚也已喝盲我是知道的，即使我俩浑身赤裸着醒来，谁也没有办法确认我们有没有发生关系。我俩最终商议出一个结果，那就是，这一晚，我们只是像两个成年人一样，借助彼此安慰了一晚，好聚好散。然而在那以后，鬼知道我俩中了什么邪，双方都按捺不住自己，嫌晚上寂寞了就往对方家里跑。

和他确立关系是自然而然的事，我们都是单身，且都有需求，况且我还带着上一段恋情的伤痕，但是公司有明文规定，不允许员工恋爱，所以我俩就讨论谁辞职比较好。鉴于陈正南是这个公司的老员工且有被重用趋势，以及他私下也正在和出版社联系出书，生活需要稳定一阵，于是我递上辞呈，像当初决定要去北京一样义无反顾。那天晚上，陈正南在床头神秘兮兮地凑到我耳边，说他准备了一个惊喜给我，因为我勇敢地为我们这段恋爱关系做出了牺牲。

陈正南将我五花大绑在床上，用一截长长的红绳在我身上打了个中国结。在我已经明显露出了不解且不适的表情之后，他粗暴地用袜子塞住我的嘴，趴在我身上上下起伏，直到最终吁出一口气。

"吁……"大闸蟹冒着蒸腾的热气摆在眼前，陈正南对着手指使劲吹气，显然他打算帮我拿一只，结果被烫到了。在等待螃蟹冷却时，我俩像很熟悉的老朋友那样，略去了大部分寒暄。陈正南码好蟹八件，仔细钻研着螃蟹，神情一瞬间像回到五年前：我俩住在一个小平房中，他用搪瓷盆盛着一盆小螃蟹，用一把牙刷仔仔细细地刷着蟹壳。我现在就和当年一样，一句话也不说，单纯欣赏他的认真。

他的认真无人能及。因为我和他都爱吃螃蟹，他曾研究出一种食蟹方式来解我的馋，比如他教会我要先分别取出蟹脚和蟹身里的肉，将蟹黄和蟹膏搁置在一旁。然后把蟹肉堆在蟹壳里，洒上流质的鸡蛋黄和蜂蜜，再码上蟹黄蟹膏，送入蒸锅蒸八分钟再食用，那味道的确让我对他刮目相看。亲热的时候他很喜欢钻研各种绳子，以至于每次游戏，我们都能比一般情侣多花上两个小时。

我曾经在事后愤怒着尝试和他沟通，为什么要这样，你心理是不是不太正常。陈正南每次都道歉，连连说绝不再犯，然而不出三日，待我心情好时他又会拿出红绳跃跃欲试。也许是出于懦弱和爱，到最后我都会服从陈正南，想着事后再尝试沟通，然而最后却像陷入了恶性循环。

原本我以为陈正南只是那段时间工作繁忙，恰好又在写书，所以压力过大，想通过此法缓解一下。我一直满心期待，以为等到他的书稿完成他的怪癖会不治而愈。不料书稿写作完毕后，有一天他试图让我和他一起观看岩井俊二执导的电影《爱的捆绑》，并且亲口和我说，他并没有电影中的强迫性紧缚症候群，只是觉得捆绑好似一门艺术，捆绑一个人就像是雕琢一件艺术品，成就了她，也成就了他自己。

陈正南拈起蟹八件中的垂具，将螃蟹全身像做保健一般敲打了一遍，然后他举起手在我眼前晃了晃，像要打破尴尬似的突然张口说：

"关于螃蟹我所知道的东西少之又少，螃蟹各有宿命，阳澄湖的螃蟹被人捞起吃食，在德国大闸蟹泛滥成灾，而澳洲的红蟹每到这个季节就会由丛林迁徙到海边，为交配而决斗。"陈正南用圆头剪仔仔细细地剪起蟹脚。

"还有呢？"我问也。

陈正南没有说话，他剪得飞快，甚至越来越粗鲁，螃蟹瞬间成为一堆碎片。而后他叫来服务员，抓起面前这把碎蟹，将它们狠狠塞进了服务员的嘴里。

"还有就是要用蟹八件吃蟹，吃完以后的螃蟹就像没吃过一样，就像一件艺术品。"陈正南说。

说这话时陈正南像没事发生一样，依旧在往服务员嘴里塞螃蟹。那个服务生一时间没反应过来，过了一阵才吐出嘴里的东西，但陈正南没有放弃发泄他的愤怒，和服务生很快扭打起来。

"今天的螃蟹为什么不用绳子捆住？你不知道蟹黄蟹膏会流失很多吗，你知道肉质会不紧实吗，你知道我有多么遗憾吗？蠢货！"

我淡定地坐看一切，一个椅子砸在了门上，从门口涌进更多服务生。突然间我也觉得遗憾，为我和陈正南的分手。故事的后来，他不仅提出更多的性需求，比如捆绑搭配多种性爱玩具，同时被我发现他在电脑里收藏了很多关于捆绑的 AV，我为此崩溃了。他还拍摄了一套以捆绑为主题的私家写真，我把它挂在家里的墙上，并为之恶心不已。一周后，我选择离开北京，和陈正南分手。

　　陈正南的一番疯言疯语，似一记记大锤击在我心、我脑仁、我后背、我脊髓上，我方才如梦初醒，原来我曾是一只螃蟹，被红绳牢牢缚住，白肉紧实且可口性感，而情趣用品则好似那些蟹八件，我被用来垫，用来敲、劈、夹、剪，我不甘被人雕琢，全因不解爱和艺术品，就好像吃螃蟹也是一门艺术，我爱螃蟹，但没体会到食之风情。

　　所以此刻我选择起身，转头就走，一脸兴奋，通红如蟹，任陈正南在身后，龇牙咧嘴，被服务生用红绳捆走。

# 辣味冰淇淋

　　殷小明认识小宝后的第四个月的月初，邀请她去自己家里，看他从旧货市场上淘来的《大话西游》二部曲。两人关了灯，一人一瓶啤酒，将脚齐齐放在客厅的茶几上，依偎着观影。当放到至尊宝对白晶晶一见钟情时，已是深夜，小宝转头说口渴，小明就拿来冰淇淋喂她。小宝直勾勾地盯着他，放下脚，对准他的嘴吻上去。两人呼哧呼哧，就着电影投射的微光，将对方扒了个干净，殷小明问说你还口渴吗，小宝眼睛如水，幽幽说：用冰淇淋。

　　四个月前，殷小明在线报名参加了一个奇葩餐会，活动要求每个人各带奇葩食物，于活动组织者租赁的包房里聚餐。等到那天，殷小明带的是事先于网上购买的鲱鱼罐头，奇臭无比，但大家嘻嘻哈哈，依旧吃得很开心。只有小宝什么都不吃，抱着一大桶冰淇淋，折起穿着黑红格子短裙的腿，窝在角落里。见殷小明瞥向她，她故意将腿缩得更高，冰淇淋滴到腿上，她的食指轻轻挑起送去唇边，用舌头擦抹干净。殷小明问：你在吃什么？小宝灵魅般一笑，说：自己做的，啤酒冰淇淋。

　　小宝酷爱冰淇淋，殷小明和她约会以后才发现。不管是饭后、观影、艺术展、做泥陶、云欢乐谷、去闹市区体验新开的奔驰体验店，应品牌邀约拍摄情侣视频，小宝的手像是抓娃娃机的手，总在抓冰淇淋。即使这样，小宝仍旧长手长腿，也不见胖，眼亮亮，嘴巴红红，每天给不同的服装拍模特图片，幻想自己有朝一日，能像吉泽明步一样性感。每次小宝吃冰淇淋，殷小明就认真盯住她，仿佛想起了什么事情。

殷小明丝毫不在意小宝口里的味道，每次吻到她的唇，甜腻、冰凉，其实比吻一般女人更刺激。但四个月过去，殷小明对小宝，却仅仅停留在接吻的阶段，每次小宝吻到动情处，他却没有任何下一步举动。小宝问殷小明为何不和她上床，他说：我硬不起。

原来殷小明有个前女友小美，小美曾为他放弃了留美的工作机会，回国和殷小明同居七年。那段日子，小美没有工作，赋闲在家里，每天打打游戏，种种花草，摆弄些锅碗瓢盆，钻研各种各样的美食，调理好了，就煮给他吃。厨房里塞满了形形色色的厨具，冰箱里也是每天变换着不同的食材，甚至还做过从美国学来的辣椒冰淇淋。后来殷小明因为工作压力，总是无缘无故和她吵架，小美也是默不吭声，从冰柜拿出冰淇淋兀自吃着，用不了多久气就消了。之后殷小明故意晚回家，却看到桌上琳琅满目的菜和在桌旁睡了过去的小美。打开冰柜，大盒小盒各种品牌的冰淇淋和辣椒酱塞得满满当当，圆筒滚下来，砸到他的脚上，很快化了一地。

那一晚，小宝再次说起这个话题，遭到殷小明的抗拒。他抬起小宝的下巴，又拉起她的胳膊，试图将她搂在怀里，小宝却倔强地不肯就范，大力拨开他的双手，一只手里拿着冰淇淋，另一只手划拉着他的内裤，坚持她的决定。僵持中，《大话西游》还在继续放着，客厅暗淡无光，周围一片静谧。屏幕中，朱茵钻进至尊宝的心里，流下一滴眼泪。小宝偏头看了一眼，笑嘻嘻说：她流泪了，你再坚持，冰淇淋也化了，它也要流泪了。

殷小明突然抢过冰淇淋，怒吼道：你知道吗？我有过一个前女友，也和你一样，很爱吃冰淇淋，每次我和她吵完架，她都会吃一支。她自制出辣椒味的冰淇淋，还用那种冰淇淋给我口爱。后来我才明白，每次吵架后，她不想在我面前哭，就用那样的方式，让自己被辣哭。可是有一次吵完架，她崩溃了，拿了一支冰淇淋就冲出家，冲到街口，两辆大卡车一前一后开过来，她被夹成了肉饼，只有辣椒味的冰淇淋滚到我脚边，化成了红泥。

小宝放开了他，收起嬉笑，赤身裸体地爬起来，像一尾鱼向更黑暗处游去。

殷小明全身泄了气，他无力地闭上眼，朱茵流泪的样子，在他脑海中挥之不散。突然一只手被抬起，触到湿漉漉一片。他猛然睁眼，却见小宝把芥末酱加到冰淇淋里，大口大口地吞食，眼泪登时倾盆如雨。他轻叹一口气，却惊异地发现，自己的下体骤然肿胀起来，像一把刚刚修好的伞，在雨中缓缓撑开，无比丰盈。

吃了再爱，还是爱了再吃？

# 爸，别再偷看成人电影

我逮到过我爸看成人片，事情还得从我看成人片被我爸发现说起。

8岁的时候，我就玩角色扮演了。

是和7岁的弟弟阿楠一起。在他爸妈的卧室里。

我俩将这个房子视为日军基地，我俩猫着，一同四下侦察敌情。

我是解放军司令官，他是小兵。

所谓的侦察敌情，就是假模假样地到处乱翻，情境靠感觉，台词靠起意。

所以，我从阳台滚到客厅，又从客厅匍匐到卧室。

讲真，如果不是搓麻的老爸中途吼了我一声，我的目光绝对坚挺如炬。

"前方有情况，请各方注意！"

我使劲揪了一把阿楠的小腿，原本趴在我前方的他吓得猛然回头，鼻涕打出一朵花，这个呆子。

卧室的衣柜，怎么说呢，敞着的，封闭的空间中散发出一种美妙的味道。

是情不自禁。

就是在那里，我摸到一片没有包装的光碟。

我对阿楠说，去放，这是组织被窃取的情报，我们必须立马查看。

阿楠是个尿包，他那赵石一样的大方脸哭丧成一朵苦菊，连连摆手，颤着喉头说日本鬼子会砍头，不，不不不敢。

我鄙夷地呸了他一声，将光盘狠狠插入 DVD 机。

电视里面有一男一女，男人光着腔，女人戴着帽子，穿着墨绿色的套裙。

男人先是追逐，而后用绳缚住女人，女人的脸很绝望，她叫，那是她痛苦的呐喊。

到了这里，我顿觉精神涣散，画面虽然看不懂，但我依旧心事满腹。

下属竟敢如此不力，他怎可知我的心中，满满都是收复祖国大好山河的雄心壮志。

就在此时，有一个卖力晃动的特写。

女人的帽子上，有一枚警醒的标志，一把斧子，交叉着一把匕首。

我心里，一个大写的懵。

登时我就目光熊熊如火，我深深地感觉到背上有一股热流，它的名字叫作红。

"……这是什么？"阿楠稚嫩又孱弱的声音。

"这是组织上派出去的女同志阿花，她被敌军抓了，现在正在经历非人的折磨。"

屏幕里，女人啊啊哦哝地叫得更大声，这个残暴的男人，居然抓住阿花的头发，又狠狠给了她一个耳光。

如此响亮。

吃了再爱，还是爱了再吃？

　　我更加来火，这一记巴掌，就是打在我的脸上，对，事实就是这样，我不管。

　　"你刚才的表现让组织很失望，就是因为有你这样的同志，阿花才会落入敌手，我要代表组织灭了你。"

　　我二话不说，掐起阿楠的脖子，这场敌我间的殊死战斗，胜利只能属于我！

　　消失吧，你这个脸方得跟赵石一样的叛徒，小粪蛋！

　　于是那年夏天，我 8 岁，我和弟弟阿楠玩角色扮演。发现那个黄片以后，我和他终究打了起来。

　　前面说了，阿楠是个呆子，他居然一脚踩在了哑铃上。

　　我俩一起磕向地板，他的膝盖，压着我的肩膀。

　　我俩一齐痛得大叫，下一秒却打得更凶。

　　正是这惨叫声，让搓麻的家长纷纷赶来，怎么说呢？画面太美。

　　电视里面啊啊哦哦，那是鼓舞士气人心的号角。

　　我和阿楠哼哼唧唧，主要是这兔崽子力气不小。

　　至于屏幕里的阿花，她是好样的，被抽耳光，揪头发，上刑具，除了痛苦的呻吟，依旧没供出我们的一丝情报。

　　父母们迷乱了，手忙脚乱地分开我俩，我们各自被带入不同的房间审讯。

　　讲真，我永远都忘不了我爸那一脸慌张的模样。

　　我看到我爸方了，幼小的我很聪颖，意识到事情不对劲，所以我不能方。

　　客卧，我爸像苍蝇一样搓着手。

他搓啊搓啊搓啊，像搓了十碗拉面那么久，然后倒吸一口凉气。

爸："谁放的？"

我："是他。"

爸："那电视里是啥？"

我："革命。"

爸："革命是啥？"

我："哪里有压迫，哪里就有反抗。"

爸："你们在干啥？"

我："打架。"

爸舒了一口气，又很快提上一口气。

爸："为什么打架？"

手背到身后，我狠狠掐了一把自己的腰，把自己掐哭了。

我的泪水泄洪一般地淌，嘹亮的声音徘徊在整个房子里。

"哇呜呜呜呜呜呜我想看《哆啦A梦》的碟，他不让啊。"

"爸爸，你会打我吧？"

"爸爸，我的肩膀都磕破了，你看。"

"我要爸爸吹吹。"

我爸的脸歪斜了，颤了颤，一个大写的心疼。

这个巍峨的汉子立马出去交涉，阿楠的爸妈很是尴尬。

我马上调高声音，以一种歇斯底里的方式，哭得更凶残。

阿楠的爸妈只好重新进房锁门。

蝉在窗外叫嚣，爸爸帮我穿好了鞋，又牵着我的小手，打完招呼离开之时，我觉得那个夏日本该很美好。

吃了再爱，还是爱了再吃？

如果背景声音不是阿楠被痛打时杀猪一般的哭叫。

打那以后，我和阿楠的友谊就走到尽头。

而我爸和阿楠爸妈的友谊，却有了质的飞跃。

从上一次的事件中，我隐约察觉到光盘里的东西，绝不简单。

因此我有一个梦想。

我梦想有一天，要再次挑战。

我爸经常邀请阿楠的爸妈过来，他们钓鱼，搓麻，去公园踏春，喝酒，说大话。

他们的关系，完全没有因为上次的事件走向尴尬，反而变得更加亲密无间。

我注意到这些，完全是因为一个经常性的、细微的举动。

塑料袋包裹着的一坨，小心翼翼地从阿楠他爸的包里被拿出，又被我爸视若珍宝地怀揣于胸。

或者塑料袋包裹着的一坨，被我爸小心翼翼地从怀里掏出来，又被阿楠他爸视若珍宝地塞进包中。

这种东西，只有两种可能。

要么是见不得人，要么就是被开过光。

很明显这坨东西属于前者。

绝对是光盘。

当然是光盘。

一定是光盘。

当我从家里的衣柜上层，翻出我爸藏好的光盘时。

幼小的我打开好奇模式，趁着他们不在家播放观看。

果不其然，同样的画面，不同的场景，男女痴缠。

在吟吟哦哦的浪叫声中，我肃然起敬，朝圣，并且敬畏。

害我后来长大后依然觉得，性爱，就是被人开光。

你听说过开光会上瘾吗？

我跟你讲，那盘碟就是我的圣品，后来只要我萎靡不振，我就知道，需要看一看圣品了。

圣品赐予我灵力。

开光的时刻很特殊，爸妈买菜、散步、逛街、打牌都是在晨昏之时。

天地灵气在此时汇集，特别适宜。

有一天傍晚，他们去市集买菜。

我慌里慌张地在客厅播放，看的是一个莲花盘坐，凝神又屏气。

突然一阵大门撬动的声音，不到三秒，门就开了。

"忘记给你妈拿东西了，你知不知道门房李大爷他小外孙的毛线帽子在哪里？"

我爸的声音从门外专来。

毛线帽子在卧室里。

那么我又在哪旦。

我爸看了看电视，又看了看我。

我没敢看我爸，我看着电视，佯装石化。

我爸又看了看我，就去看电视屏幕了。

爸你侧脸的样子，有点小像吴彦祖你知道吗？

不不不，我在想啥。

快，救我，来一场彗星雨撞击地球吧，使劲朝着我的脸砸也是极好的。

吃了再爱，还是爱了再吃？

有隐身口诀吗？

地震可以吧？

快，有没有人拿起遥控器，对着我摁快进？

随便来点什么动静，好吗。

"我刚才碰见张嫂了，给她拿点泡菜下去，帽子找到没啊？"

大家好，这位突然说话的，是我那正在楼道里步步逼近的妈。

要死，要挨打，要男女混双，要一挑二。

我妈炸了。

她刚进门的瞬间就秒懂，她气势汹汹地走向书房，那里有一把鸡毛掸子。

我领教过我妈的厉害，她曾把我从靠墙的沙发跟前，打到沙发漂移，茶几漂移，地毯上的毛絮和鸡毛掸子上的鸡毛，自由地飞起。

我静静地闭上眼睛，享受黑夜前最后的曙光。

"放开孩子，碟，是我放的。"

一个温柔至极的声音悄然而至。

是我那侧脸像吴彦祖的爸。

"什么？你为啥放这个？"我妈惊呼后发现我在场，立马压低声音。

"想晚上助助兴。"

"最近 DVD 不太灵光，试试机器。"

爸笑着收好残局，拉着一脸羞涩的妈走了。

徒留我在那儿发蒙。

时间一跃十几年。2012 年的冬季。

昔日的熊孩子我，时值待嫁的年纪。

往日的柔情铁汉，现已两鬓染上白霜。

DVD 机不再风靡，电脑非常普及。

我爸告诉我，他在老家最开心的事，除了用电脑欢乐斗地主，还有就是过年盼我回家。

我和阿楠在读大学甚至工作以后，少有来往，而我爸和他爸情分依然。

毕竟是有着同享光盘的交情。

光盘是圆的，所以他俩不会散。

大年初五那天，阿楠一家人来了。

哇，阿楠的个头已比我高很多，羞涩中带点英气。

我爸说，来，你和阿楠聊聊。

阿楠偷看我一眼，不好意思地躲开。我也略微尴尬地故意不瞅他。

时光弄人啊，昔日打过架的儿时我们，这都是在害羞个啥？

幸好电脑可以解围，我打开我爸的电脑，打开浏览器，佯装看看新闻，所以没有听到。

我爸也是热心。

非要拉着阿楠过来，一起学习他 QQ 空间的最新装扮作品。

荧光闪闪的欢迎横幅在左上方飘，飘完还有五颜六色噼里啪啦乱炸的礼炮。

一行加黑宋体留言板签名：朋友，留下您多情的脚印，友谊的风帆正在扬起。

爸，你真棒！

爸，你真了不起！

吃了再爱，还是爱了再吃？

　　我爸得意地望向阿楠，阿楠也点点头，示意牛逼。

　　……

　　咦，电脑屏幕右下角有个移动盘，它反复显示无法读取，又反复显示连接成功。

　　数据线松了而已嘛，搞掂后我手太滑，鬼使神差地点了进去。

　　！！！！

　　！！！！！

　　！！！！！！

　　无一例外全是各种成人电影，每一个文件都有着诱惑至极的文件名。

　　然后就是如下场景。

　　我爸在左边，阿楠在右边，我在中间。

　　我能觉察到我们的后脑勺，是一头的黑线。

　　余光瞥到我爸的脸，淡定不足，慌乱有余。

　　阿楠没有说话，只是眼珠快掉出来，噢，这个情商巨低的蠢少年。

　　我爸也没有说话，他的额头微微沁汗，哦，这个老不正经的老少年。

　　我们三人间的沉默如谜，已持续半分多钟。

　　"你要吗？刚下好的，拷你一份。"

　　"家里网速还真是快啊。"

　　我对阿楠缓缓地说。

　　我爸很微妙地看了我一眼。

　　没有偏头，我也知道，那是他投射的赞许眼光。

　　爸，当初欠你的，我现在，终于还给你了。

# 伤心凉粉

你都记住了吗？招式和复仇。你的心痛吗？这是伤心的感觉。

## 1

双刀落，哐叽哐叽，先后砸在客栈厨房的地板上。姆妈一脸沟壑，眼球混浊，手指厨灶，怒目朱子嫣：你的手不仅要持双刀，还要手握厨刀，你要复仇。

姆妈说，你的亲娘，被当今的狗皇帝朱庸所害，你娘被朱庸糟蹋，朱庸糟蹋天下，我和你说，朱庸是你老子，你的亲爹，就算如此，你也要亲手宰了他。

朱子嫣愣在原地，泪水滴溜溜地转。只见一整块豌豆凉粉跃起，姆妈挥动两把厨刀，凉粉呈无数条状，下起来雨。姆妈说，这是你娘亲最爱做的豌豆凉粉，你要狠狠地学，去除了你那狗爹。

朱子嫣呜呜地哭，她说我娘是怎么死的，我再也不偷耍双刀，我在客栈，我好好跟你学。

姆妈说，你娘是全村最会做凉粉的人，穷人吃了你娘的粉，看到来世；富人吃了你娘的粉，想起前世；朱庸将你娘掳去，他想看到今

吃了再爱，还是爱了再吃？

生。你娘又美，像风中的蜡梅，朱庸看到你娘，眼珠子掉在泥土里，他折下蜡梅，跟嫁接一样，把她活生生插在他油腻腻的肚皮上，就有了你……

"插在肚皮上？我不懂。"朱子嫣说。

姆妈说，你还小，不要管这些，你别打岔，总之有了你后，朱庸贴下告示，四处搜罗珍馐佳肴，搜刮民脂民膏，还逼迫你娘做能看到今生的粉。你娘做不出，恰逢三年大旱，黄土开裂，空气中都是血的味道，朱庸便叫人绑了你娘，把她投入河中。

于是我带襁褓中的你逃到这里，我每晚都梦见你娘，你娘在江底哭，眼睛肿成核桃，她说不要告诉你，也不让你习武，不要复仇，安安生生做豌豆粉，嫁个懦弱的夫婿。

狗皇帝烧杀掳掠，兵到之处花都凋谢一地，人们看到太阳从西边升起，像血球，秃鹫飞过头顶，嘎嘎叫，唱的是：献佳肴啊，天下齐，藏珍馐啊，人头离。

"我好好做粉，做出名，端给那狗皇帝，替我娘报仇。"

厨刀起，小米辣椒和胡椒面凝在空中，姆妈朝空气挥舞双刀，那是豌豆凉粉的调料，辣得朱子嫣退步连连。姆妈推倒了她，旋即厨刀往自己脖颈一抹，那些调料像燃烧的雪粒，落在姆妈和朱子嫣的脸上，通红的小米辣椒圈滚进口里，不一会儿落了满口。

"你都记住了吗？招式和复仇。你的心痛吗？这是伤心的感觉。"

姆妈说完这句就说不出话了，很快死去了。姆妈的血殷殷地流着，像火焰。

朱子嫣点点头，一滴泪从眼角滑下，她的嘴里塞满了小米辣椒圈，她全部咽下，胸口阵阵隐痛。厨房外有嘈杂的人声、脚步声、叫卖声，市音阵阵，如水底的波纹。

## 2

朱子嫣不用厨刀，她用太极双刀做豌豆凉粉。

撩起一麻袋的豌豆，左右搅弄，手起刀落，豌豆成粉，堆积成小山。又引得沸水，双刀匀搅成糊状。伤心寒意注入双刀，从刀尖旋起冷气，豌豆糊瞬间冷去。凉粉、小米辣椒、醋、辣椒面、蒜瓣再腾起，朱子嫣眉目清朗，手搓太极双刀一阵急速推抹，似金蜂群舞，最后竟得 20 碗。

朱子嫣踏上木桌宣告，我娘的凉粉让人看到前后世，我的凉粉让人食之掉泪，但不至于伤心断肠，你们哪路英雄豪杰胆粗如牛身，敢来尝尝？

村里的富人痛哭流涕，他们吃了凉粉，想起了昏帝朱庸，心中有寒钟在悲鸣。朱庸称国力国库虚空，强征富人的粮食、马匹和钱财，又称龙体欠安虚弱，用兵强征各地的美味及富人的私厨。

村里的穷人泗涕横流，他们吃了凉粉，想起昏帝朱庸，心中似万马在嘶鸣。朱庸抢走了他们的妻女，开学堂学奇淫之术，若她们羞愤，上吊、咬舌，则两个一捆拧成麻花，一举投入化粪池，又强征她们的幼子，逼他们学缘竿、走索、吞刀的把戏。

白胡子方丈说，我也吃了，你猜我看到什么？

袈裟一抖，金光四身。方丈褪去那袈裟，席地盘腿莲花坐。方丈说，我看到扑通一声，有个叫李四的穷人嚷着儿子栽倒在地。先前其子被强行征兵，紧接着他三月吃露水，四月吃树皮，五月吃泪水，六月吃你送村民免费品尝的豌豆凉粉，连吃三碗后绝尘归去，死在我庙里。

"然后呢？"

白胡子方丈合上了眼，他扯下脖颈上的念珠，抛向客栈的房顶。方丈说他还看到诸多朱门酒肉臭，路有冻死骨，衣衫褴褛的穷人层层叠在一起，像一片黑森林，更看到他们身边都有大碗大碗的伤心凉粉，走在那边，像走在地上都是白雪的黑森林。

朱子嫣腾空飞脚，舞动自己雪亮的太极双刀，有些快，有点闪耀。但那些念珠更快，被白胡方丈轻轻一抛，直直落下，就要正中方丈的秃脑盖了。

"不要！"

方丈说，太晚了，我不明白你为何如此绝情。这么凶残的东西为何要给村里的穷人，应该拿予那狗皇帝。你的心痛吗？会为穷人悲鸣？你懂什么是情吗？会为它哭泣？我愿一死替代众生几命。但如果你有他用，我还是情愿一死，换你几滴热泪。我想知道你的心会疼，你知道吗？这是伤心的感觉。

朱子嫣点点头，一滴泪从眼角滑下。胸腔鼓动，有一团火在熊熊燃烧。108颗念珠突然暴起，急急击中方丈脑盖并迅速陷入，方丈圆寂。

3

第一次在客栈遇上连城，连城说朱子嫣像冰水。

朱子嫣不懂，她从来没干过一件事，用冰块冷却还是糊状的凉粉，她只用双刀。此时她的刀光寒意冲天，只要她用太极双刀轻轻一挑，吐蕃山顶的冰魄寒石也能化成冰水。但是，方丈一事过后，她拒绝再做令人伤心欲绝的豌豆凉粉。

要为天下伤心，方丈教她的，朱子嫣当时才明白。

连城说，你的心里肯定有着极大的秘密。你像永冻河，表层是冻住的，底下却很湍急。你别总皱着眉，虽然你皱起眉像秋桂，你冻住的眉头就是冰层，你的心底奔放如春天。

朱子嫣倒下麻袋里的豌豆，手力不匀，豌豆四处散开。连城说我使剑，你不用动，我用剑帮你捡。朱子嫣笑了，她的双刀泛起白光，她说我们来比画，如果你比我快，比我多，你就住在这里，赊账 30 天。

连城哈哈大笑，他说我不比，我预付一个月，我住这里，其实只有一个目的。人都说你肤若凝脂，面似桃腮，身如柳枝，我来只为你一个笑，一份情。

朱子嫣说，我不懂，方丈说我不懂情。我问你，情为何物？

连城说，我来告诉你，情就是发笑。我给你讲笑话，帮你做豌豆粉，我用我的剑砍下月亮给你，猪粪塞给狗皇帝吃，你会笑，你笑起来很好看。

我就是那个想让你一辈子都在发笑的人。

"哈哈。"朱子嫣听到他说如此对待狗皇帝，笑了。

连城说，我们云内里，你躺下来。我想整天都看你笑，就像在我梦里那样。你想知道情还是何物吗？我来告诉你。我还是使剑，非我身后那把，你不用动，我用我身上之剑带你乘风破浪，让你飞仙。

连城抄起他的宝剑，轻轻一撩，便挑起朱子嫣的紫纱裙，剑光一闪，火红的肚兜被劈成两截，一截玉藕胴体浮出水面，一柄崭新的宝剑银月如钩。

连城说，你别怕，所谓才子佳人，就是我们这样。朱子嫣，你是我见过最美的女人。

"我喜欢你。"

讲完这句，朱子嫣削了连城的人头，并剜出自己的处女痣，流下泪来。

连城的下半身还在机械性地绞肉似的钻进那节玉藕，他的人头在地上滚了又滚，滚过散落的肚兜，最终停在掀了帘子的窗前。连城人头的嘴巴抽了抽，然后动了：其实我是来骗你身体的，既然你杀了我，我也不妨直说。

朱子嫣给自己盛了碗豌豆凉粉，她的泪吧嗒吧嗒地掉下去，滴在辣椒圈上，这是她第一次吃自己做的豌豆凉粉。

下体流着血，朱子嫣悲痛欲绝，她冷冷地说，我知道。

## 4

朱子嫣揭了皇榜。

是日，食了糯米、猪后腿肉、蛋黄搓揉制成的大力丸，并没有让朱庸如愿以偿。他只好佯装生气，杀了几个嚷着要自尽的民女。弄臣俯伏过去：大王，有美女，其豌豆凉粉能使人乱心。

朱子嫣皓齿红唇，她说，皇上，豌豆凉粉来了。

朱子嫣抖动双刀，山河失色。侍卫紧张上前，一举架下了她。朱庸吹了吹胡子，抚摸了在他膝下扭了好些回的妃子，摆摆手说，干啥，我是至尊，我少一根毫毛，就得杀你全家，但是朕想吃你，不如你别做了，跟我去寝宫吧。

提膝亮刀，朱子嫣拍起那整块半透明的豌豆凉粉，刀光挥舞片刻，却见边角余料瘫在地毯，整块豌豆凉粉被雕琢成心状。朱子嫣嘤嘤地哭，她说凉粉代表我的心，圣上吃口吧。

"第一口垂泪，第二口捶胸顿足，第三口见月伤心。"朱子嫣说。

朱庸哈哈大笑：我有何事好伤心，朕从没伤过心。我唯一伤心的是，只有待会才能睡你。朱庸一把揽过她的蜂腰，掀起她的裙摆，如一条泥鳅，急急钻进湿润的泥塘。

朱庸说，我16年前吃过几次凉粉。穷人吃了那粉，看到来世；富人吃了那粉，想起前尘；难道吃了你的粉，我能看到今生？荣华享乐的事我开心够了，今生我还会有怎样的结果？

"你吃了便知。"

朱子嫣掉着泪说，圣上，我知道那种凉粉，但它还差一种肉质配料，取之雪山之巅的藏地神牛，肉色如血，用极寒的太极双刀削成薄片，配上豌豆凉粉，同时入口，方能看到今生。

"你来喂我。"

朱子嫣双刀急舞，左手刺入心房并且旋转，剜出自己和朱庸的心，把它丢到鲜艳的地毯上。朱子嫣挥动右刀，将那些心状的凉粉就着辣子、眼泪和血肉，舞成碎条，送入朱庸的口里。

没心的朱庸还在挣扎，他吃到第四口，说觉得自己很难过，原来他今生最后的结果，是他伤心自己要死了。伤心至极，却也好吃至极，你告诉我，豌豆凉粉有什么秘诀，它的名字是什么？

吃了再爱，还是爱了再吃？

　　"伤心凉粉，凉粉还是凉粉，神牛肉是我的心。"

　　朱子嫣和朱庸齐齐倒地死去。两颗寒心的血很快止住，凝出冰霜。大臣和妃子乱了，他们上前低头，赶紧去看哪颗是皇帝的心。

　　血色黄昏中飞来了沉默的秃鹫。其中一颗寒心偶有悲吟，吟天下，吟情人，吟朱子嫣的母亲。它唱得丝丝入扣，声如子规，但很好听。

# 朋克吧，武汉

谎言。

刚来武汉的时候，我刚上大学。不久便是社团迎新，我好奇且害羞地前去围观。

哇，有好多我特别感兴趣的社团。刚看到吉他社，旁边的学长把我拉住了。

"这位妹纸（妹子），你造不造（知道不知道），你并不适合学吉他。"

我恐慌地打量了他一番，问学长为何。

"来，你看，你是个饼脸，"学长顿了顿，说，"一个乐队，就像一支篮球队，也分前锋、中锋、后卫。吉他，就是小前锋，敏捷，帅气，适合聚焦在镁光灯下，吸引所有爱慕者的眼光。"

学长又言："而架子鼓，就是后卫，也是不可或缺的一分子，但这个后卫，通常的位置顺序排在乐队的最后面，稳重又压场，生得一副好皮相，反而容易让观众分心。"

学长拉起我的手臂，语重心长道："唔，你骨骼精奇，还有肱二头肌。

"来，那边有个架子鼓社团，我带你过去。"

于是，我就糊里糊涂地进了架子鼓社团，与一帮学长厮混在一起。

吃了再爱，还是爱了再吃？

药。

这帮学长大部分都是武汉人，流淌着一日不吃热干面、苕面窝就会死的血液。

自打和他们认识，在每天动次打次的乱鼓声中，他们将武汉文化和朋克精神结合得天衣无缝。

比如我问学长，我们为什么要玩鼓呢。

学长说，为了能睡姑娘。

我问，画画能不能和姑娘睡觉呢？学长说，太慢。

我问，那为什么不学吉他呢？学长狠狠挥下鼓槌说，你觉得我有一丁点像雷蒙斯吗？

我嗫嚅着说，拜伦好像讲过，要讨女人欢心，写文章也可以……

学长放下鼓槌，捧起我的大饼脸庞，凝重且认真地说："其实，只有音乐，才是我们的解药。"

暴力。

当我手脚协调，能熟练打出《光辉岁月》的鼓谱时，学长说，我们不能仅仅自主研习，还要学习别人。

我就被带着，走进武汉的现场 Live House ——VOX 。第一次进去，我就被里面的光景唬住了。武汉本土朋克乐队 SMZB 在台上嘶吼着《大武汉》，一溜鸡冠头和皮夹克在前排高举朋克手势，许多人整齐划一地高喊着：吴维！吴维！

"学长，朋克精神和老子居然是无师自通的啊。"我转过脸，问一脸沉溺和崇拜的学长。学长没有理我，他专注着舞台前排轰烈且惨痛的 Pogo，脱下他的外套甩给我，然后缓缓向人潮中挤去……

学长爬上了舞台。这幅场景，像极了武汉作家池莉描摹的热干面：

一口大锅里装了大半锅沸沸的黄水，水面浮动一层更黄的泡沫，一柄长把竹篾塞了一窝油面，伸进沸水里摆了摆，提起来稍稍沥了水，然后扣进一只碗里，淋上酱油、麻油、芝麻酱、味精、胡椒粉，撒一撮葱花。

一片人海手里拿了大半瓶热腾的啤酒，啤酒浮动着黄黄的泡沫，学长像一大团油面，跳进人海里晃了晃，弹起来稍稍沥了些啤酒，然后不知被谁的手们，丢进一个空隙里，被扣上数支酒瓶，淋上啤酒、拳头、踹脚、弹夹、铆钉首饰……

性。

后来，我和学长就经常来 VOX 看演出了，顺带喝酒。因为学长说，没有酒精，算什么朋克？

学长最爱点名为"破处"的酒。5 元一杯，一点二锅头打底，兑上大半杯雪碧，再加点红色糖精。我通常喝一杯就晕，然后看学长左顾右盼。

有一次我俩看完本土胅克乐队 AV 大久保的演出，照旧点了"破处"。

我晕乎乎地问学长："学长，到底，为什么会选择朋克呢？"

学长面前已摆放了 5 个空杯，他长吁一口气，说："你知道，这个问题，如果你问我朋克和摇滚的区别在哪，我没法和你说得很透彻，就像我是武汉人，我答不出武汉人到底好在哪，不好在哪。我脾气火暴，性子直，嘴又贱，性格粗野，充满了荷尔蒙的原始冲动，我看似平庸，内心又时常混沌，好像讲起未来就是荒唐。实际上我不确定未来在哪，目前也不需要知道，我只想和你分享一件事，那就是当你 20 岁的时候，不狂野一把，就是没有志气。我有反叛心理，对眼下的生活也不是太满意，

吃了再爱，还是爱了再吃？

可是，那又能怎么样呢，亨利·米勒不也说过，实在想不清楚，就找个姑娘睡。"

这一长串絮絮叨叨，加上提到亨利·米勒，喝了"破处"后，学长简直就是玉树临风。

我迷离起双眼，意味深长地看了他一眼。我想他应该懂。

学长的手机屏幕亮起，他看了一眼，将"破处"一饮而尽，说："我先走了，刚在前面勾搭了个大长腿，她催我了。"

……

后来，我就懂了，只要你拥有"谎言、药、暴力、性"等标签，就能成为一个朋克女，当一名朋克女，原来这么酷炫。

# 抹茶月饼能害人

月饼，一种汇聚了世界上所有祝福词汇的食物，但对我的朋友王乐天而言，月饼是个灾难。他发下重誓，如果再碰任何一款月饼，他就烂掉生殖器。但是我却觉得整件事好笑得不行。

其实以前王乐天对月饼无感，就像每个对过中秋节已然麻木的普通人一样面无表情，不是收好公司发放的月饼和券，就是接受别人送的月饼和券，而这些月饼的下场只有两种，要么放在家里囤积起来然后逐渐忘掉，或者送人，人再送人，人再再送人，击鼓传花一直循环下去。王乐天只对月饼有过一次抵触情绪，那次他在网上尝试兑换月饼，因过程过于烦琐导致他中途放弃，索性将券转送给了别人。结果一周后有人送他一张月饼券，在对比了月饼品牌和网上的兑换痕迹后，他发现居然就是他送出去的那一张。

月饼券干脆变为流通货币好了，大家就不用假惺惺地跟足球一样将其踢来踢去，需要什么就拿月饼券去买，这绝对是一个又可纪念节日又可抑制月饼成灾的可行性干预政策，王乐天拿着那张月饼券皱了下眉。

然而经历过下面这件事后，王乐天对月饼的好感荡然无存，月饼不仅没有像一座桥梁一样起到缔结或疏通双方关系的良好作用，而且很难

吃了再爱，还是爱了再吃？

想象的是，月饼居然伤害了他的身和心。

我认识王乐天是因为游戏，我和他在网络游戏里认识。后来玩久了，我才知道他是一名游戏策划师，他很活跃，经常会在线上和我讨论各种游戏的利弊，但我俩没有见过面，据他自己描述，他很内向，在现实生活里不是很懂风情，死宅，没有女朋友但渴望有。

他和女孩、月饼的故事，就在我俩认识后隆重开始。

王乐天遇见了一个身材娇娇小小、性格却大大方方的女孩子，有两颗小虎牙和两个小小的梨涡，很是可爱，始终穿着淡绿色的工作裙，白色的蕾丝吊带袜包裹住细细的长腿，是当地一家叫 Moonbucks 的小资咖啡店店员。王乐天经常光顾那家店，点上一杯焦糖拿铁，一待待上很久，他在那里待着只是为了在测试各种游戏时有个相对轻松的环境。

女孩名叫结侬。王乐天和她因为结账而产生交集。一次 Moonbucks 的 POS 机出了故障，王乐天结账时刷了两次，结侬担心给顾客多刷了一遍，所以留下了王乐天的电话，并告诉他如果多收了钱会联系他退还回去。王乐天表示其实他常来的，不需要这么麻烦，然而结侬却很固执。

结侬和王乐天因此认识，起初他俩并不太说话，她做好咖啡给他送过去，他埋着头打游戏，两人顶多相视一笑，每天均是如此。直到中秋节前一个月，结侬突然开口向他促销起她们店的手工抹茶月饼，但被王乐天无情拒绝。两周又三天后，结侬仍坚持推销，但仍被王乐天无情拒绝。

最初，结侬是真的在推销抹茶月饼，后来王乐天不停拒绝的耿直逗乐了她，她对乐天产生了微妙的情愫，到最后，就算她知道王乐天还是会拒绝，但坚持促销却成了和他多说说话的唯一途径。

　　而王乐天这边，虽然他对结依有一点好感，但他并不打算就此埋单，不仅是因为他害怕月饼送出去走了一圈最后还是回到他手里的事情再度发生，还因为他此时的工作压力。公司需要他为中秋节设计一款跟风的小游戏，不管是嫦娥抢月饼、八戒吃月饼、苏东坡做月饼，还是在公司原有的一款大卖的古风游戏上新增节日包——主角只有完成给支线人物送特制月饼的任务，才能过关。

　　王乐天是个有追求的游戏策划师，他心中暗暗觉得这些游戏傻得不行，跟风节日本来只是广告创意行业流行，没想到游戏行业也没能逃过此劫。基于月饼给他带来的焦躁感，王乐天拒绝了结依的推销，哪怕她梨涡浅浅又明眸闪闪。

　　在此期间，他们很自然地聊起了工作和月饼。王乐天告诉结依，他们俩的公司所做的决定都非常莫名其妙，月饼明明是元代起义军推翻前朝的暗号，做一个以元朝为背景的历史性游戏都要比嫦娥、八戒要好，王乐天还说，就像你打工的店，好好的咖啡不做，做什么手工抹茶月饼。结依作势要打他，调笑间暗中做了个决定。

　　"这是我亲手做的抹茶月饼，你一定要吃哦。"中秋节那天结依直接送了王乐天一盒。她心想："等你的好消息。"

　　于是王乐天有些诧异地拿回了办公室，一盒总共 6 枚月饼，都是抹茶味，和 Moonbucks 卖的如出一辙，Moonbucks 卖的多半也是出于她的手，王乐天记得她提过。他犹豫了片刻，还是将它转送给了隔壁桌的男同事，因为前三天已经有同事买过 Moonbucks 的月饼且给大家分食，王乐天对月饼的味道熟悉得不行，当然也没有太多兴趣去吃。这段时间，他被通知公司要搬家，所以要赶工做很多事情。

这个故事明明有个非常浪漫的开头，而从这之后就开始坍塌，王乐天和我说，他真的恨死了月饼。

谁又能想到结侬的感人行为呢？王乐天告诉她关于月饼起源的故事是，朱元璋的军师刘伯温献计将起义信息塞进月饼里，起义军收到后成功起义，造成了元朝的覆灭。结侬从中获得灵感，便将自己的表白写在纸条上塞进月饼馅里，又偏偏结侬是个脑子和手脚过快、心肠和尊严够硬的姑娘，她没有署名，只写了一句：若你喜欢我，就来找我，若你不喜欢，就算了，若再见到，你就死定了。

原来在中秋节月饼真是没人要，抹茶月饼如我们所料，并且戏剧性、车轮式地滚了一圈，由王乐天的同事送给了他的朋友，他的朋友送给了他的小姨子，小姨子收在家里后，送给了前来做按摩的师傅，师傅又遗忘在的士上……总之最后到了一个王乐天不认识的男生手里，送他月饼的恰好是个爱慕他的女生，而这位男生又恰好处于喜欢女生但不知道如何开口的阶段，虽然两位配角搞不清楚月饼里的纸条是怎么一回事，但这个月饼最终却成就了一桩恋爱美事。

王乐天的公司很快搬了家，离咖啡店很远，是本地的另外一个大区。搬家后的王乐天虽然偶尔会想起结侬，但作为一个游戏宅男，他确实不善情爱，性情羞涩保守，加之王乐天天性爱随波逐流，公司搬家一事很快就扑灭了他对结侬的热切渴望，以至于后来对她的思念只剩零星火点。

当然那时的王乐天压根不知道结侬将心意暗藏于抹茶月饼的行为，对于从认识结侬到公司搬家这一系列事情，王乐天的解释就是，好比他对月饼无感，但他相信月饼的流水哲学，一块月饼终究是要流向别处的，在这个物质丰富且过节疲劳的年代，爱情的归处就像是月饼的落脚处，如水般流动，既然公司搬家断掉了他和结侬之间的微弱联系，他就有理由相信，结侬或许并不属于他。

"如果还能再碰到她，我就不要错过了。"但王乐天有时也会这么一想。

然而结侬呢？她自信且骄傲地相信王乐天对她的感觉，所以她勇敢前进了一步，采用了这样一种撒娇且嗔怪的方式，这样一种俏皮的手法。她压根没有料到王乐天因为忙着赶工和搬家，自然而然地和她断了联系，她以为王乐天是忙了，所以躲了、跑了。

结侬觉得受到了莫名的羞辱，她十分气愤地向 Moonbucks 申请调离岗位，前往本地的新区，而那家店铺，恰好就在王乐天公司的新址楼下。

事情就这么古怪且搞笑地发生了。

一个月后，在那家新开张的，还带有一丝装修气味的咖啡店里，王乐天发现了结侬，结侬也刚好看到了王乐天，王乐天举起手来，准备了一个因意外惊喜而延迟了两秒的理工男笑容，却不料一个月饼礼盒疾疾飞来，正中他左眼。

柜员机那头，结侬红着眼，暴躁而气愤地从台上跳起，工作裙在屁股后面撑开，呈一个圆形。王乐天后来说她像孔雀开屏，我倒是觉得她更像个愤怒的抹茶月饼。

吃了再爱，还是爱了再吃？

# 租个女友回家过年

有一年快过年，我看到一则帖子，说的是租女友上门。

看了标题后，原本我以为帖子里会有如下内容：我奶奶重病了；我爸爸逼我了；最不济也是：讨厌，人家不直的。

如上肥皂的剧情在帖子里，一个都没有呈现。

它以一种用打油诗为开场白的方式，和我较劲的方式，叙述得相当质朴：

"我奶，她没有重病；

我爸，他没有逼我；

同性恋，我也不是；

骗子，最不可能。"

我一看就乐了，急忙扫视打油诗下半段，作者干净利落的四字口号，刷刷刷地掷地有声：

"日进千金，

五天现结，

当机立断，

永无后患。"

帖子的落款，是一个酒镇的名字，这个镇盛产全国正风行的一种白酒，年产值上亿。发帖的人大概是考虑到过年难免喝酒，女孩会因为酒镇而有所顾虑，所以以 32 号加黑斜体字说："君不灌人酒，姑娘请放心。"

后来我就和朋友说了这个事，我说，我不放心，但为那一天 1000 元的酬劳动心。

"还可以买个 iPhone。"我呱巴着嘴说。

朋友骂我疯了，她很气愤，"与其你为 iPhone 搭上一条命，不如你去割一个肾。"

朋友的建议我仔细想了想。不管选哪个，都很荒唐，而荒唐是无法比较的，就像你无法判定是小明将内裤外穿，情不自禁地走进五金店去买面包荒唐，还是小红为了在五金店买到面包，就答应老板内裤外穿荒唐。

既然都是荒唐的，那我就选择我乐意荒唐的事好了。

于是我联系了帖主说要应聘，那时离过年还有三天。

对方接到我的电话很高兴。他开心地表示，如果我表现好，除开原有的 5000 元以外，到时爸妈给的红包也不讨回了，算奖励。

我心里盘算着，这下好了，肾还在，iPad 也不愁了。于是我开心地说，你的三大姑八大姨让我也见见，上门服务，得全面呵护。

如此一来，亲戚给的红包加起来，足以把 iPad 荣升为新一代呢，哈哈哈。

两天后，我们直接在酒镇机场碰面。他搭乘早上飞至酒镇的飞机，在机场足足等候了仨小时。我姗姗来迟是航班的错，好在航空公司给出了相应赔偿。

吃了再爱，还是爱了再吃？

"报销机票的钱，不得扣除航班延误的赔偿金。"我们的开场白是这样的。

他很爽快地应允。我刻意营造财迷心窍的形象，也是想警示他，我们的关系是带有明确功利色彩的。

"那个，家里有多的床吧。"我紧接着问。

他很快明白我的意思，笑说请我放心。我刻意撇清关系营造距离感，也是想警示他，我们的关系是不允许带有黄色色彩的。

没想到接下来的日子，却是色彩斑斓的，我提前体会到了后来我真正上门后要过的生活。

这种预支人生的方式，简直就是妙不可言。

他爷爷拿给我的小镇特产、他妈妈煮的山药红枣羹、他爸爸夹给我吃的凉菜，我统统拍照发布微博，告诉我的朋友们。

而他们，真的以为我火速交了男朋友，对我们的感情进展速度表示惊异。

"天，下一步是不是就要结婚了？"他们问我。

不是的，下一步是年后回家去买 iPhone 和 iPad，我差一点冲出口。

那位知晓真实情况的挚友，打电话给我时紧张得胡言乱语。

"每天早晚 9：00 给我打电话汇报安全，不然我打 110 了。"她吼道。

即便如此，我还是无比享受当下的各种关心和祝福，况且，还是带薪享受。

然而好景不长，年三十的时候，就出了纰漏。

此时的酒镇沉浸在合家欢聚的喜悦里。占地 2000 亩地的造酒厂也早早关了门，工人们手拎着一提白酒相继回家。

快到饭点时，他们家藏酒的后院就烧起来了。

为了树立柔美乖巧讨人喜欢的形象，在回家之前，我俩串供了彼此的信息，以防穿帮。我也交代了我的偏好、喜爱、习惯，唯独没有说抽烟。

后院的酒窖门是从来不锁的，这两天我观察地形，那其实是躲着过烟瘾的好去处。

"完了，我没踩烟头，现在一屋子全是浓郁的煳味和酒香。"我发信息给挚友。

挚友没回，我怀揣着不安的心情目睹一家人跑进跑出救火的场面。

这下好了，苹果数码产品飞了，说不定还得倒贴，我咬着嘴唇冲进房里，将烟和打火机一股脑丢到下水道里。

酒窖保住了，损失也不大，只是一家人都没有再吃饭的心情。

此时，酒镇铺天盖地的礼炮声响起，震得我心慌。"砰！"我向着巨响声望去，一朵巨大的火树银花，在烧煳的酒窖后方上空盛开，遇到这种场景，我哭笑不得。

余下的日子，我都在帮他打理酒窖。

难为你了，这是他说得最多的话。

我不知道说什么好，他好像并不知道这场火灾是我造成的。一家人也没有任何怠慢我的意思，反而阻拦我帮忙清理现场。我反而更愧疚了。

唯有死命去抢着干那些最脏的活，用一颗赎罪的心。

大年初三，小镇苏醒了，酒窖也修复了一半。

"出去走走吧。"他说，去尝尝蒸糕，顺带买外公要吃的车轮饼。

我其实是不愿意出去的，在家我们没有单独相处的机会，去街上闲逛独处，谁知道他是不是醉翁之意不在酒，是要就酒窖的事情唯我是问呢？

去吧去吧，去买衣服去。阿姨塞过来一个大红包，示意他赶紧领我出门。

街上好玩的东西其实很多，我却没有任何心思去发现它们的美好。

我似乎更应是等待前的焦躁，等待他开口，等待他开口那瞬间我和盘托出，烂成一摊泥，再沮丧无比地上缴各路亲戚给予的红包。

那是令人崩溃的一天，他带我逛了造酒厂、步行街和苹果数码店。

他把玩着 iPhone，似乎是在告诉我，想都别想，没门。和挚友发来的短信态度如出一辙："别他妈想了，你没那种命。"

我们带着一部 iPhone 回了家，确切地说是他带着 iPhone 回了家。

这种杀人不见血的招数实在恶毒，酒窖的事只字不提，反而像没发生过一样，我又气又恼。

我只好认栽，愤愤地去厨房帮阿姨切土豆丝，就当义务劳动，做了回童养媳好了。我心里想着，然后故意将土豆切得又粗又厚。

阿姨夸我的土豆丝切得很美丽，说他们家就爱吃这种形态的土豆丝，这种说辞简直让我顿生恨意。

然而这些都不算什么，最恨的时候是郁郁寡欢地吃完晚饭，一家人张罗着去打麻将，我回到房里，发现钱不见了。

这是临别的前一天晚上，我翻出空空如也的钱包，呆坐在床头。

我所有的愧疚和我丢失的 6000 元钱在第二天早上一起不翼而飞。其中 4000 元是红包，2000 元是自带的。我已经羞愧得无法再给挚友发短信，她肯定会用一箩筐的俗语来笑话我。

"赔了夫人又折兵，捡了芝麻丢西瓜，吃了黄连当哑巴。"

除了她笑我，外婆也笑我，她笑眯眯地在大清早赶过来，说是要在我走前再多看几眼。外公拎了董糖过来，说下午走时带上飞机。叔叔戴上橡胶手套在院里站着杀鱼。

他也笑着问我说，要喝水吗？

偷偷取回所有的红包，还拿了 2000 元的酒窖赔偿金，真不敢相信他还能笑得如此开心。对，酒窖损失可能不止 2000，我真他妈应该感谢他的体贴。

况且眼下他端来了热水，还对我感激地一笑。

中午的饭局甚是隆重，阿姨说，是为补偿年三十那晚没有好好招待我。

"并且，这几天酒窖的事，辛苦你了。"阿姨红着眼拉着我的手说道。

叔叔端起酒杯，严肃地祝福我和他能好好走下去，希望有天我能再踏入这家门。

外公把要送我的特产、水果摞成一堆，起身又说要回屋给我带几瓶好酒。

心同胃齐热腾起来，一定是白酒下肚的缘故，我的眼前也有些模糊。

短短数日，无上限的爱与呵护、赞美与付出，来自眼前这一群人。光凭这一点，就让原本又愤怒又无奈的我有些动容。

我斜眼看了看他的反应，他停下扒拉饭菜的筷子，同样回馈了一个长长的笑。

再看到他的笑容的时候，我已经回到了工作的城市。

那时我已回来有大半个月了，并且这件事果真被挚友拿来用一箩筐的俗语笑话了整整一星期。

可想而知，整个二月是黑色的，我的心情也低落到谷底。

直到有一天，我收到一个快递。快递很薄很轻，仿佛只有一张纸的样子。

原来是他寄过来一张春节期间我和一家子照的全家福照片，照片上的人全都笑得很开心，照片上我俩挨得很近，近得我自己都不相信。

照片的背面只有两句话，像他发的帖子一样精简。

——"钱为弟所偷，如数返还，和酬劳一并电汇，还望海涵。"

——"少抽烟，抽好烟。"

于是有那么一瞬间，我有些动容。

我在想，要不来年，我以 500 元 / 天的价格，租他回家吧。

你们说，他会答应不啦？

# 乳糖不耐受之恋

　　怎么也没明白，那天猫是怎么跑的。单身公寓的楼道很狭窄，家里的门也是紧闭的，我查看了家中的各个角落，丝毫不见踪影，只有细碎的、灰白的猫毛。后来阿姨来打扫卫生，拉开了窗帘，我才发觉客厅的上悬窗开了，只不过口子开得很小。我一时间背后发凉，因为这是12层，探出头，只能看到冬天的、毫无人情味的、冰冷的水泥地。

　　我和这只猫已经共处11年了。其实我并不喜欢猫，并且害怕猫，养猫完全是受前男友，也是我的初恋影响。在我上高中时，放学回家总是爱走学校后门，那里有一片树林，有很多流浪猫，尤其到了春季，放晚自习回家，穿过那片区域时简直让人毛骨悚然。然而有一天晚上，我发现有个男生鬼鬼祟祟地猫在树林里，给一只乳猫喂牛奶，猫妈妈和其余的乳猫已经死了，尸体就在旁边。我便又害怕又心疼地蹲下来看，尝试着帮忙。

　　男生自然而然成了我的男朋友，即使我们不同班。这是我第一次恋爱，自然也很用心。后来的每一天，我们商量好，按约定的时间轮流到树林给小猫喂牛奶。我们甚至还约定毕业后，可以一起考武汉大学，在校外租房，正式将小猫纳入我们的一员。

半年之中，我们一直给猫喂牛奶，即使它后来长大了，给它搭配了猫粮，牛奶也不曾间断。我们还曾无数次地尝试做爱，可惜命运很捉弄人，均以失败告终。半年以后，初恋毫无征兆地离家出走，从此杳无音信。迷茫又伤心的我苦苦恳求爸妈收留小猫，直到上了大学，我也下了不少功夫说服老师和同学，将它养在寝室里。再到后来，毕业之后的我找到工作，租了房子，更是给它添置了不少东西。

从高中就知道我俩的一切，且至今关系很好的闺密，是个心直口快的姑娘，她很看不惯我的作为，好心劝我说："养猫好麻烦，遇到合适的时机，你可以送人的。他走了，把猫甩给你，你也没有义务。事情都过了这么久了，你还在等啥？这只猫还喜欢喝牛奶，难道你忘了大学时发生的事吗？"

闺密指的是两件事。

一次我忘记买牛奶回寝，结果三天以后，猫咬烂了寝室内一切暴露在外的线状物，包括数据线、电脑线、电源线、橡皮筋、头箍、沐浴球上的绳子、睡衣带子、内衣带子……我不得不给她们全额赔款并写下了保证书，她们才答应不将猫赶出寝室。

还一次，我们出去打水，猫跳上书桌的书架，打翻了睡在我下铺的女生的特仑苏，牛奶恰好倒入我放在那儿的鲫鱼汤里，我浑然不觉还喝个精光，为此拉了三天的肚子。

忘了说，我有极为严重的乳糖不耐受症。如果摄入富含乳糖的牛奶等乳制品，我会腹胀、腹泻甚至休克。

总之，猫跑了，就在我又忘记买牛奶的第三天。至于它怎么跑的，我想不明白，但一想到这只猫有关我青春的回忆，有关初恋，我难过地站在猫可能逃走的窗户边，打开窗户，和风拂面，我还是伤心得不能自已。

然后我就遇见了初恋，就在武汉一个很小的、不起眼的电影院里。

电影散场，灯亮了后我才注意到，这个影厅根本没什么人，坐在我左边的男人居然就是初恋。他几乎没什么变化，白白净净，只是线条更硬朗了。

"这家餐厅不错啊，尤其是这个牛奶饭，合你胃口吗？"初恋大口大口吃着法式牛奶饭，眉目里甚是开心。

"我喝不了牛奶，以前没和你说吗。"

"是吗？我很爱牛奶，但我不记得你说过这个，时间太久了，看来我们还需要了解彼此很多呢。"

我点点头。

"嘻嘻。"

初恋和我坐下来吃了顿饭，他笑得非常自然，不禁让用叉子瞎扒拉着盘子里通心粉的我有些失神。我才意识到，这么多年了，每逢遇见有感觉的男人，我就极度缺乏耐心，并且一想到恋爱我就会退缩的真正原因，原来是初恋。我和初恋悬而未决，就像联手造了一座烂尾的桥，我在这边，他在对面。他走后，我无法将桥搭在对面的山头，所以别人也无法走近我。此刻，初恋笑起来十分大的酒窝，像一道闪电，凌厉地劈中了我。

初恋告诉我，他在这所电影院附近的写字楼里做测绘师，工资不错，工作也还算稳定，因大单身，所以比较宅，平日的爱好是看话剧和好莱坞电影，以及窝在家里看村上和李敖的小说，未来的打算，可能就在此定居，新房已经买了，就在武汉大学旁边。

听到这里，我不仅回想起他的承诺，我还回想起我们之间无数次的失败性行为。

一次在树林，两个人太慌乱，装在他裤兜里的原本打算喂猫的牛奶被树枝戳破，牛奶洒了，沾了我们一裤子，于是作罢。一次在网吧的包房里，他已经把我压在身下，突然警察临检，恶狠狠地挨个敲门房，不一会儿，隔壁偷钱的混子被拎了出去，吓破了我们的胆，于是作罢。一次在江边的堤坝上，已脱了裤子，可我突然来了大姨妈。还一次在教室，他申请值日，故意挨到很晚，等我猫进他的教室时，突然有人开灯，满抽屉地翻找东西，我俩抱成一团滚在最后面的座位下，一动不敢动，半小时过去了，初恋硬邦邦的下体软下去，他的人却弹起来，暴怒着冲了出去……

我保留着处女之身直到现在。我一度认为我的第一次是一定要给他的，太多太多失败，不仅没有打消我的自信心，反而让我在潜意识中认为，命运给予我们这么多阻碍，是因为我们是天造地设的一对，并且在我们交合的一瞬间，一定会风云骤变，惊天地而泣鬼神。后来他离家出走，我带着猫到现在也没再恋爱。

"本周五晚上你有什么计划吗？一起去江滩坐轮渡好吗？"

第二周，初恋发来微信询问我的安排，还加了个吐舌头的表情。

"暂时没有哦，好呀。"

"冬天晚上风凉，多穿一些，不过也没关系，你可以穿我的外套。"

到了那天，见到初恋时，我说走得太匆忙，外套忘拿了。其实在下班前，我想了一想，还是将外套留在了办公室的椅子上，一来是我身上的紫色大毛衣是特意新买的，二来，初恋会是什么反应，我也很期待。初恋毫不犹豫地脱下他的外套，披在我身上。

船开到桥下时，大桥上的灯突然亮了，我很是欣喜，对着手哈了一口气，很兴奋地用手指指了下桥上缤纷的霓虹装饰，初恋竟然非常自然地接过我的手揉搓起来，船的马达声很大，站在甲板上的我俩没法讲话，但我能听到他若无其事地揉搓了一会儿，就哼起小曲的声音。

那晚以后，初恋还成功约了我两次，分别是看画展和话剧。散场后我们并肩走在回家的路上，初恋像男朋友那样，除了帮我拎包以外，还搀扶着因穿高跟鞋走路太多而脚痛的我，最后索性把我背了起来，让我在他的肩头趴好，直到小心翼翼地把我丢进计程车里。

靠在他的肩头，我的乳头莫名其妙地硬了。猫走失后，我感觉自己的伤心快好了。我甚至无比怪异地觉得有一个定律，好像猫走失了，就能换来初恋的出现。我的另一种感觉是，当时做爱未遂的遗憾，终于有机会弥补了吧，最后我会和他开心地在一起，和天底下很多幸福的情侣毫无差异。

"不如你下周六来我家吧？"终于有一天，等待电影开场前的空隙，买了两杯美式咖啡后，初恋对我眨了眨眼说。

"有聚会吗？"

"就你和我，我刚装了一套家庭影院系统，想试试效果，作为那次看电影爽约的补偿。"

在我陪他看画展和话剧之前，我约他看电影，他答应陪我，结果到了那天，他告知我临时有事来不了，但我没有问他原因。

"也好，太烂的话你要赔我时间。"我装作不在意，将一小盒牛奶倒在他的杯子里。

"嘿嘿，肉偿可以吗？"初恋接过剩余的空奶盒，往嘴里倒进最后几滴，然后飞快地凑到我耳边，用接近于气声的方式发音说。

之后看电影的过程中，初恋也是用这种方式，凑得很近和我说话，几乎就要面贴面了。而我自然也很开心，我的手一开始只是放在大腿上，一旦他看到好笑的地方，就忍不住拍打我放在自己大腿上的手，我一直看得漫不经心，幻想着他能够抓我的手，直到他突然一把把我的手抓过去，并使劲捏了一下，我的心情才得以安定。

"你不要去了吧，他不靠谱。"

下一个周五，也就是初恋和我约定去他家的前一晚，我约了闺密出来吃西班牙海鲜饭，才和她摊牌说我和初恋重逢有一段时间了，并准备去他家约会。闺密却烦躁地说。

"实话和你说，你们俩还在一起时，他对我也没落下，你每次去喂猫的时候他都来找我，不过我们很快就分开了。没和你说的原因很简单，那就是你人很好，我不想失去你这个朋友。"

"你俩接吻了吗？"

"……"

"那你俩做爱了吗？"

"没有。"听到我这么问，闺密露出有些奇怪且尴尬的脸色，但仍旧斩钉截铁地回答。

我不顾闺密的千般阻拦，还摔碎了一个杯子，才冲出了餐厅，挤到了人海里。我失魂落魄地逆着人流走了两个街口，我本想拿出手机给他打个电话，但又怕这一切是真的。一想到这么久以来的坚持，有关初恋的爱和性，竟被闺密的一席话打翻在地，我心里又恼又气。走到7-11门口的时候，我停下脚步，转念又想，闺密的话我为什么要当真？一件事能瞒我11年，作何居心？说不定还是她勾引了初恋。又或者事实的真相是这个样子——她当初暗恋他，听到我和初恋重逢，从羡慕到嫉妒，最后演变为阻拦。

佯装没事人一样，第二晚我照旧前去赴约。我事先洗过澡，给自己抹了鲜艳的口红，搭配略微贴身的黑色兔毛衣，还特意喷上了维多利亚的秘密香水，导购说这款香水能让人意乱情迷。

初恋打开门后我略微有些紧张，费了很大力气才脱掉高跟靴。一回头我俩便死死黏住。我们抱住对方的头和脖颈，一面激吻，一面将对方的外套、围脖、毛衣、衬衣、牛仔裤、内衣、内裤、袜子通通丢了一地。突然间我意识到自己忘了带套，也担心初恋没有准备，更怕自己因此怀孕，以至于来不及好好享受二人世界，于是大力推开初恋的头问："等等，有套吗？"

"好像没了，你用我的手机在线买吧，一楼就是超市，手机下单，一会儿就送上来，我先去洗澡好啦。"初恋冲我眨了下眼，爬起来咕噜咕噜地灌下半盒茶几上的牛奶，然后光着屁股，以搞笑的姿势边扭边回头看我，进了卫浴室。

送货小哥一分钟之内就上来了，我从我的钱包里拿出100给他，小哥却露出为难的表情，说他没有钱找，问我是否有零钱，省得他再下去一趟。

初恋的裤子摊在地上，我从中摸出初恋的钱包，又将里面的零钱

吃了再爱，还是爱了再吃？

递出门外。

"对不起，这个小票应该是您的吧。"就当我正要关门时，送货小哥说。

是一张订婚戒指的购物小票，我欣喜若狂仔仔细细地端详小票，认全了购物日期，以及购物地址，然而发票最上面有一串拼音，却是初恋和另外一个女人的名字。

我无力地瘫倒在沙发上，一只猫从门缝冲了进来，径直跳上客厅的茶几，跃跃欲试着要舔盒子里剩余的牛奶。

好像是我丢失的那只。

我举起那个牛奶盒，对准我的喉咙，任牛奶咕噜咕噜地滑进我的肚子。

一想到猫找到了，待会儿初恋走出淋浴间，将我抱上床后，我猛然放屁的惊天地泣鬼神的声音和他呆住的样子，

我摸了摸微胀的小腹，带着白沫的嘴角不自觉地向上翘起，成为一个得意的微笑。

图书再版编目（CIP）数据

吃了再爱，还是爱了再吃？ / 匡靖著 . — 北京：
北京燕山出版社，2016.7
ISBN 978-7-5402-4229-9

Ⅰ . ①吃… Ⅱ . ①匡… Ⅲ . ①故事－作品集－中国－
当代 Ⅳ . ① I247.81

中国版本图书馆 CIP 数据核字 (2016) 第 212423 号

吃了再爱，还是爱了再吃？

作　　者　　匡　靖
责任编辑　　王　然
策划编辑　　岳　阳
特约编辑　　王　琳
文字校对　　孔志敏
封面设计　　仙境工作室
装帧设计　　申　佳
社　　址　　北京市西城区陶然亭路 53 号（100054）
网　　址　　http://www.bjyspress.com/
微　　博　　http://e.weibo.com/u/2526206071
电　　话　　010-65240430
传　　真　　010-63587071
印　　刷　　三河市嵩川印刷有限公司
开　　本　　32
字　　数　　210 千字
印　　张　　9.25
版　　次　　2016 年 9 月第 1 版
印　　次　　2016 年 9 月第 1 次印刷
定　　价　　39.00 元
出版发行　　YSP 北京燕山出版社
　　　　　　　　　BEIJING YANSHAN PRESS

# 靖哥哥　匡靖

活在这世上

最大的奢侈

是只做宁愿做的事

在过去的岁月中，你经历过什么样的故事，
足以温暖你的余生？

　　五年前的我很叛逆，春节期间，我没有回家，一个人去了海边一个城市，住六人集体青旅，一待就是两个星期。

　　在那认识了关自强，香港人，电脑维修员。

　　关自强，介于中年和青年之间，谢顶，戴眼镜，很安静，也是一个人旅行。我注意到他不仅仅是因为他的安静。

　　他三餐只吃面包，一个塑料袋装着，早晨吃一点，剩余的装进去，中午再打开塑料袋吃一点，剩余的再装进塑料袋，系好，晚上再打开，吃剩余的面包。

　　当时我刚失恋，心情一直很低落，我观察到他吃面包的诡异行为后，内心揣测他应该很穷吧。

　　然而并不是这样。

　　偶尔他会找室内其他人说话，声音很小，内容大都是交流海边的景点、路线，我觉得他很木讷。

　　我和他，没说上任何一句话。

　　那时我每天都去海边，骑骑车，发发呆。海边没什么人，也很冷。

　　大年三十前一天傍晚，我脑子抽了，走到海边下了水。当然不是自杀，其实是想整理下思绪，清醒清醒。我往海里走了一截，然后停住，脑子嗡嗡的。

　　一个人从背后跑来，水声哗哗的，我刚想回头，一双胳膊死命箍住了我，把我往岸上拖，边拖边絮絮叨叨。

　　是关自强。

　　他说他刚好经过此处，看到一个背影，觉得好像是我，联想起我这几日的郁郁寡欢、沉默，过年又不回家，他说，你不会是要自杀吧。

　　我哭笑不得，我说失个恋而已，至于吗我。

关自强的神情有些怪，看起来不是很信任我。

年三十那晚，他给青旅老板打了招呼，做了些乱七八糟的菜，拉着我一起在桌边坐下。他很热情地给我夹菜，自己却不吃，只吃面包。奇怪之极。

更奇怪的是，第二天醒来，他留了个字条就走了。字条说，他拿走了我放在桌上的一本书，原因是他想让我 E-mail 他，但又怕我不主动联系他，所以拿走书，以此逼迫我联系他，哪怕是骂他。我一看，字条最底下有他的 E-mail 地址。

我一直没联系，直到我回了家，整理照片时想起这哥们儿，我便给他发邮件，问他可不可以把书还我，因为那是台湾寄来的限量版。

从那以后我们就经常 E-mail 往来。

他在香港做电脑维修员，父母很早就双双去世，这是他后来告诉我的。他断断续续地讲他怎么上门帮人维修电脑的事，接散活，收入其实不错。

我想起那个面包，就问他怎么老吃面包。

他没答复我这件事。

我们就这么不痛不痒地联系着，讲天气，讲最近发生的事，讲我那本书的内容，直到有天他给我发来一封邮件。

邮件说，他是来告别的。其实他得了胃癌，要去美国做手术，吃面包是因为胃不好了，只能吃这个。他是趁美国通知手术之前出来旅游的，现在他准备过去了，希望我祝福他。

关自强说，自从知道自己得了胃癌，每一天都想好好地看看这个世界，所以看到我在海里时，他很怕我要自杀，他非常希望我能好好看看这个世界。还有，我应该更加珍惜父母仍在身边的机会，过年这种日子，应该和家里人团圆。

这封邮件是他的最后一封邮件，此后再无任何音信。

打那以后，一年和父母见一次的我，选择在过年时回去。这些年我在外漂泊，搬过无数次家，但那字条我仍保留着，现在已经泛黄了。

不论怎样都要好好活着，经历再多的挫折和困难，我都会想起那个傍晚，水声哗哗的，他一双胳膊死命地箍住我，边拖边说：去死比活着容易多了，做太容易的事，你不觉得很没劲吗？

# 大龄单身女青年，该怎么办？

在北京的第四年，到 7 月就 27 岁了。

曾经经历过因为天气突变，发烧加急性肠胃炎，我一个人冒着虚汗，晕头转向地赶去超市买棉拖和被子，然后赶去社区医院挂水。

曾经也经历过一个人加班太晚，走夜路遭遇可疑人士，我故意绕了一圈后发现他在跟踪，我什么也没多想就前去质问，差点被他打了。

最热的时候，空调坏掉，又恰逢停水，我一个人站在窗口浑身淌汗，也曾暴躁地想过为什么会这样。

有一年住着隔断间，是个客厅隔出来的。衣服在洗衣机里搅着，我在床上看书看睡着了，醒来的时候整个地板全淹了。楼下找上门来，说他们家天花板在滴水。他们家的地板是实木地板，不出两天全翘了，房东赶我走，楼下找我赔钱。

换作以前，我和你一样，想要是有个男人就好了，要有人疼爱就好了，应该有一个这样的男人，不需要太过闪亮，他只需要温柔、适时地上前，说害你久等了。

有一盏灯始终会亮起，在每一个风雨归程。

往后租处换了几个，家里后来的确有一盏灯始终是亮的，不过那是我自己在白天上班走之前特意开的，而那个人还没有出现。

3

以前有时候我也会觉得失败，在工作逐渐稳定并有些许上扬的势头时，我依旧单身，每次我看到闺密、朋友逐个结婚，生了孩子，我觉得她们要比我幸福。

不管你承认不承认，就算事业有多么登峰造极，大多数女生最大的心愿，还是要有人去爱她。

这句话不是我说的，是写过《十日谈》的薄伽丘说过的一句话。

你觉得对吗？每当生活把你凌辱得不成样子的时候，一些突发的扰乱你正常生活的琐事，一些别人秀得忘乎所以的恩爱，好像轻而易举就能把你击垮。

如果你觉得对，那么被这份迷茫包围的你就会像身处一片雾气氤氲的森林，你想走是走不出去了。

现实并不会因为你蹲下来抱着自己哭，你渴望，你无助，就会派来一个阿银一样的男子，像带领竹川萤那样带你走出那片黑压压的林子。

现实往往比动画世界要残酷许多，所以我们看《萤火之森》，会觉得太美好了，遇见阿银时尚且年幼的竹川萤，就是我们心里小女生的模样。

每个人的人生只有大约 900 个月，年近 30 的我们，不知不觉已然过了 1/3，现在的我们和小时候最大的区别是，应该更懂得世界，理解世上的一些事情，并以平和的心态看待。

譬如没有绝对：没有绝对的界限，比如干木头是绝缘体，湿木头是导体；没有绝对的人性，比如曹操统一中国北方福泽百姓，可转头又杀害了华佗、孔融、吕布、杨修；没有绝对的关系，好与坏，有时只是相对而言，要看参照。

你非要拿自己单身时的苦楚去比较情侣间的甜蜜，无异于拿自己没有的去比较别人有的，这种参照，你觉得有什么意义？

爱情只是行驶在深海里的一艘船，美好的时候，有月华星辰；不美好的时候，有骤雨骇浪，到不到得了彼岸，要看同渡的人，也要看出行的时机。

没有人同渡的时候，我不会选择等待，因为我也想看别样的风景。

最后，我从来不觉得女人活着的终极要义就是寻寻觅觅找到另一半，找个很好的或者差不多的人，把自己嫁了；也不认为女人应听信一些鸡汤所说的，在单身时注意提升自己就为了能遇见更好的另一半。

女人所做的一切，不应该只为爱，都应该只为自爱。

尤其在我们年纪越来越大后，你会发现，这个世界上有很多人戴着有色眼镜。我觉得当你问出这个问题时，你便也成了他们当中的一分子，戴着有色眼镜照镜子，看自己。

我想成为更好的人，并不是因为我能遇见更好的人，而是因为我本身想成为更好的人。

动画片《辉夜姬物语》里，竹子有什么过错呢，她无非是曾经错失真爱，再遇时却发现对方已再婚，又拒绝了被安排的看起来可能会很好的婚姻。

只为历经人间的欲望、污秽、真情、自由。

有时我多么想有她这样的自我觉醒。

# 为什么女生很容易没有安全感，女生的不安全感又来自哪里？

女生在恋爱的时候，总喜欢追问她的男朋友："你喜欢我什么？"她不期盼从他的嘴里冒出可爱、优雅、性感等用来形容一个女人的泛泛之词，她希望更特别一点，比如说她散发出来的魅力要异于他见过的所有女人。

女人无非就是期待听到《挪威的森林》中的那种情话——男主人公

说"像喜欢春天的熊一样喜欢你"。倒也不用那么文艺，只是需要一个特殊形容。

"为什么是我？"要知道，爱揪住这个问题不放的女生，根本没明白谈恋爱是怎么一回事，这种女生非常渴望恋爱中的对象宣布她的重要性，并且像吸盘一样，会不断向伴侣索取这种反馈。换句话说，即她需要通过伴侣来凸显自己的价值，因为这种女生没有办法通过自身的努力来获得自我满足和肯定。

她需要一个平台寄生，情感就成了其中一个愿意收留她的平台，快捷并且方便。

工作、爱好、梦想等，就像一条布满了红绿灯的大马路，从路的这头到尽头。她没有那个信心把它走完，就掉个头走了一条捷径，很快就抵达了尽头，最重要的是，有一个爱人无比耐心地在尽头迎接她，只要她问，他随时都能说你真厉害啊，她听得很爽，还暗自庆幸自己选了捷径。

就是这样。这种女生宁愿选择一个爱人当她的宿主，而不是工作、爱好、梦想或别的什么东西，因为这种"暗爽"来得更快，还能反复刺激宿主，以获取她需要的养分——宿主对她的关心、赞美、重视。

她没有手脚吗？她有得很，但她把眼鼻口舌喉统统放在爱人身上，把世界也恨不得建立在爱人背上，她不动手捏造一个宏观的世界，更没法身处其中且怡然自得，有时是因为懒，有时是因为她浑然不觉。

"你喜欢我什么？""为什么是我？"难道不可以问吗？可以得不能再可以，只是我希望伴侣回答以后，她内心的喜悦和她追寻自己时的喜悦，一样充盈。

# 如何对待逐渐疏远的朋友？

放逐，听起来是很悲观的一个做法，却是最实际的做法。

曾经我以为友情和爱情一样，甚至友情比爱情更坚贞。友情像手里摩挲的盘珠，硬，越盘越通透，越摸搓越亮。时间，就是友情至美至硬的法宝。

以前我以为，真实生活里的好朋友就应该像歌里传唱的，一定是一生一起走，一生情一杯酒。当陈浩南狠狠地讲出兄弟是做一辈子的时候，我也动容过。

这样的朋友有吗？我信是有的，总有那么一个或几个人，在我们年轻的时候，年纪和友谊一起疯长，到了后来，即使走上了不同的人生轨迹，平日也互不联系，再聚时码上几盏薄酒，三言两语之后，依然觉得陈酒香，旧识好。

但像我这种平凡人，有一种境况可能更接近现实。

那就是一路走下来，有朋友还是会散，难得是欢聚，唯有别离多。

明明从尿裤裆时玩到大的朋友，说不联系就不联系了，无论你怎么追昔当年，对方依旧毫无兴趣的样子。明明有过热血的校园回忆，毕业后也渐行渐远，再见也是偷看谁更鲜衣怒马，笑谁更膀大臀圆。

还有些相随了很久的人，结了婚，出了国，鲜有联系，再想起她，颇有类似檀香木珠盒玩着盘玩着，却突然断掉的意味，珠子没法一颗颗重新拾起串好，空留一些檀香味儿，旋走了，是可惜。

残酷吗？不残酷。我们身处这个社会，会变得越来越理解这个社会，也应当越来越明白友谊长青很难，关系背后依附着很多东西。在我看来，两个人相好就是有着共同的频率，如果频率出现不一致，将导致两人无法感知彼此，而影响震动频率的，就是成长过程里各自的追求、人生观，还有波折和际遇。

"睡在我上铺的兄弟，你的来信写得越来越客气"，高晓松写的这首

7

歌，我觉得真实地写照了我们每一个人。

其实读书、毕业，再往后，你会发现朋友总是出现在不同的节点上，好的朋友走散了，又有新人进来，社交圈大了又小，明了又暗，友情的频率一直在变。渐渐地我懒散了，渐渐地我无话可说，渐渐地你结婚了我不便打扰，唯一没有变化的是你我他都在自己的人生轨道上前行。

坚持去联系去挽回关系已较远的朋友，就好比我放着自己的车道不走，侵占了下别人的车道，发现他朝着异处驶去了，而我原本也不是要去这个方向，别不别扭？

有许多个横截面组成了我们的一辈子，少不经事的时候、蠢的时候、懂事的时候，明白人情世故的时候，你是分阶段地在成长，朋友也会分阶段相交，对于每一个阶段的朋友，放行是对那一阶段他的陪伴予以的最大的感谢。

所以现在，友情还是当如手里摩挲的盘珠，硬，越盘越通透，越摸搓越亮，留到最后的人，我俩的关系，像盘好的珠子一样至美又至硬，只是后来我还明白一点——哪天万一它断了，有几颗找不到了，我会想，算了，随它吧。

---

# 为什么有那么多人要去北京发展？

我很俗，两年前刚来北京的时候是为了男人。那时候我们身处异地，男人在北京，我也像大部分恋爱中的人，整天情啊爱啊媚如阳春的时候，我说你挑个地，我来。他说北京。

我说北京好，我早就想去了，如果不是你，我还没有勇气。我想了一想，想的都是北京的小胡同、糖葫芦串。北京的冬天冷啊，很多好看的姑娘露着大腿就晃过去了，可我男人没有看一眼，我心里暗暗觉得他是条好汉。

于是我和他挤在北京四环的一个小单间里，每天吃着煎饼果子、麻辣烫、沙县，但我依旧觉得天是好天。我家那会儿靠大街，即使到了深夜，还能听得见汽车一辆辆滴过去的噪音，看得见大卡车交替晃出的近光灯、远光灯。那段时间我投了很多简历，每天都在外面跑得灰头土脸，那时我只有一个想法：努力活下来。

我家境一般，家里人也不知道我来北京的真实原因，我在北京基本没有朋友，没有亲人，也不认识任何人，我只有他。

我是怕的。

后来我找到一份月薪 3000 元的工作，那时我能为了写工作日志、工作安排，干到凌晨 2 点；为了打开社交圈，我曾经舰着脸跑到一个人都不认识的生日趴上，认识一些媒体人、业内人，我对局上的每一个人都很认真，拿着当时公司的名片，对每一个人介绍自己。

就在这个时候，男友对我施行了家暴，为此我和他分了手。父母也知道了他对我做的一些不太好的事情，伤心欲绝，极力劝我回家。

我没有选择回去。

我搬了家，住在一个小区的隔断房里，依旧在原公司待着，依旧很拼命，工资渐渐涨到 4000。也曾有过走到熟悉的地方忍不住落泪，也曾有过下班回家路上接到母亲的电话，说父亲生病了，挂上电话后痛哭流涕。

半年以后，我在生日趴上认识的一位老板，想把我挖到他的公司，我考虑再三，就去了。再过了半年，这位老板给了我一些权力，我现在和他合伙。

就在今天，我自己的公司装修完毕，带着小伙伴，已全部就位。

我还是怕。

我后怕当初如果我心灰意冷就此回去，就再也不会知道我是否能行。

那么多人来北京，都有不同的原因，有些人为了爱，有些人为了情结，还有很多人说老子还年轻，要闯天涯，行天下，就来了北京。

四方城，能人居多，红墙金瓦外，每天发生的故事和路上的车一样多，梦想和地铁上的人一样多，你来所为何。

放在以前，我会说，在这样的城市，我每个细胞都会发愁下顿吃什么，我洒一地热血，就想看我能不能独立活下去。现在我想说的关于这个城市的，肯定比以前多，但我不是你，对于它的感悟，需要北漂的人，自己去编织。

别轻易说梦碎了，就买一张火车票选择离开，然后找千百种借口，就像当初你选择来这里，也有千百种原因。

但有些事，你不试试，你不知道的。

# 男人到底看重女人什么

## 1

那天，小和尚刚来寺庙，老禅师问，你最喜欢什么？

5岁的小和尚跳进水缸，泼得气喘，嘻嘻又哈哈，溅了禅师一身水。

禅师说，你若喜欢水，你就参水，把水参破了，你离道也不远了。

小和尚丢出一个裤衩，说，好，那就参水。

## 2

小和尚10岁那天，他不跳水缸了，老禅师指着水缸，问他，你参到了啥？

小和尚挠挠头，说，水晶莹，剔透，纯洁，水，可、可、可美了。

老禅师淡定地泼了小和尚一脸水。

老禅师说，不，水缸外壁这么大的"到此一游"，为师已经给你指出来了，你，赶紧擦干净吧。

### 3

小和尚长到了 18 岁，变成大和尚。老禅师指着水缸，问他，你参到了啥？

大和尚洋洋自得，说，我跳进水缸，感觉自己像一条鱼，享受着鱼水之欢，我中有水，水中有我，我与水一体，不分彼此，此乃禅宗大德。

老禅师淡定地泼了大和尚一脸水。

老禅师说，不，缸里这么多香客投的铜钱，你咋不收集一下，你是傻还是瞎？

### 4

23 岁那年，老禅师不指水缸了，但老禅师脱下芒鞋，丢进水缸，依旧问：徒儿，你参到了啥？

大和尚说，嘿嘿，师父，这次我不会错了，你是说你的脚太臭，鞋太脏，让徒儿帮你洗洗吗？

老禅师淡定地泼了大和尚一脸水。

老禅师说，鞋原本硬邦邦的，丢进水里却变柔软，这是告诉你，水柔和善顺，以善良温柔调熟众生。呆子，你悟到了吗？

### 5

到了 27 岁，大和尚学乖了，自知禅师又要问他参到了啥。

不及老禅师发问，大和尚抢说，师父，你看水缸中我俩的倒影，你真好看。

老禅师凝视着缸中的倒影，问，我，真的美吗？

和尚茅塞顿悟：师父，我知道了！水在于观照，我看到她，想起她，从她身上可以观到自身，水还和我如影随形，相知相伴赢世界啊。

老禅师连忙泼了大和尚一脸水，说，世界个啥，快说，我现在老了，但我，还美丽如昔吗？

6

大和尚30岁了，老禅师去世了，临终前老禅师给了他一张纸条。

大和尚想起那些年的水缸，老禅师的发问犹在耳边，他问：你，参到了吗？

大和尚眼泪扑簌簌往下掉。

于是他说，我长成了，才参到水急可激流，可平如镜面，水有1000种形态应世，能坚毅穿石，还能包容海纳百川，润万物而不争，师父，佛法如水啊。

大和尚展开纸条。

老禅师写着：嘿嘿，你新来的小师妹，真美啊。

如果说女人如水，男人在参。

两性关系中，男人看重的怎么会只有一种。

因为男人在成长，从小到大，他在领悟，在感受，从2的美，到3的性，到4的温柔，到5的相知相伴，到6的知性成熟，他拿了一些起来，又放了一些下去。

不用问他的，时间那么长，等他慢慢参吧。

至于我们，做好水就可以啦。

---

## 女性是否应该因为年龄的增长而降低择偶标准？

前天在机场登机前去书店看了本书，里面说女性的择偶期要比男性短，大概意思是男女对于择偶的能挑选时期有一定区间，女性的择偶期大概是 23—35 岁，男性则是 23 岁—无上限。

书里用了大量的理论数据，举证说明男性为何对年轻貌美的女孩子孜孜不倦趋之若鹜，因为她们看起来青春活力而有繁殖能力，可以很好地传递男人的基因。

然后书里就开始劝说，在理解此条的基础上，如果不想成为剩女，请女性适当地调整择偶的标准，并接受这样的婚姻关系——书中说最稳固的婚姻关系是男女婚后，男人在不破坏家庭的前提下出去偶尔偷情，因为男人并不想承担离婚的麻烦和负担，但偷情给了他们一个适当的基因释放出口（偷情之所以会发生是由他们的基因决定的，此处也有大量图表数据）。

说实话，我看了后很咋舌。这本书的封面上有一位略有姿色的已婚妇女，双手交叉抱着胳膊肘，笑得很灿烂。

这种书并不少见。

之前我还看过一本书，书中从与人类最接近的物种大猩猩讲到父系帝国，从历史史实到生物数据，也讲了为何会出现道德观念，为何会出现婚姻法，看起来非常理性地阐述了父权社会下的种种女性显弱的现象，但并没有明确鼓励或褒扬这是对的。这本书没有公开出版，但我觉得如果有机会，这本书的作者也很愿意双手交叉抱着胳膊肘，笑着说，就是这样咯，没有办法的事。

写这本书的是个男人。

现实呢？现实是我有一个事业很好的闺密 A，在她 29 岁的时候开始疯狂相亲，后来演变成只要对方不太讨厌，她就能坐下来好好吃饭，直到吃到一半，对方借着上厕所名义逃走。

我还有一个年薪 30 万的闺密 B，今年也 30 岁了，虽然苦于追求她的对象不是她理想中的另一半，但她觉得自己年纪大了，便放低姿态答应了对方的追求，然后每次约会完都会和我说，她真的对他拉手、拥抱她十分抵触。

类似这样的事还有一堆，每一次，我都很不理解她们的这种做法，并直白指出是否太违心时，她们的反击是：你比我小，等你到了我这个年纪，你才明白。

如果你问小孩子，你为什么要结婚啊？小孩子会说因为喜欢他，爱他啊。

你觉得小孩子懂情爱吗？她懂个鼻涕，但是她挂着鼻涕，都不明所以地知道这个逻辑：爱是和一个人结婚的前提。

所以我不知道为什么我们比小朋友多活了那么多年，在这样的事上却连她都不如。因为身份、年纪焦心，你就忘了爱的感觉，把自己赶上电子秤，只要有人愿意上来，你掂量掂量形状、重量、质量，差不多就成交。

我没法告诉你女性随着年纪增长不会承受更多的痛苦，但除了爱情以外的事，有意思的事情多了去了，你的世界却只看到爱和男人。

假设我认同你的痛苦，认同你如果不降低择偶标准就会单身一辈子做个被众人百口铄金的老女人很痛苦，但如果你背叛自己的心意嫁给你一个不那么爱的人，我也会认同你自愿承受降低择偶标准后心口不一做个被自己鄙夷一辈子的女人的痛苦。

同样都是痛苦，后者痛得就比前者高明？

爱情和婚姻的逻辑，就像性和爱的逻辑，如果你非要把它们硬生生地分开去权衡、计算，我觉得你也不会在其中享受太多的快感，别骗自己。

另外一点，中国社会的确患上了"剩女癌"。

正如昨天看到的一文所说，是因为女性自身也同意这样的"直男癌"观点，认为自己一过 30，就在婚恋市场贬值得一塌糊涂，事业越成功，也许年纪越大，就越是贬值。她们将所有的自我价值，依附于男性的成功和财富，也依附于自身能否嫁得出去。

这么想的这些女性，都以为结婚是赶集，不参与就是有病。甚至还认为如果赶早市，越早菜越新鲜越抢手，赶晚市，就都是剩下的，还便宜。

真心希望我们能少畏惧他人眼光和世界一些，多畏惧自己一点——如果我没有跟随自己的心。

## 女强人闺密

我有个闺密叫希，在武汉上班，当我还是一个报社的底层员工时，她已经做着一个让我很羡慕的工作——知名企业的市场总监，自己带人。

她比我大四岁，性格很沉稳，和下属也保持着距离，我时常幻想她走进办公室，没有人敢和她说太多和工作无关的话，因为她的脸就像个句号，刚要说话，她就收尾了。

我每次约她吃饭，基本都要等位，因为她经常都在忙于工作，她最爱说的话是"好的""马上"。你应该想象得到，这样的女生，很难有对象。

家里人也不是没安排过，希比较孝顺，每次都去了。但她很少评论她的相亲对象，除了一次，她相完亲就来找我了，说那个男人和她吃牛排吃到一半，尿遁走人，她还埋了单。

过了一年，她还是这么忙碌，竟升到了大区副总，这期间我有幸和她和她的下属一起吃过烤全羊。

"有一种老女人，没有男人，没有性生活，就把气儿都撒到工作上，说了向左就不允许向右，邮件抄送错了，日期打印错了，她都劲儿劲儿的。"我开玩笑问她的下属，她是不是就这样。下属笑了笑，我觉得他们一定很少在一起吃饭。

有一次，经过我的介绍，她和我的朋友恋爱了。可过不了多久他们就分了，朋友说她不太黏人，也没有很大的女人味。

我到现在都记得他们分手后的那一晚，我和她约在了酒吧里，从不喝酒的她小酌了一杯长岛冰茶，眼泪唰地流了下来。

我问：你是喜欢他的，对吧？

她点点头。

我很不近人情地说：你这个样子，像个魔头，又古板，又强势，也不会撒娇，工资还那么高，简直就是个工作机器，男人谁会受得了啦？

她摇摇头，什么也没说。

我一度以为我的闺密完蛋了，因为后来她的相亲成绩和她的工作业绩成反比，她再说起相亲，也不说好和不好了。我那时工作上吊儿郎当的，有大把闲余的时间，我一犯懒，就会缠着她陪我出去旅游，她一咬牙，硬是挤了很多时间出来。

我们俩先后去了很多地方，她和我说应该怎么做才能更好地胜任工作，说她们家的狗，说她最近觉得很好看的电影。我们返程的时候，买了同一个车厢的卧铺，我在这边，她在那边，她那时幽幽地叹一口气，脸阴沉极了。

她说，女强人有什么错。

这话说完不到一年，一位身在广州的男士开始向她发起猛烈攻势。那个男人邀请我们过去，于是我和希安排了广州的计划，希说，只是顺便看看他。

男人是较成功的事业型男人，他坐在我和希的对面，将虾饺、蒸排骨、白切鸡、烧鹅统统夹到我和她的碗里，说我们难得过来，待会再带我们出去转转。

走在广州的街头，男人在前面走，希随后，霓虹灯光跳来跳去的，恰好跳跃到红色，罩住了他们的脑袋。那一瞬间我看着他们的后脑勺，想到他们都是事业型强人，在一起多好。

入夜时我们散了，回了酒店希很忧伤，我问她，她说，这个男人的现女友得了癌症，救不活了，但他还在资助她，延续她的生命，男人也很纠结。现在这样，他太痛苦了。

"现在这样我也很痛苦，我们还是回武汉吧。"

再过了一段时间，她有了恋爱的苗头。

一个与她同龄的男生，好像对她有意思，起先两人有一搭没一搭地聊过一段时间，男人忽冷忽热，弄得她很难受。半年过后，终于有一晚，男人拿了一个机器猫冲到她的楼下，慌慌张张塞给她就走了。后来她告诉我，她在很久前发过一个微博，说想要这个机器猫，那个男人，应该是翻遍了她所有的微博。

我记得她恋爱后逛街时的脸，都像苹果，接到他的电话时，会稍有些嗲气地说："好的，马上。"她的声音比较中性，嗲起来连空气都有点扭曲。

我经常问，他对你好吗？没有狂喜，谈到他的大部分时候，她的笑都很淡然。

好像交接仪式似的，我陪了她几年的时光，直到她遇到了这个男生。我离开武汉去了北京，在北京的两年时光中，也从一个小职员爬到高处，就在木芙蓉花开得最好的时候，我受邀做了她的伴娘。

她站在台上的时候，我突然鼻子很酸，原来即使我去了北京，她还是我的影子。

她伏案工作，分配任务，宣讲提案，定期培训团队。她曾经和我讲过如何努力工作，现在都在我身上重演，渐渐地我成了部门负责人，又渐渐地我成了公司合伙人，我最爱说的话，也是"好的，马上"，以及"不可以，不行"。下属曾开玩笑说我一定是没有男人和性生活，所以如此强势，控制欲又强。

还有熟人说我不太会撒娇，说我总看起来很冷，很侵略，一靠近，就觉得我这个灯，不省油。

听到这些话的时候，我也曾淡淡一笑。

闺密在台上笑吟吟的，一点也不像魔头，她看上去像是一块奶油，灯一照，人就要化。

这时我才想起第一次数落她没有女人味的时候。原来那是因为在一个人长期拼事业的时候，坚强只能源自自己的内心，"我要胜任，纵横沙场"，所以别人看她都像个挂着很重盔甲的花木兰。

我也想到了那位广州的男士，闺密最后放弃了他，她当时比我明白女人该要什么。

至于最后一位男士，也就是现在的新郎官，后来我在台上问了他一个问题：你追求她的时候，我知道经历了若即若离的半年，你弄得她多难受啊，那个时候，你在想什么呢？

他说，一开始我以为她不是省油的灯，只是后来我多给了自己一点时间。

女人的心似水，有的女人温一温，心就热了，有些要强的女人，心理负担比较多，跟冰似的，可你去热一热，她的心还是如水。

"你知道吗？冰化成水耗时较长，融化过程里会减少体积，那些减少的，就是她的伪装。"

## 穷游是不是值得骄傲的事儿？

早些年的时候，我是常常出去的，很多时候都是一个人，基本上都是穷游。穷游在我心中的解读很单一，就是没什么钱，但是想出去转转，所以我会努力攒一笔钱，做好攻略，规划好路线，用最经济或者比较经济的方式到达目的地，在到达的过程里我宁愿多花点时间。

当时长辈常常和我讲：你看看我们赚得也不多，你能不能稍微省一点钱，攒下来留作备用，外头也没什么好看的，山不过是个堆头，水我们家门口就有。我说我长这么大了，也该出去看看，你们不用担心，我来自己想办法。说完这个话后，我每一次出行，无不是自己节俭一点，通过打零工、赚稿费、攒工资的方式得以实现，通过一次次的穷游，我差不多逛遍了整个中国。

穷游是没有办法中的办法，是被迫选择的一种出行方式，对一个对外面的世界有强烈好奇心但财力不足的学生党来说。但穷游中的收获远比穷游本身妙不可言。

山不是堆头，水也不像家门口；见惯了古城里的城墙青瓦，却没见过另外一个古城河道上的暮霭沉沉；连云港的沙要比烟台的沙略黄；土豆烤着吃也很好吃，还有个洋芋的叫法；一身旗袍洋装的白发老太太在威尼斯赌场赢了两把就买菜去了；走在轩尼诗道上抬头望月，忽然也能记起电影《月满轩尼诗》。

有次旅途中，我快没钱的时候选择去坐公交车，车上没有座位了，于是就站着。与我隔了一个肩头也有一个陌生女孩站着，我们越过那个肩头对视了很久，谁也不肯挪开视线，直到最后两个人都笑了，这是我在这个城市找到的莫名感动。

走出去了自然就知道了世界之大和我之渺小，至于在旅途中收割的景色也好，世相也好，媚俗和感动也好，那都是自己的事情。

去探索能有什么错呢，只要能见识到，能分享到那么一丁点也好，倘若我能于了解世界中更能发现自己，再回想此行坐了近 12 个小时的绿皮火车，与其说那被我们定义为一种骄傲，不如说是一种值得。

---

# 女性的人生该以什么为重？

我单说其中一点，也是我花了很久的时间，走了好些布满荆棘的路才明白的一点。

女孩儿的人生，以什么为重都别以感情为重。

别把男人当成人生中最要紧的头等大事。

我见过很多好女孩，她们用了整个青春年华，去找寻一份可以终生不散的感情。

要的是不离不弃，生死相依，你中有我，我中有你。

最好就像唇与齿，我亡了，你就垂丧，你就寒意丛生的那种关系。

多美好啊。从此我们就过上了花好月圆的生活。他爱我爱到骨头里，我爱他甚至超过生命。

这样的感情有吗？一定有。只是会不会是你我，真的是要靠撞运。

总是会栽跟头，波澜不惊枉年轻。

也总会遇见些人，让你哭得满脸都是头发都是泪。

可偏偏有些女孩，拿青春拿命赌在"一定"和"万一"上。

在爱情这码事中，普遍显得太过沉溺和执着。

我这么好，我一定能遇见和我一样好的人。

我要找的人一定是他。

我们一定能在一起很久。

执着有什么不好，我愿意妥协，万一我们就在一起了呢。

万一我以后再遇不上比他更好的人了呢。

我不管，万一我们是真爱，就这样错过岂不是可惜。

在一定和万一这两个词上，可以排列组合出好多好多悲壮的痴情语句。

人生自是有情痴，此恨不关风与月。

曾写过一段话。

这样的女孩儿，都是女英雄，她们的人生"使命"只有一个：

找到我爱他和他爱我一样多的人。

其他全不管，别的都不看。

以视死如归的气节，捍卫爱情战场，个个抖擞激昂，壮志凌云，气节高亮。

英雄生死路，却是壮游时。这大概就是形容这类女人在感情里的心态。

我曾经是那样的人。

以为得此一人，我的人生就无憾。

也割舍放弃过许多，只为成全我的"使命"。

就用很多时间都哭得满脸都是头发，满脸都是泪。

然后我就浪费了一些时间，这些时间，加上哭得满脸都是头发都是泪的时间。

前者用来读书的话，《大不列颠百科全书》《孙子兵法》《红楼梦》我可以读上 100 遍。

后者用来浇灌的话，新疆、青海、甘肃、宁夏可以夷为平原。

也许夸张了些。

但我想说，爱情，男人，怎么样也称不上是人生的战斗或者任务。

人生又不是打仗，我们一定要胜得漂亮。

人生又不是游戏，做完这个任务，我就能通关。

它应该是一部电影，电影里有人，他们有悲欢离合，电影里有月，它阴晴了圆又缺。

那爱呢?

最好当它是电影的"彩蛋"，不强求。

即使你不是这样的人，有爱的时候，也别将全部注意力放在他身上。

别执着在"他在干吗? 我想和他一起"。

别拘泥在"他会不会一直爱我，会不会离开我，能不能有一个结果"。

肯定还有更要紧的事，等你去做。

比如除了爱他，还能爱自己。

女孩儿真正的"使命"，是——

最好永远爱自己，在通往更好自己的路上。

因为从来都是，爱拼，才会赢。

而不是，爱，拼才会赢。

共勉。

## 分手后就一定要断绝联系吗?

我的建议是断,事实上我也是这么做的。

虽然总有些人在以不同的理由告诉我们,和前任们保持良好的关系这很正常。

假得很。

对于被分手的那一方,的确不会因为对方又说了几句好听的话,就会觉得接下来的路就此好走,就此明媚。

也总有些心存侥幸的人,总期待被分手后保持联系能回到过去。可你又不是狗,为什么对方狂吠了几声,你就要回头?

至于分手之后笑说做朋友这一件看似很美好的事,短期看,这就是个笑话。

就好像沙滩潮水热吻以后,沙滩说潮水你现在就往后退一点吧,潮水说你他妈慌什么,还没到时间。

不管爱与不爱,不联系是成年人对彼此人生的尊重。

我对你最大的尊重是什么?我们的人生,很可能就再也没有交集了,到站就该下车,我谢谢你陪我坐了这么多站,我走了。

两个人好的时候,就好比一起乘坐一列火车,奔着同一个目的地,沿途一起看风景,分手时就好比中途他要下车,因为我们要去的,很可能不是一个地方了。我拦着你说不许走,或说我也在这儿下,可是你忘了你原本要去的地方了吗?

放行是美德,不管是谁放了谁,真正的放行,我觉得是不舍得去联系的。

一直以来人们对分手有个误区,好像分手这种事情,往往被分手的那一方容易被人注意到,他们要更加难过。可我更愿意相信,分手后两边都在承受痛苦,说过的话,拍过的照,什么天涯,什么海角,所有的甜蜜凭证化为枪口。一起吃过的小店,走过的天桥,所有的稀松平常在分手以后却变得分外耀眼。

刚分手的那段时间，走在路上，想起一些语句，看到一些场景，我感觉自己好像没来过这个世界。其实我们应该都闭嘴，此刻的沉默真的远比你跟我说100句安慰、慰问的话都温柔，这正是断联的意义。

彼此对接下来的生活都不要妄加干涉、评论、猜忌，我觉得这是对分手后两人的曾经的一种保护，断联是最好的办法，最美的那些时刻，星辰，日落，我就记住了。

我听过最美的暗恋是不惊醒我所爱的，等他自己愿意，可我觉得最美的分手却是不惊扰我爱过的，等他自己前行。

并不是刻意断联，只是需要等到潮退时，仍需一些时间。

---

# 余生和未来有什么区别？

武松说，金莲你的余生就是做好一个妓女，人各有命，你的命伺候不了西门庆，西门庆的诗词太奢靡，什么月光水华，别有洞天，字里行间里都是淫情。我看你也屈尊不了武大郎，大郎做一辈子芝麻烧饼，也买不了什刹海边一亩地，你看他一张麻脸，长得就像撒了芝麻的烧饼，他肏你时，你不觉得油腻？

武松又说，不如踏踏实实睡觉，和许多人睡，好汉、狗官、政客、道长，在哪里都可以睡，天井、庭院、香车、马棚，你一人一袭华服只脱给西门庆，西门庆浪蜂逐众蝶，终究会腻，他也不会高看你，你一袭素衣脱给武大郎，他虽不会低看你，但永远都是大郎的糙婆娘。不如眼一闭，腿一张，来者皆是客，一睡，很可能万古垂青。

金莲摇摇头说，小哥，那我未来还有无别的可能？

武松说，你太贪。大郎早起和面做饼，村口西挑到村口东，卖嗓，喉咙长期沾染灰尘，都腌出一口浓痰。你缝补，捶衣，擦地，小日子过得平静。大郎视你作掌中宝，待你仁厚，酒肉有余，你偏嫌余生寡淡。

武松说，西门庆长得一副好皮囊，作得一手淫靡诗，像这样的男人都有个共同的爱好，遛鸟，去街巷遛一遛，闻闻奇花异草，探探良家民邸。鸟是真鸟，鸟看到花一般蜂腰玉项的女子，就想衔住她，衔到她折腰，你若为他折了，他再去衔别的花草，你看看，哪个鸟不是这么衔出鸟巢。

金莲说，那就是说，我和西门庆也没有未来可言？

武松说，我敬你是大嫂，嫂嫂，做女人实属不易，良家难守，荡娼难防，我看你既不想和武大郎共度余生，又看穿和西门庆没有未来，那你有没有想过，和武大郎没有未来，和西门庆也不想共度余生，哪个想法比较可耻。

金莲又摇了摇头，说小哥，我不懂有何区别。

武松说，前者是你贪，后者是你懒。

世人说余生和未来，大抵的情况都是贪念用在错的人身上，懒念用在对的人身上。

对于对的人，余生不是一定意味着平凡，对于错的人，未来也没必要担待太多希冀。

和一个人最好的打算，往往不问未来啊。

"我和你的未来，我打算用余生来解释。"

## 如何评价"女孩子只要嫁得好就很好，那么拼干吗"的说法？

女孩子大概都有一个梦。

有这么一个好男人，他对我好，今天对我好，明天也好，往死里好，然后还嫌自己对我不够好。

他心眼小。他的眼是一根针，只穿得过你这条线。他的心是一间房，容不下别人住。

他只对我一个人这样，对我的好，没有额度，没有期限，不设上限。

他撑起一把伞，狂风暴雨都淋不到我。他还能撑起一片天，隔离了世事冷峻，只赠我温暖手心。

这一撑，就是一辈子。

铁臂铜身，旋转乾坤。

他，是我身经百战的将军，我举世无双的英雄。

我要给他生孩子。

于是在我年轻一些的时候，我就和大部分女孩子一样，

拼了命地找这么一个人。因为我想，我拼命找，就一定能找到。

我要欢天喜地地嫁给他，谁让他对我没头没脑地好。

偌大个天地，怎容不下两人双宿双飞。

后来，我们这些段皇爷寻遍了世间，只为遇上真心人。

执着地扒拉着这些人的胸脯，不断地问，可否借你的胸部给在下一看。

这些人里，一些是狂蜂浪蝶的歹货，一些是木讷得不知道怎么对女孩子好的呆徒。

有几次就濒临成功。

这个他，对你好，但不只对你一人好。

那个他，对你好，但太久不了。

还有他，对你好，但太远照顾不到。

就明白了造梦简单，圆梦不易：嫁一个对自己好的男人，却拼命要跟时间、空间、其他女人争。

还有一部分女孩子，找不见这样的男子，就转了心性：

找不见对我好的人，那我就嫁给钱。我长大了，实际了，学乖了，谁让乱花渐欲迷人眼。

我想要的东西好多，他都买给我，我刷卡的时候，他不眨眼。他不心疼钱，就是心疼我。

我不用卖命工作，不用惆怅房租，我随心所欲，自由自在。

因为他说，宝贝，有我在，你不用那么辛苦的。

闺密都羡慕我，家人都放心我。因为我能过上更轻而易举的人生。

只要活得比你们都好，我这么想有什么错

我不想那么辛苦，我这么想，有什么错。

拼命找一个对自己好的男人，好像很难。

拼命找一个多金的男人，他愿意花钱，就是对我好，这么理解，好像一点都不难。

我肯定是爱他的，因为他让我更幸福。

但我不承认我爱他的钱，这样会省去一些不必要的误会和麻烦。

多想几次，就骗过自己了，于是瞒过他，过上更容易的一生。

原来也是一串梦，一宿胡梦颠倒。

遇上些个多金的男人。憬然间，历史重现。

这个他，对你挥掷，但不只对你一人。

那个他，对你挥掷，但太久不了。

还有他，对你挥掷，但嫌弃你老。

甚至他，对你挥掷，但他有妻小。

嫁一个多金的男人，却拼命要跟时间、空间、其他女人以及自己撕逼。

回望过去，我们竟拼了命地在找一个对自己好和多金的男人。

我要嫁给他，因为前者让我很幸福，后者让我不辛苦。

如果他恰好有情又有金 才称之为一个有趣的人生。要我说，这是我预设的他给我的完美人生。

我们耗尽力气拼命在别人身上，都快忘了自己为何来到这世上。

我要男人，我要嫁人。

情爱，婚恋，羁绊了女孩原本浩瀚明澈的心智：自己成全自己。

那，是不是就不能找这样两全齐美的男人了？

他还可以是梦，是一个愿望，不是一个指望。

但首先，拼命在自己身上。

女孩的梦应该是：

在举世无双的大英雄到来之前，我要先做名英姿飒爽的穆桂英。

共勉。

## 赤心不要因世老

我名字里有个"靖"字，小时候本来不是这个"靖"，母亲和我说过，是女字旁的"婧"，女子有才能的意思。上了小学突然改成"靓"，这个字是多音字，父母再三强调，不要让人叫成"靓丽"一词中"靓"字的发音，要读成'婧'字的发音。

我说那么复杂，我怎么记得住。嘴长在别人身上，我把控不了。

越来越多的人还是坚持念 liàng，于是父母又给改了。那时我正上高中，改了名的我非常开心，郭靖的靖，听起来就是白马金羁、幽并游侠，飒爽得很。

长大以后，才知道"靖"有安定的意思，不知道父母是不是那时已经预测到了我的未来。

人再大一点，多半青筋暴跳，血管之下突突地沸腾如水响，它说要出门干三件事：观世界，品多情，尝疾苦。青春年少的人都很像战士，我不怕有勇无谋，怕的是提刀上不了阵，觉得年轻人就该迈出家门，经过逶迤远山和氤氲云海，任父母凝视的目光灼得后背生疼，也觉得光荣。

从四方古城到大江大河，从大江大河再到皇城根下，我用了近十年的时间。十年间我明白了，好像人生的任务就是扑腾，一开始我想要随便扑腾几下，将青春的蠢德行散完，没想要扑腾得更远。

直到离家千里，我发现许多人和我的名字相反，不安分。白天时常挣扎，天黑了回到家，又因为一个人和很多事，容易感到孤独和屈辱。

一个去了广州十年的朋友也有这样的感受，她和我说，年轻时我还以为我们是战士，原来我们是鸡，出了鸡笼，又到了铁皮桶里扑腾，放了血，还是挨剁。

我说，生活就是挨操的事，你说得这么文艺做什么？况且你还没有妓女耐睡。

我想起家乡有一座屈原雕像，面对着护城河，每次经过河上的桥，都能看到屈原因路漫漫而悲苦的脸。我感觉我们这些离乡背井的人，都被青春炙热绑架得太久了，大都像被流放一样，不甘回到家乡，恐怕一站到河边，就深思高举念着大事未竟。

也不止一次地这么想着直到第二天醒来，见爱人睡得眼屎横流，门口有声，是父亲母亲早练后刚回来，不去想歌词唱的是今夜身在哪里好，好梦哪里找，啊，该去何方只管随风飘。再经过屈原，多半带有一种复杂的心情。你选择回到家乡，并不是挨了捶，又或者千帆阅够，也不是你渐渐明白仅凭提刀上阵，不见得能在人生这个沙场斩获胜利。

如果不选择回去，你会发现还有一群人，和我一样，大都站在繁华的街上，蓦然回首，爱的人笑着嫁娶了别人，父母的脸好像更黯淡。

只因为我们都拥有过一些英雄的梦想。

这种梦想溶在朋友互相劝说的酒里，你傻我牛的游戏里；有时你能看到它的影子，在地铁的路人手机里，他听着许巍的《那一年》；还在KTV 局上，有人即使走音也要高歌一曲《北京北京》。

我觉得感人的是经过逶迤远山和氤氲云海，少年懂了那凝视的目光中的深意，回到了家乡，像年轻时父母望他那样注视着父母的背影，也觉得少年瘦削了脸颊，忙里强颜，愁进千杯，依然为血管下的突突声坚守感动。

飘零还是康靖，怎样的选择其实没所谓，任何人都没有必要去理解别人，反正我们都会在红尘中渐老，这是我今年突然明白的。

但如果是我，即使跟我的名字相违背，我还是愿意选择前者。

飘零是羁旅，西风紧，风沙黄，继续走下去，骆驼死了，我也许见得落日圆。

往未知里去，明朝管它是明朝，一场黄昏落雨，花尽落，我也许闻得泥土香。

往不多想里去，天热脱衣，天冷加袄，离愁来了微醉好入眠。

今年末了，还有来年，年年岁岁，我们所能做的，只是与世推移，但愿一颗红心，还能为很多的人与事扑通跳。

赤心不要因世老。

## 也许总有一天我们会变成
## 自己当初所讨厌的样子

20 岁左右的时候，我是一块石头。

我踩轮滑去教学楼和食堂，经常逃课，老师让人传唤，我说，你的课在七楼，太高，我懒得爬。我在寝室打各种游戏，打到半夜不睡觉，室友只要劝说太吵，我就一句吼回去。对不喜欢的人，我常年在脸上写着一句话：我不喜欢你，你看得出来吧。

那个时候，我以为这样很酷，就像我混迹在校音乐社拿着棒槌装模作样地打打架子鼓，画些裸着上身的长发少年仰望天空的热血漫画，我觉得我的世界是空中楼阁，其他人都不懂，也没必要懂。

关于未来，我基本认定那就是个笑话，是说给一些太有心计的人听的，那些巴结老师，力争奖学金，甚至谋求介绍工作机会的同学，我从来看不起。

我以为做人的真相就是不遗余力地展现自己的本来面目，我讨厌你，所以我告诉你；我看不惯你，所以我远离你；我脾气上来了，我骂你傻，这是真性情。

圆滑、世故、表里不一，都是成年人带着目的干的事，这样的动机太龌龊，我不要。

印象里我那个时候，最大的毛病就是觉得世界是黑白的，非黑即白，我以为自己是武侠小说里的大侠。大侠该是怎样的？大侠就不该献媚迎世，应该爱憎分明。

当时我并不知道未来的人生会面临多少成年人的痛苦，那时我也还没听过一句话，说世事是一锅煮沸的肉汤，每个人无非都是热汤中满头大汗的一根宽粉，膨胀，滑腻，翻来覆去，身不由己。直到工作后，在若干年内我成为另一个人。

在这个转变中最大的体会，原来是出了校园，我们就再也不能，做一个随心所欲的人。

世界原来也不需要那么多爱憎分明、疾恶如仇的人，这样的人在影视作品、书籍里都是一条好汉，活得很丰满，在现实里却是倒得最快的那一个。

少年，为了你不这么辛苦，我再给你一脚。

我们再看世界，也不能单单只看到地平面上有一棵树那么简单，出了校园，还要看到地下有根，根很繁盛，树旁有风，风吹过去，树响了，不知道吹的到底是树还是你。

曾经我以为那些场面上的客套话，林林总总，我说不出口，如今我都说了。

曾经我以为我看不惯的人和事，如山似海，我一定要说，如今我沉默了。

曾经我听着高旗《九片棱角的回忆》，我觉得高旗错了，不该磨平自己的棱角，其实做一个真实的自己就能一得天下，包举宇内，行走在江湖的人都会敬重我是条汉子。

和当年20岁血脉偾张的自己相比，我对这个世界，好像是认了屁。

年轻时，我们都是一头横冲直撞的北非公牛，你看到我头上的角了吗，所有让我们看不顺眼的人事都是一块跳跃着的红布，我要冲过去，然后撕破它。

斗牛士，就是后来让我们一次次扑空，又倒地不起的世事。

所以总有一天，你的愤怒、不屑、鄙夷，都将逼着你磨圆你尖锐的角，一副看起来了无侵略性的样子，只是为了减少这一路上的斗牛士。这样的你，不是妥协，是一种自护。

因为沧海一粟，像我们这些平凡的人，于复杂的成人世界里，什么尔虞我诈，兔死狗烹，只有一条最重要。

更好地活下去。

至于这种改变，让你很痛苦，那是因为年少时，我们是外方内也方，接着我告诉你，你要打磨得圆润，然后你就去一味迎合生存的准则，你就真真正正地成为了你，变成自己当初所讨厌的样子。

处世的气节和对世界的偏见你仍可保留，至少做到外圆内方。

世事是个重型水泥车，沉重，脏，令人不安，每个人是翻滚在其中的石头。

要么，选择被打磨得圆润。

要么，可能被撞击成杂碎。

有的时候

时间是一把尺

肥了你腰围

也量了你走过的路。